Der Autor

Karl Gengenbach

TYPISCH DEUTSCH
GESCHICHTEN ZUM NACHDENKEN
von Karl Gengenbach

Geschichten über Deutschland und die Deutschen, über Werbung und Fußball. Geschichten zum schmunzeln und nachdenken. Manche sind etwas übertrieben, manche kurios.

Herstellung und Verlag:
BoD-Books on Demand, Norderstedt
ISBN 978-3-7412-3266-4

Die Deutschen
Typisch Deutsch
Unsere Lebensart
Was essen wir am liebsten
Warum wollen alle zu uns
Unsere Supermärkte
Der Deutsche Knast
Werbeikonen
Das Fernsehen nervt und lässt uns verblöden
Werden wir nur noch belogen?
Die Länder im Vergleich
Die Schönen und die Häßlichen
Fleischküchle
Political Correctness
Die dicksten Menschen der Welt
Die unfreundlichsten Völker
Deutsche und Ausländer
Dreiste Werbelügen
Kurioses Beamtendeutsch
Hamstern
Wer hat das meiste Gold
Das Jahr des Smartphones
Doppelmoral
Flaschensammler und Suppenküchen
Deutsche Städte verkommen
Berufsberatung einst und jetzt
Klischees
Alles verboten
Vor was haben wir Angst
Mode einst und jetzt
Schenken ist eine Kunst
Pasta al dente
Neue Wörter und was sie wirklich bedeuten

Mißtrauen
Sag einfach mal nein
Unheimliche Kreaturen
Geboren 1945
Was essen wir eigentlich
Der Grüßaugust
Sie sind unter uns
Neue Wörter braucht das Land
Und nun das Wetter
Vordrängler und Schnarchnasen
Endloses Gelaber
Vorurteile gegen Deutsche
Der Deutsche schlägt zurück
Vorurteile gegen Türken und Italiener
Der Asylant
Der richtige Abstand
Schlechte Schauspieler
Ich kann's nicht leiden
Woher kommt unser Obst
Ekelfleisch
Feilschen
Schnäppchenjäger
Nörgler
Neidhammel
Schnorrer
Wir sind alle kleine Sünderlein
Was passieren kann, passiert
Hellseher und Propheten
Alte und neue Weltwunder
Der Notfallkoffer
Modehunde
Hässliche Tiere
Bodo der Spieler

Wo gibt's die meisten Schluckspechte
Wo leben die größten Faulenzer
Preisrätsel
Typisch Schwabe
Was man im Supermarkt nicht tun sollte
Die Tricks der Drogerien
Ich bin ein Monk
Die Schlümpfe
Die verhinderte Hochzeit
Sie sind schon unter uns
Ein Grundstück auf dem Mond
Der Ehrendoktor
Herzog, Graf oder Lord
Das Geschenk
Fettnäpfchen
Einbrecher
Was essen unsere Gäste
Ärgernisse
Sprechende Automaten
Wenn ich Kanzler wäre
Interview mit mir selbst
Terroristenjagd
Schwäbische Entdecker und Erfinder
Herzlich willkommen
Das verlorene Paradies
Ein Unglück kommt selten allein
Plötzlich Rentner
Zum Schluß das Allerletzte

Die Deutschen

Wir Deutschen haben im Inland und Ausland sehr unterschiedliches Auftreten. Eine typische deutsche Eigenart zeigen wir beim Fenster. Es bleibt ewig geschlossen. Wehe, wenn einer einen Luftzug abbekommt. Rücken- und Nackenschmerzen sind die Folge. Fragen sie mal die Leute, die in einem Großraumbüro arbeiten. Jeden Tag gibt es Streit wegen dem Fenster. Das Fenster bleibt zu, egal ob Winter oder Sommer.

Auch an den Kassen der Supermärkte geht es nicht gemütlich zu. Bei manchen Supermärkten sind die Kassiererinnen so geschult, dass sie in 1 Minute 40 Waren über den Scanner ziehen. Aber auf der anderen Seite gibt es keinen Stauraum. Die Tresen deutscher Kassen schließen in der Regel mit dem Ellenbogen der Kassiererin ab. Wer also nicht ganz schnell seine Waren in den Wagen wirft, muss damit rechnen, dass manches Lebensmittel auf den Boden fällt. Manche Kassiererinnen werfen deshalb die gescannte Ware gleich in den Wagen des Kunden.

Auch der Sonntag ist typisch deutsch. Sonntag ist Ruhetag. Kein Heimwerken, kein Staubsaugen und vor allen Dingen die leeren Glasflaschen und Gläser nicht zum Container bringen. Deutschland ist das einzige Land, dass Öffnungszeiten für den Altglascontainer hat.

Zu den positiven Eigenarten der Deutschen gehören: Fleiß, Pünktlichkeit, Ordnung, Zuverlässigkeit, Genauigkeit, Gründlichkeit und Perfektionismus.

Zu den negativen Eigenschaften der Deutschen gehören: *Unzufriedenheit, Nörgeln, Pessimismus, Re-*

gulierungswut, Unfreundlichkeit, Jammern und Besserwisserei.

Wir Deutschen bauen die besten Autos und Maschinen und haben die besten Medikamente. Unser Land ist nur ein kleiner Fleck auf der Weltkarte, aber trotzdem sind wir das beliebteste Volk auf der Welt.

Es heißt zwar, die Deutschen leben nur um zu arbeiten, aber das ist Quatsch. Wir haben teilweise die 35-Stunden Woche und die längsten Urlaubszeiten.

Asylbewerber, egal welcher Nation, sind willkommen und bekommen Wohnung und Hilfe zum Lebensunterhalt. Ausländer mit festen deutschen Wurzeln werden dagegen ausgewiesen. Das ist aber nicht typisch sondern schwachsinnig.

<u>So sehen uns die Nachbarn:</u>
Deutsche lieben Kinder, ekeln sich vor Maden und haben von Kunst keine Ahnung.
Deutschland hat drei Klimazonen, der Norden zu kalt, die Mitte zu nass, der Süden zu heiß.
Auch nach der Wiedervereinigung ist Deutschland noch geteilt, in Aldi Nord und Aldi Süd.
Die Deutschen sind überpünktlich. Zu einem Termin kommen sie grundsätzlich 15 Minuten früher.
Deutsche haben keinen Humor. Sie lachen zwar, aber nur über andere. Über sich selbst lachen sie nicht.

Aber wie wir uns im Ausland benehmen ist eine ganz andere Sache. In südlichen Ländern läuft der Deutsche gerne mit farbigen Shorts, Schlapphut, Muskel-Shirt, grauen Socken und Sandalen herum. Die Niederländer erkennt man an den braunen Socken.

Sollten sie mal in den Anden, im Himmalaya oder an der Chinesischen Mauer sein, passen sie gut auf. Irgend so ein Volldepp fängt an zu grölen: *warum ist es am Rhein so schön* und mindestens 3 weiter Volldeppen stimmen mit ein. Natürlich alles Deutsche.

Ein Deutscher im Ausland ist natürlich kein Ausländer, vielmehr sind die Einheimischen dort die Ausländer. Außerdem sind Deutsche herablassend gegenüber den Einheimischen, nörgeln ständig herum, drängeln sich vor und sind geizig. Kein schönes Bild, das die anderen von uns haben.

Die Italiener sind immer sauber angezogen. Sie trinken zwar auch gerne, sind aber nie betrunken. Wenn einer heruumtorkelt, dann ist es ein Deutscher oder ein Brite. Allerding reden die Italiener ziemlich laut miteinander, dabei brauchen sie auch die Hände und die Füße. Für uns hört es sich so an, als ob sie immer streiten. Das ist aber nicht der Fall. Das häufigste Schimpfwort ist *cazzo (Schwanz)*. Dieses fällt in einem Satz mindestens dreimal.

Auch die Spanier laufen immer schick gekleidet herum. Aber ihre Lautstärke ist normal. Der Spanier trinkt, ist aber nie betrunken. Wenn sie trinken, essen sie meistens Tapas dazu. Mit der Pünktlichkeit halten sie es nicht wie die Deutschen. Eine Viertelstunde zu spät kommen ist normal.

In den Niederlanden sind wir allerdings unbeliebt. Am Besten keine Witze über die Niederlande (Größe, Berge) machen.

Bei den Briten haben wir es ganz schwer. Erst mal der Linksverkehr. Dann müssen wir Nazi-Witze anhören, dürfen aber keine Witze über die Queen reißen. Die Gespräche werden leise geführt. Ein Italiener hätte es wohl schwer.

Islamische Länder reagieren bei Alkohol unterschiedlich. Im Iran droht die Todesstrafe, in Tunesien haben sie Narrenfreiheit. In Arabischen Ländern sollte man beachten, dass die linke Hand als unrein gilt und deshalb nicht gereicht oder zum essen benutzt wird. Für Linkshänder ein Problem.

Sollten sie mal in die USA reisen sollten sie vorher zwei Sätze auswendig lernen. Wenn sie Nachts in New York angehalten werden mit den Worten: *give me your money,* sollten sie mit *yes* antworten. Entscheiden sie sich für die Antwort *no*, brauchen sie den zweiten Satz: *take me to a hospital.*

Reizend sind auch kleine Tauschgeschäfte in der U-Bahn. Sie können ihre goldene Uhr eintauschen gegen das Versprechen, heil aus der U-Bahn zu kommen.

Mit dem Trinkgeld wird ganz unterschiedlich verfahren. In Spanien, Frankreich und Portugal lässt man 10 bis 15% des Rechnungsbetrages einfach auf dem Tisch liegen. In Griechenland kann es auch etwas weniger sein. In den USA und Kanada werden 15 bis 20% erwartet. Kein Trinkgeld ist üblich in Großbritannien und Irland im Pub. In China ist Trinkgeld sogar eine Beleidigung. In Italien geben sie so lange Trinkgeld, bis der Kellner zu schimpfen aufhört. Aber das kann teuer werden.

Aber nicht nur die Deutschen fallen auf. Übertroffen werden sie von den Briten, die durch ihre Saufgelage und rüpelhaftes Benehmen auf sich aufmerksam machen. Gott schütze uns vor Sturm und Wind und Briten die im Ausland sind.

Aber selbst die Briten werden inzwischen übertroffen von den Russen. Die fallen auf durch ihre Wodka-Orgien in der Lobby und auf den Zimmern. Außerdem belegen sie die Liegestühle nicht mit ihren Handtüchern, wie die Deutschen. Um sicher zu gehen, zerren sie die Liegestühle auf ihre Zimmer. Da mag mancher deutsche Handtuchreservierer dumm schauen, wenn er vor dem Frühstück sein Revier markieren will, aber keine Liegestühle vorfindet.

Am Buffet schaufeln die Russen sich den Teller ganz voll und essen dann nur ein paar Bissen. Der Rest landet im Mülleimer.

Inzwischen haben sich die russischen Urlauber ganz gezielt ihre Urlaubsorte herausgesucht. Nummer 1 ist das Örtchen Kemer an der Türkischen Riviera. Auch Belek steht ganz oben. Und Antalya ist inzwischen gefallen und in russischer Hand. Wir haben die Türkei an die Russen verloren.

Aber auch im Zillertal trifft man sie immer häufiger. Mayerhofen wird von Russen überrannt. In den Nachbarorten Hintertux, Gerlos oder Kaltenbach sieht man kaum einen.

Inzwischen wird auch die ägyptische Hochburg Hurghada von Russen überrannt. Und das thailändische Jomtien ist ebenfalls schon in russischer Hand. Auch die kleine tunesische Hafenstadt Skanes bei Monastir ist inzwischen russisch und in Anissaras im Norden von Kreta machen sie sich auch breit.

Und was sagen die Russen über die Deutschen? Deutsche Gäste furzen so laut, dass man sein eigenes Wort nicht mehr versteht. Und dann der Gestank. Außerdem pinkeln sie in den Pool. So denken sie also über uns.

Ich habe versucht, im Reisebüro ein russenfreies Hotel zu buchen, es war unmöglich. Ich bleibe daheim.

Typisch Deutsch

Jedes Volk hat seine Eigenarten. Wenn man uns Deutsche mit vier Worten beschreiben müsste, dann wären dies: Bier, Wurst, Fussball und Gartenzwerg.

Weitere typische deutsche Dinge sind: die Autobahn, die Eiche, der Schäferhund, Derrick, Gotthilf Fischer, Kleingärten und Glühwein auf dem Weihnachtsmarkt.

Ein typisches Verhalten: wenn der Deutsche hinfällt, steht er nicht auf, sondern sieht sich um, wer ihn geschubst hat und wen er verklagen kann.

Der Deutsche fühlt sich rund um die Uhr abgezockt. Von der Polizei (Strafzettel), vom Staat (TV-Gebühren, vom Finanzamt (Steuerbescheid).

Deutschland, das ist: Wälder, Burgen, Fachwerkhäuser, Berge und Seen. Dazwischen ein Wanderer mit weißen Socken und Trekking-Sandalen.

In den anderen Ländern ist man sich über die offensichtlichen Dinge einig: Deutsche heißen Fritz und Gretel, ernähren sich von Sauerkraut, Würsten und Unmengen Bier, tragen Lederhosen und Dirndl und leben alle in Fachwerkhäusern.

Fragt man einen Chinesen nach Deutschland, antwortet er sofort: Neuschwanstein und Rhein. Für die Chinesen ist Deutschland ein Märchenland.

Die Niederländer halten die Deutschen für nette Menschen, können sie aber trotzdem nicht leiden.

Kommt mal tatsächlich ein Engländer zu Besuch wird er sich wundern, keine Lederhosen, kein Dirndl. Der Brite ist so geschockt, dass er Deutschland sofort wieder verlässt.

Deutschland ist das Land der Gesetze, Regeln und Vorschriften. Für alles gibt es eine Vorgabe, wie es richtig zu machen ist, alles wird reguliert. Ordnung muss sein, ist der typische deutsche Spruch, den man im Ausland nicht so richtig versteht.

Deutsche sind eher zurückhaltend und vorsichtig, bodenständig, sachlich und vernünftig.

Auf sie passt der Spruch: *Der Kluge bemüht sich, alles richtig zu machen. Der Weise bemüht sich, so wenig wie möglich falsch zu machen.*

Unsere Lebensart

Wir kennen französische und italienische Lebensart. Was aber ist die Deutsche Lebensart? Es ist nicht einfach Dinge zu finden, die repräsentativ für ganz Deutschland sind.

Im Ausland wird Deutschland mit Autos, Sauerkraut und Bier, aber auch mit klassischer Musik, Goethe und Schiller in Verbindung gebracht. Weitere Ausdrücke die jeder kennt sind Hitler, zweiter Weltkrieg und Berliner Mauer.

Made in Germany steht immer noch für hohe Qualität und Zuverlässigkeit und genießt weltweit Ansehen.

Die beliebtesten Reiseziele von ausländischen Touristen sind Schloss Neuschwanstein, das Hofbräuhaus, Heidelberg und Rothenburg ob der Tauber.

Die Deutschen gelten als zuverlässig und pünktlich, aber nicht als gastfreundlich und sympathisch.

Der deutsche Michel wird als Spottfigur dargestellt und trägt in der Karikatur meistens eine Schlaf- oder Zipfelmütze. Er gilt als fleißig, gutmütig, naiv, gemütlich, bieder, schwerfällig, engstirnig und tölpelhaft. Das Gegenstück zum Michel ist übrigens Lieschen Müller.

Aber zurück zur Lebensart. Es gibt keine gemeinsame. Die Lebensart ist in Bayern, Baden-Württemberg, Westfalen, Rheinland, Pfalz und Niedersachsen grundsätzlich verschieden. In den östlichen Bundesländern gibt es dagegen mehr Gemeinsamkeiten. Das kommt aber von der 40-jährigen Abschottung.

Aber etwas ganz typisches gibt es doch. Den Übergangsmantel. Keiner weiß, wozu er gut ist. Im Herbst kommt er in den Kofferraum und bleibt dort bis zum Frühjahr. Dann wird er herausgenommen und kommt in die Reinigung. danach landet er im Schrank.

Kein Mensch braucht diesen Übergangsmantel. Wenn sie einen Ausländer fragen, was ein Übergangsmantel ist, wird er sie verständnislos anschauen. Auf der Liste der überflüssigsten Gegenstände steht er klar auf Platz eins. Ich habe in meinem Kleiderschrank nachgesehen, tatsächlich, da hängt auch einer.

Aber man kann auch als typisch deutsch ansehen:
marode Brücken
defekte Schleußen
verlotterte Bahnhöfe
baufällige Turnhallen
marode Schwimmbäder

Der typische Deutsche reist gerne ins Ausland und erwartet, dass jeder deutsch versteht oder sogar spricht.

Der typische Deutsche geht niemals bei Rot über die Ampel, wenn ein Kind zusieht.

Der typische Deutsche gratuliert auch nie im Voraus zum Geburtstag, weil das Unglück bringt. Dazu ist die allgemeine Ansicht der Ausländer: *die spinnen doch, die Deutschen.*

Der typische Deutsche hat ein Fahrrad, aber er fährt nicht damit, sondern nimmt es lieber mit in Bus oder Bahn und sorgt damit für Platzmangel.

Der typische Deutsche zahlt in Restaurants oder Cafes für Leitungswasser.

Der typische Deutsche isst mehrmals in der Woche Döner.

Weiße Socken, Sandalen und Sauerkraut sind Klischees, die inzwischen der Vergangenheit angehören.

Was essen wir am liebsten

Fangen wir mit den Kindern an. Nach einer Umfrage essen die deutschen Kinder am liebsten:

1. Nudeln, Spaghetti
2. Hähnchen, Geflügel
3. Pizza
4. Kartoffelgerichte
5. Schnitzel
6. Pommes
7. Fischstäbchen
8. Pfannkuchen

9. Hamburger
10. Milchreis

Das ist schon eine große Auswahl.

Bei unseren Jugendlichen ist es einfacher. Hier stehen nur 6 Speisen auf dem Speiseplan:

1. Döner
2. Burger
3. Pizza
4. Currywurst
5. Pommes
6. Bratwurst

Und nun die Erwachsenen. Wie sieht ihre Speisekarte aus. Vor einigen Jahren waren noch die Rouladen auf Platz 1.

1. Rinderroulade
2. Rheinischer Sauerbraten
3. Schweinkrustenbraten
4. Käsespätzle
5. Kohlroulade
6. Königsberger Klopse
7. Semmelknödel mit Pilzen
8. Jägerschnitzel
9. Grünkohl mit Pinkel
10. Dampfnudeln

<u>Und heute:</u>
1. Pasta Bolognese
2. Paniertes Schnitzel

3. Pizza
4. Rinderroulade
5. Rindersteak
6. Gemüsesuppe
7. Lasagne
8. Spargel
9. Gulasch
10. Sauerbraten

Aber jede Umfrage bringt andere Ergebnisse, so auch die neueste Umfrage:

1. Meeresfrüchte, Garnelen Muscheln
2. Pasta, Spaghetti, Nudeln, Pizza
3. Pute, Huhn, Geflügel
4. Gegrilltes, Kotelett, Sparerips, Wiener Schnitzel
5. Fisch, Gulasch, Würstchen
6. Bratwurst, Cordon Bleu, Schweinebraten
7. Vegetarisch, Gemüse, Pilze
8. Reis, Paella, Risotto
9. Kaiserschmarren
10. Chili con Carne, Tacos, Burritos
11. Wild, Sushi, Rostbraten
12. Nockerl
13. Tafelspitz, Fleischlaibchen

Nun kommt meinen eigene Aufstellung. Was esse ich gerne:

<u>Frühstück:</u>
Laugenweck, Laugenstangen, Brezeln, Kuchen

<u>Mittagessen:</u>

Schnitzel mit Pommes
Leberkäs mit Kartoffelsalat
Bratkartoffeln
Schweinesteak
Cevapcici
Currywurst
Rostbraten
Maultaschen
Quiche Lorraine
Zwiebelkuchen
Gulaschsuppe
Fleischsalat
Nudelsalat

Abendessen:
siehe Mittagessen

Das klingt doch wunderbar. Aber was darf ich tatsächlich essen:

Grüner Salat
Tomaten
Paprika
Gurken
Krautsalat
Gurkensalat
Vollkornbrot

Alles andere hat mir mein Arzt gestrichen. So ist das Leben.

Warum wollen alle zu uns

Alle Flüchtlinge wollen nach Deutschland oder nach Schweden, weil sie dort am besten behandelt werden. Außerdem weigern sich einige Länder, Flüchtlinge aufzunehmen. Besonders die in Osteuropa. Bei uns bekommen sie Geld, Wohnraum und Versorgung, sowie medizinische Hilfe.

Auf der Flucht sind derzeit weltweit 60 Millionen Menschen. Wenn die alle zu uns kommen wird es eng. Ich kann nicht mehr verreisen, weil ich befürchten muss, dass bei meiner Rückkehr schon Flüchtlinge in meiner Wohnung sind.

Aber sind das wirklich alles Flüchtlinge? Oder sind es Einwanderer. Echte Flüchtlinge würden doch nicht in den Hungerstreik treten oder das Essen ablehnen, nur weil ihnen eine Frau das Essen serviert.

Sie wollen Geld und ein besseres Leben. Oft sind sie dann hier enttäuscht, weil die Schleuser ihnen sagten, dass in Europa jeder ein eigenes Haus bekommt.

Auch Schweden hat bereits seine Erfahrungen gemacht. In einem abgelegenen Dorf, nahe der norwegischen Grenze, sollten 20 Flüchtlinge untergebracht werden. Sie weigerten sich aber aus dem Bus auszusteigen. Die direkte Nähe zu Elchen, Bären und Wölfen hatte sie veranlasst, ihren Entschluss nocheinmal zu überdenken. Außerdem ist es dort sehr kalt. Im Winter fällt die Temperatur auf Minus 30 Grad und es gibt monatelang kein helles Tageslicht. Deshalb wollen sie nun nach Deutschland.

Deutschland ist mittlerweile das begehrteste Einwanderungsland geworden. Zuerst kamen durch die

EU-Bestimmungen arbeitslose Südeuropäer und nun Flüchtlinge und Asylsuchende.

Aber warum gerade Deutschland? Gut, der Deutsche wird geschätzt wegen seiner Tugenden:

- Aufrichtigkeit
- Bescheidenheit
- Ehrlichkeit
- Fleiß
- Geradlinigkeit
- Gerechtigkeitssinn
- Gewissenhaftigkeit
- Ordnungssinn
- Pflichtbewusstsein
- Pünktlichkeit
- Redlichkeit
- Sauberkeit
- Sparsamkeit
- Unbestechlichkeit
- Zurückhaltung
- Zielstrebigkeit
- Zuverlässigkeit

Aber das sind für die Einwanderer alles Fremdwörter. Doch es gibt eine Erklärung, warum sie alle zu uns wollen.

Die Muslime in Großbritannien stammen zumeist aus Ländern wie Pakistan oder Bangladesch. Die Muslime in Frankreich kommen aus dem Maghreb, also aus Ländern wie Marokko, Algerien und Tunesien.

Für die Menschen aus der Türkei und der Levante (Syrien, Palästina, Libanon) war schon immer Mitteleuropa das Einwanderungsziel, insbesondere Deutschland. Deutschland ist ihnen ein Begriff. Von Polen, Tschechien oder Ungarn wissen sie oft wenig. Deutschland hat im nahen Osten einen guten Ruf, außerdem ist es das wirtschaftliche Zentrum Europas. Das spricht sich herum.

Mehr als 3 Millionen syrische Flüchtlinge leben im Libanon, in Jordanien und in der Türkei. Dort sitzen sie in den Lagern fest und haben keine Zukunft. Zurück in ihr Heimatland können sie nicht mehr. Deshalb machen sich nun immer mehr auf den Weg nach Deutschland.

Der Krieg im Nahen Osten eskaliert. Syrien, Irak, Libyen, Eritrea und Somalia zersplittern. In Syrien ist die Lage inzwischen aussichtslos. Alle Männer zwischen 15 und 45 Jahren müssen davon ausgehen, früher oder später zum Kampfeinsatz herangezogen zu werden. Aber sie wollen sich nicht verheizen lassen oder mit der Waffe in der Hand in den sicheren Tod marschieren. Daher schwillt der Flüchtlingsstrom zusehends an.

In Deutschland sind bereits im Jahr 2015 über eine Million Flüchtlinge angekommen. Aber es sind nicht nur Syrer. Es kommen auch Iraker, Libanesen und Kosovaren. Aus Afghanistan sind bereits auch Flüchtlinge unterwegs. Sie fliehen vor den Taliban. In den Afrikanischen Ländern warten ebenfalls Millionen darauf, nach Europa zu kommen.

Schon gibt es Verschwörungstheorien. Will man Deutschland mit Migrationswellen überschwemmen? Soll Deutschland ethnisch unterwandert werden? Oder sind wir das bereits?

Unsere Supermärkte

Bei meinen Einkäufen komme ich abwechselnd zu allen Supermärkten. Die Regale sind nach einem bestimmten System aufgebaut. Hier wird nichts dem Zufall überlassen. Der einzige Unterschied ist der Weg durch den Markt, mal geht es im Uhrzeigersinn, mal gegen den Uhrzeigersinn.

Aber ich fange zuerst mit den Einkaufswagen an. Sie sind viel zu groß. Wenn ich nur zwei oder drei Artikel im Wagen habe, habe ich das Gefühl, ich müsste noch mehr einkaufen. Der Gitterboden hat eine Schräge eingebaut, so dass Artikel nach hinten rutschen und aus dem Sichtfeld verschwinden. So habe ich den Eindruck, gar nicht soviel gekauft zu haben. Bis ich an die Kasse komme.

Dann geht es los. Gleich hinter dem Eingang stehen im Gang die ersten Aufsteller und Aktionsstände. Dahinter steckt Absicht. Ich werde abgebremst und damit auf die Produkte in der Nähe aufmerksam gemacht.

Bei manchen Märkten ist gleich am Anfang Gemüse und Obst platziert. Die Gerüche und Farben sorgen dafür, dass ich Appetit bekomme und mehr einkaufe.

Die Alltagsprodukte Milch und Milchprodukte werden ganz hinten platziert. Dadurch bin ich gezwungen einen weiten Weg zurückzulegen und tätige möglicherweise Spontankäufe.

Dann die Regale. Die teuren Marken sind in Griffhöhe, die billigeren ganz unten. Ich muss mich also bücken. Man nennt diese Ware auch Bückware. Die älteren Leute haben damit Probleme und kaufen lieber die teuren Produkte.

Dann der Kassenbereich, der sogenannte Quengel-Bereich. Hier stehen Süssigkeiten und Kaugummis, aber ganz unten, in Griffhöhe der Kinder. Die heulen ihren Müttern die Ohren voll, bis sie etwas davon kaufen. Meistens ein Überraschungsei.

Um den Markt zu optimieren muss man zunächst einmal wissen, wie sich die Kunden verhalten. Wo bleiben sie stehen, wo nicht? Die großen Marktketten untersuchen das Verhalten ihrer Kunden und erstellen Karten mit den Laufwegen. Darauf erkennen sie, welche Stellen besonders beliebt sind und welche Gänge leer bleiben. Entsprechend werden die Regale befüllt.

Aufsteller mit speziellen Angeboten werden auf den starken Laufwegen positioniert um zum Kauf zu animieren. Außerdem stoppen sie den Lauf des Kunden und unterbrechen so die Routine.

Männer, die ihre Frauen zum Einkauf begleiten, sind für den Supermarktumsatz katastrophal. Sie hemmen ihre Frauen beim Schlendern und verhindern so Spontankäufe. Deshalb haben große Supermärkte im Eingangsbereich einen Imbiss-Bereich, wo die Männer geparkt werden sollen.

Auch ein zu rasanter Einkauf verhindert den Stöber-Faktor. Wer schnell durch den Laden rennt sollte gestoppt werden. Deshalb stehen auf den Haupt-Laufwegen Aktionsstände mit Sonderangeboten.

Ich wehre mich gegen diese Tricks. Zunächst mal gehe ich gegen die Laufrichtung, fange also bei den Kassen an und arbeite mich zum Eingang durch. Damit habe ich die Marktleute schon mal ausgetrickst.

Dann nahme ich keine Produkte, die auf Augenhöhe stehen, das sind die teuersten. Außerdem halte ich mich genau an meinen Einkaufszettel, wenn ich ihn nicht schon wieder vergessen habe.

Das größte Ärgernis sind aber die Lockangebote. Die Prospekte mit den Lockangeboten werden am Wochenende verteilt und gelten ab dem kommenden Montag.

Da kann man sein blaues Wunder erleben. Bei einem Markt waren Bodenteppiche angeboten. Ich ging am Montagmorgen gegen 10 Uhr in den Markt. Es war kein Teppich mehr da. Angeblich waren sie schon kurz nach Ladenöffnung verkauft.

Dasselbe passierte mir mit einer Kaffeemaschine. Die war schon 10 Minuten nach Ladenöffnung weg. Nun gibt es von den großen Märkten in der Stadt 3 - 4 Filialen. Wenn man dann in eine andere Filiale geht, ist auch nichts mehr da.

Die Märkte sichern sich ab in dem sie in ihren Prospekten darauf hinweisen, dass der Artikel schon nach wenigen Minuten verkauft sein kann. Im Prospekt steht: solange Vorrat reicht.

Ziel der Aktion ist, den Kunden in den Laden zu locken. Er wird dann schon was anderes kaufen. Wer schiebt schon gern den leeren Wagen durch die Kasse?

Inzwischen haben sich die Gerichte mit diesen Lockangeboten beschäftigt, da es zu mehr als 5000 Beschwerden kam.

Die Gerichte haben entschieden: Der Artikel muss angemessen lange vorrätig sein. Aber was ist angemessen? Zwei Tage? Es ändert sich nichts und die

Märkte dürfen einfach mit ihren Lockangeboten weitermachen.

Ich habe heute meinen Einkauf beendet. Auf meinem Zettel standen 5 Sachen. Im Einkaufswagen lagen jedoch 12 Artikel. Was habe ich da nur eingekauft?

Der Deutsche Knast

Ich hatte mal das Vergnügen, im Hotel zum Goldenen Bullen zu nächtigen. Aber das ist ja kein richtiges Gefängnis.

Für ein Gefängnis gibt es verschiedene Namen. Der häufigste ist Knast. Der Name kommt aus dem jiddischen knassen (bestrafen). Dann heißt es auch hinter schwedischen Gardinen, Kittchen, Cafe Viereck, Bau, oder Kiste. In Österreich sagt man Zieglstadl, Tschumpus oder Gesiebte Luft.

Die bekanntesten Gefängnisse in Deutschland sind Hamburg-Fuhlsbüttel kurz *Santa-Fu* genannt. Während der Zeit des Nationalsozialismus befand sich auf dem Gelände das Konzentrationslager Fuhlbüttel (Kolafu). Als es in den 70er Jahren wiederholt zu Ausbrüchen aus dem Santa-Fu kam, wurde in der Presse der Satz geprägt: *Santa Fu und raus bist Du.*

Auch die Justizvollzugsanstalt München-Stadelheim bekam ihren Spitznamen: *St. Adelheim.*

In Bautzen steht das *Gelbe Elend.* Der Name bezieht sich auf den Anstrich des Gebäudes. Wer Bautzener Senf kennt, versteht den Sinn hinter dem Namen.

Köln darf ich nicht vergessen. Die Kölner nennen ihren Bau liebevoll *Klingelpütz*.

Als Soldat war ich in Ludwigsburg stationiert. Dort wurde das Gefängnis *Roter Ochse* genannt. Warum, weiß ich nicht. Ich bin oft daran vorbeigegangen.

Ganz in der Nähe von Ludwigsburg ist *Hohenasperg*. Das Gefängnis ist auf der Bergspitze. Es gab damals die Parole: *du kommst den Berg hinauf in 30 Minten und herunter in 30 Jahren.* Inzwischen ist dort das Gefängniskrankenhaus.

Sollte ich einmal ins Gefängnis kommen, man weiß ja nie, kann ich mir den passenden Knast aussuchen. Aus internen Kreisen habe ich erfahren, dass es im Roten Ochsen nicht so gut ist. Besser wäre es in Heilbronn oder Stammheim. Wenn es soweit ist, lasse ich mich gerne beraten.

Werbe-Ikonen

Manchmal vermisse ich sie, Klementine, Käpt'n Iglo und Herr Kaiser. Sie waren Legenden des deutschen Fernsehens. Doch Legenden sterben aus. Nur Frau Antje, die vom Hollandrad auf Inlineskater umstieg, hat überlebt.

Früher hatten Produkte noch Gesichter. Ein Blick in die Werbung genügte und ich wusste für was geworben wurde.

Wenn *Dr. Best* erschien und mit seiner Zahnbürste Tomaten attackierte, wusste ich, gleich sagt er seinen Spruch: *Die klügere Zahnbürste gibt nach.* Leider ist Dr. Best inzwischen verstorben und es gibt keinen Nachfolger.

Ich kann mich auch noch an Karin Sommer, die Hausfrau mit Jacobs Krönung im Gepäck erinnern.

Oder an Ariel Waschfrau Klementine. Auch Mon-Cherie-Kirschexpertin Claudia Bertani ist mir noch ein Begriff.

Als die Mutter aller Schnäppchen warb Christel Peters für den Media Markt und wurde das bekannteste Gesicht der *Geiz ist Geil* - Mentalität.

Wenn *Claudia Bertani*, Kirschexpertin von Mon Cherie in ihrem weißen Cabrio vorgefahren kam, fingen die Kirschenpflücker an zu zittern. Nichts entging ihrem Blick auf der Suche nach der perfekten Piemont-Kirsche. Doch über die Jahre ist sie auf wundersame Weise immer jünger geworden und die Methoden sind ganz anders. Mit einem Hauch von Nichts bekleidet tanzt sie zwischen muskelbepackten Kirschpflückern und schiebt sich lasziv eine Kirsche über die Lippen.

Allerdings ist diese Sorte eine reine Erfindung der Marketing-Abteilung. Um den Bedarf an Kirschen zu decken, die für die Herstellung der Pralinen benötigt werden, würde die gesamte Kirschenernte im Piemont nicht ausreichen.

Günter Kaiser (Gut, dass ich Sie treffe) war das Sinnbild des Versicherungsvertreters. 18 Jahre lang spielte der Schauspieler *Günter Geiermann* den netten Mann von der Versicherung. Aber für ihn blieb die Zeit auch nicht stehen. In seine Rolle schlüpfte 1990 *Günter Schwarzmann* und sechs Jahre später der ehemalige Surfweltmeister *Nick Wilder*. Aus dem netten Herr Kaiser ist inzwischen ein junger dynamischer Versicherungsagent geworden, der sogar seine Brille abgelegt hat.

Was immer die *Dr. Best*-Forschung sich einfallen ließ. es wurde präsentiert von euinem älteren Herrn im weißen Kittel, der vor der Kamera seine Weisheiten verkündete. Der Herr hieß genauso wie aus dem Spot, *Dr. James Best*. Er war vor der Werbung ein erfolgreicher Zahnarzt und sogar Universitätsprofessor.

Klementines Wäsche war nicht nur sauber sondern rein. Als Waschfrau der Nation mit Mütze, Karohemd und weißer Latzhose war sie jahrelang das Gesicht von Ariel.

Tante Tilly empfahl Palmolive-Spülmittel (pflegt die Hände schon beim Spülen). Und den *Melitta-Mann* wollen wir auch nicht vergessen.

Er war der einflussreichste Mann, der nie gelebt hat - der *Marlboro-Mann*. 40 Jahre lang war er auf Plakaten und im TV zu sehen.

In den 70er Jahren ging der *Camel-Mann* meilenweit für eine Zigarette. Als er in Rente ging stürzte die Marke ab.

Die beliebtesten Werbefiguren in Deutschland waren das HB-Männchen, die Mainzelmännchen, die lila Kuh oder der Bärenmarke-Bär. Es folgten der Hustinetten-Bär und der Charmin-Bär. Bären waren also ein erfolgreiches Werbemittel.

Weitere bekannte Figuren sind *Meister Propper, das Michelin-Männchen, der Salamander Lurchi, der Jägermeister Hirsch, der Trigema-Affe* und natürlich *das Playboy-Häschen*.

Mecky, der Igel aus der Hör-zu, war Namensgeber für viele Kinder. Wer in meiner Jugendzeit kurze Haare hatte, einen sogenannten Igel-Schnitt, bekam den Spitznamen Mecky. Auch wenn er inzwischen die Haare schulterlang trug, behielt er den Namen bis en sein Lebensende.

Aber heute hat sich alles verändert. Immer mehr Prominente und Sportler machen Werbung. Oliver Kahn, Thomas Gottschalk, Manfred Krug, Mike Krüger, Dirk Nowitzki, Franz Beckenbauer, Thomas Müller.

Ganz besonders möchte ich hervorheben, die XXXLutz-Werbeikone Ottfried Fischer (der mit dem Stuhl). Am besten bezahlt sind jedoch Roger Federer und Christiano Ronaldo.

Am meisten verdienten durch die Werbung:
1. Floyd Mayweather, Boxen
2. Manny Pacquiao, Boxen
3. Christiano Ronaldo, Fußball
4. Lionel Messi, Fußball
5. Roger Federer, Tennis
6. James Le Bron, Basketball
7. Kevin Durant, Basketball
8. Phil Mickelson, Golf
9. Tiger Woods, Golf
10. Kobe Bryant, Basketball

Bei den Deutschen sieht die Rangliste so aus:
1. Bastian Schweinsteiger
2. Cosma Shiva Hagen
3. Sebastian Vettel
4. Thomas Gottschalk
5. Oliver Kahn
6. Heiner Lauterbach
7. Michael Ballack
8. Mats Hummels
9. Jan Josef Liefers
10. Thomas Müller

Schon wieder Franz Beckenbauer, das könnte man auch bei Ballack, Katzenberger, Vettel, Schweinsteiger, Klum oder Klopp sagen. Bei den vielen Prommis besteht die Gefahr, dass der Kunde, also die Zielperson der Werbung, sich nicht an das Produkt erinnert, für das geworben wird, sondern nur an den Prominenten.

Auch gibt es Zweifel an der Glaubwürdigkeit. Ein ehemaliger Fußballmanager der zwei Sitze braucht wirbt für ein Fluglinienportal, ein schlankes Supermodel beißt herzhaft in einen fettigen Burger. Fehlt nur noch, dass die Kelly Family für Haarpflegeprodukte wirbt.

Die neueste Werbefigur ist *Tech-Nick*. Die Figur wird verkörpert von *Antoine Monot jr*. Jetzt soll er Nachfolger von Günter Strack in Ein Fall für Zwei werden.

Aber auch die Hollywood-Stars sehen wir plötzlich in unseren Werbespots. Brad Pitt, George Clooney, Nicole Kidman, Dennis Hopper, John Travolta, Catherine Zeta-Jones, Gwyneth Paltrow und Jennifer Lopez, um nur einige zu nennen, sind sich inzwischen nicht zu schade für die Werbung.

Die neuesten Spots im Fernsehen sehen wir mit *Jan Josef Liefers* und seinem Tatortkollegen *Axel Prahl* für Toyota. Selbst *Oliver Korittke*, den man nur aus *Wilsberg* kennt rastet für Deichmann völlig aus.

Wenn ein Werbeblock kommt, schalte ich gleich auf ein anderes Programm um. Aber dort kommt nun auch Werbung. Ich zappe weiter, überall kommt gerade Werbung. Ich glaube die Sender haben sich gegenseitig abgesprochen, zu gleicher Zeit die Werbung auszustrahlen, im Interesse der Werbekunden.

Deshalb kenne ich auch all diese Werbespots. Man kann ihnen ja nicht mehr ausweichen.

Das Fernsehen nervt und lässt uns verblöden

Früher gab es im Fernsehen nur 3 Programme. Die Bilder waren unscharf, schwarz-weiß und flimmerten. Das Programm war genauso mies wie heute, aber das Fernsehen war noch etwas Besonderes.

Nicht jeder hatte ein Fernsehgerät daheim. Wurde ein Länderspiel oder ein Europapokalspiel übertragen, trafen wir uns im Hinterzimmer unseres Stammlokales und sahen das Spiel gemeinsam an. Bei Auswärtsspielen waren die Bilder noch schlechter und man sah viel Schnee auf dem Bildschirm. Dazu war das Hinterzimmer so verraucht, dass man kaum etwas erkennen konnte. Trotzdem war die Stimmung super. Aber das Wichtigste dabei war die Tatsache, dass es keine Werbung gab.

Mit der Zeit wurde die Technik besser, die Bilder schärfer und farbig. Aber das Programm blieb mies. Dann wurden wir verkabelt und eine neue Welt erschloss sich im TV. Inzwischen gab es mehr als drei Programme, durch die sogenannten privaten Sender.

Diese brachten jeden Tag mindestens 4 Spielfilme und zwar verschiedene. Frühestens nach einem halben Jahr wurde ein Film wiederholt. Wie ist es heute? Am Abend kommt ein Spielfilm. Drei Stunden später wird er nocheinmal ausgestrahlt und am nächsten Vormittag nochmal. Und in der nächsten Woche kommt er auch noch einmal. Damit ihn ja keiner verpasst.

Inwischen haben wir digitales Fernsehen, über 100 deutschsprachige Programme und unglaublich scharfe Bilder durch HD. Es könnte alles so toll sein, wären nicht die Programmgestalter.

Wir werden tagsüber überschwemmt von Talkshows ohne echte Gespräche. Von Wissenssendungen ohne Wissen. Und dann die vielen Kochshows.

Natürlich gibt es Lichtblicke. Es werden immer mehr Fußballspiele übertragen. Besonders von der 2. und 3. Liga. Aber interessante Spiele werden nur verschlüsselt übertragen, von einem Bezahlsender. Es interessiert mich doch nicht, wenn FC Klein-Schachwitz gegen den FC Oberwiesental spielt.

Dafür sieht man auf den Sportsendern den ganzen Abend lang Snooker, Darts und Curling. Auch Sportarten wie Volleyball und Handball sind im Angebot.

Wird dann tatsächlich mal ein Spiel der Champions League übertragen, gibt es eine Stunde vorher Berichterstattungen, die kein Mensch interessiert und nach dem Spiel nochmal zwei Stunden Gelaber, das wieder keinen interessiert.

Während das Spiel nun läuft, sieht man die Fußballstars wie sie auf den Platz spucken und rotzen. In Großaufnahme. Dank der superscharfen Bilder und großen Bildschirme sieht man alles ganz deutlich. Kein Wunder, dass die Spieler dauernd ausrutschen und hinfallen, obwohl es nicht regnet.

Die neuste Entwicklung ist der Fußballstammtisch. Wird ein Spiel verschlüsselt übertragen, sitzen ein paar ehemalige Fußballer im Studio, sehen das Spiel und kommentieren die Szenen. Der Zuschauer sieht natürlich nicht das Spiel, nur diese Nasen. Wer das anschaut ist selbst schuld.

Die Sportschau am Samstag Abend ist der Höhepunkt. Für die Zusammenfassung eines Spieles sind etwa 5 Minuten vorgesehen. Passiert in dem Spiel nichts wichtiges, werden einfach alle Szenen, auch unwichtige, bis zu 5 mal in Zeitlupe wiederholt. Das ist aber nicht der Punkt, sondern der Moderator. Er kündigt das nächste Spiel an und labert ganze 3 Minuten überflüssiges Zeug. Diese 3 Minuten fehlen dann an dem Spiel.

Dann sind da noch die Konferenzschaltungen. Am letzten Spieltag, wenn alle zur gleichen Zeit spielen, wird alle 5 Minuten zu einem anderen Spiel geschaltet. Spätestens nach dem dritten Spiel verliert man die Übersicht. Ständig sieht man andere Trikots und wenn die Spiele zu Ende sind, weiß man überhaupt nichts mehr. Ich frage mich dann, warum habe ich den Mist angesehen?

Beim Autorennen ist es ganz extrem. Schon vor dem Start kommen drei Stunden Vorberichte, dann das Rennen 2 Stunden, danach die Highlights und zum Schluss nochmal 2 Stunden Gelaber über das Rennen. Während das Rennen läuft reden zwei Moderatoren fast zwei Stunden lang über die Reifen, die aufgezogen wurden. Fährt der jetzt mit Soft oder Medium oder gar mit Hart? Das interessiert doch keinen Menschen. Aber was sollen sie auch kommentieren, wenn beim Rennen nichts passiert. Wer am Ende noch nicht eingeschlafen ist, ist selber schuld.

Eine Zeit lang wurden amerikanische Rennen aus der Nascar-Serie übertragen. In diesen Rennen gab es spektakuläre Unfälle. Pro Rennen bis zu 20 mal. Das war spannend und interessant. Dann entschieden die verantwortlichen Programmdirektoren, das ist zu brutal und kann dem deutschen Zuschauer nicht zugemutet werden. Nun wurden alle Unfälle herausgeschnitten und was übrig blieb wurde übertragen. Langweilig. Die Einschaltquoten gingen rapid zurück und inzwischen sind diese Rennen aus dem Programm verschwunden.

Auf den privaten Sendern laufen amerikanische Fernsehserien in einer Dauerschleife. Wenn alle Staffeln durch sind fängt es wieder von vorne an.

Und dann die Tatortschwemme. An manchen Tagen kommen bis zu 5 verschiedene Tatorte in den dritten Programmen der Sender. Natürlich alles Wiederholungen. Dabei kann man kaum noch einen Unterschied bei den Folgen erkennen. Außerdem sind die Dialoge zu leise und die Hintergrundmusik zu laut.

Manche Sender bringen den ganzen Tag Gewinnspiele, die so schwierig sind, dass ein 5-jähriger sie nach 10 Sekunden gelöst hat. Aber es gibt keine Gewinner.

Kommt mal tatsächlich ein guter Film in einem Programm, dann wird er so spät ausgestrahlt, dass man ihn nicht ansehen kann. Außerdem ist ein Spielfilm mit 90 Minuten Länge (Standard) durch die Werbeblocks so aufgebläht, dass er 2 Stunden dauert. Aber das mit der Werbung ist ein anderes Thema.

Als das Kabelfernsehen noch neu war, hatten die Spielfilme nur etwa in der Mitte einen Werbeblock von 5 Minuten. Das war zu verkraften. Im Laufe der Jahre wurden es immer mehr Werbeblocks. Vor Jahren waren sie noch 6 Minuten lang, dann wurden daraus 7 Minuten, inzwischen sind wir schon bei 8 Minuten. Dazu kommen die Trailer, mit denen die Sender Eigenwerbung machen. Der ganze Block dauert also 10 Minuten. Aus einem Film mit Überlänge, der im Kino 3 Stunden dauerte, machen sie heute 4 Stunden. In dem Film steckt also eine ganze Stunde Werbung. Durch die vielen Werbeblocks wird der Film total zerstückelt und man kann der Handlung nicht mehr folgen.

Die deutsche TV-Landschaft wird immer primitiver, dümmer und langweiliger. Seit Jahren nimmt die Qualität stetig ab.

Passiert irgendwo auf der Welt etwas, ist sofort ein Reporter vor Ort um life zu berichten. Dazu gehört natürlich auch ein Fernsehteam. Aber es ist nicht nur ein Reporter. Jeder Sender sendet sein eigenes Team mit Reporter. Diese kommen dann alle halbe Stunde auf Sendung und können nichts erzählen. Das ist alles unnötig und kostet viel Geld.

Bei Pressekonferenzen oder Politiker-Statements sieht man ein Mikrofon-Gewirr von SAT1, Pro7, Kabel1, N24, RTL, VOX, ARD, WDR, SWR, BR, NDR, RBB, ZDF und Phönix. Ist das alles wirklich notwendig?

Bei den Nachrichtensendern laufen unten die neuesten Meldungen in einer Laufschrift durch (Breaking News). Darin sind manchmal so grobe Rechtschreibfehler, dass man den Eindruck hat an dem Computer sitzen nur Analphabeten.

Es ist früh am Morgen. Bei dem Frühstück lese ich immer das TV-Programm und markiere mit einem Marker die Sendungen, die mich an dem Tag interessieren. Bei 50 Programmen dauert das schon eine Weile. Als ich mit dem Programmheft durch bin schaue ich, was ich alles rot markiert habe. Ich reibe mir erstaunt die Augen, ich habe nichts markiert.

Ich glaube nicht, dass ich durch das Fernsehen schon verdummt bin, aber es gibt tatsächlich immer mehr Sendungen, die mich nicht mehr interessieren.

Zum Glück habe ich noch den Video- und DVD-Spieler und kann ausweichen. Ich habe zwar schon alle Filme gesehen, aber manche kann man drei- oder viermal ansehen. Das Gute ist, in den Filmen bleibt man von der Werbung verschont.

Zum Schluß noch ein Zitat: In Rußland wird das Volk durch die Partei verdummt, in Deutschland durch das Fernsehen.

Werden wir nur noch belogen?

Jeden Tag verfolge ich die Nachrichten und glaube fast alles, was da erzählt wird. Einige Tage später muss ich feststellen, dass ich mal wieder belogen wurde.

Hier einige Beispiele:

Walter Ulbricht: *Niemand hat die Absicht, eine Mauer zu bauen.*

Maradona: *Es war die Hand Gottes*

Helmut Kohl: *Ich wusste nichts von den Millionenspenden.*

Uwe Barschel: *Ich gebe Ihnen mein Ehrenwort.*

Stern: *Hitlers Tagebücher entdeckt.*

George W. Bush: *Wir haben Massenvernichtungswaffen gefunden.*

Nach dem Terroranschlag 9/11 gingen Bilder von jubelnden Palästinensern um die Welt. Die Bilder waren gekauft. Journalisten hatten ihnen dafür Kuchen versprochen.

US-Footballstar *Pat Tillman* starb als Soldat in Afghanistan und wurde vom Pentagon als furchtloser Held gefeiert. Tatsächlich wurde er jedoch Opfer der eigenen Streitkräfte im *friendly fire*.
Warum gleuben wir alles? Weil es in Bild stand, in der Bunten, im Stern, im Focus, im Spiegel, in der Gala usw.
Die Wirtschaftsmeldungen. Immer wieder hört und liest man: der Arbeitsmarkt ist robust und Deutschland geht es gut. Gleichzeitig werden immer mehr Menschen von den karitativen Suppenküchen abgewiesen, weil die Kapazitäten nicht mehr ausreichen.
Natürlich lügen unsere Politiker nicht, also nicht immer. Aber es gibt gewisse Merkmale, an denen man erkennt, ob ein Mensch lügt. Man nennt es Körpersprache. Man kann zwar Rhetorik lernen aber die Körpersprache geschieht unbewusst.

<u>Achten sie mal auf diese Gesten:</u>
Nase anfassen, kratzen oder daran ziehen
Ohrläppchen anfassen und daran ziehen
Haare ziehen oder eindrehen

Über die Lippen lecken
Seufzen und Gähnen
Hände falten und reiben
Mit den Fingern trommeln
Mit den Füßen scharren
Schweiß von der Stirn wischen
An der Kleidung herumzupfen
Fussel beseitigen
Nägel beissen
Mund mit der Hand verdecken
Die Hände verstecken
Die Brille abnehmen
Mit den Händen eine Raute bilden

Wenn wir solche Gesten bemerken, können wir davon ausgehen, dass der Gegenüber lügt.

Denken wir nur an den Politiker Uwe Barschel. Er gab sein Ehrenwort und wenig später ertrank er in einem Hotel in Genf in der Badewanne. Seine Frau nimmt heute noch über ein Medium Kontakt mit ihm auf und spricht mit ihm. Und er sagt immer das gleiche: *Badewasser ist kalt.*

Wenn heute ein Politiker öffentlich sein Ehrenwort gibt, werden schweizer Hoteliers nervös und entfernen vorsichtshalber die Badewannen aus ihren Hotels.

Die Länder im Vergleich

Hier möchte ich mal einen Vergleich machen, welche Länder am saubersten, am schmutzigsten, am korruptesten und am friedlichsten sind. Wo sind die Menschen glücklich, wo nicht.

Ich beginne mit den saubersten Ländern. Hier ist eindeutig an der Spitze Island, gefolgt von der Schweiz. Das ist keine Überraschung. Auf Platz drei folgt Costa Rica, eine Bananenrepublik. Das ist eine Überraschung.

Platz vier belegt Schweden, gefolgt von Norwegen. Also die nördlichen Staaten sind eindeutig vorne.

Auf Platz sechs finden wir Mauritius, vor Frankreich und Österreich. Dann kommt gleich Kuba und Kolumbien, Malta, Finnland, Groß-Britannien, Neuseeland und Chile.

Erst auf Platz 17 finden wir Deutschland. Das ist ein Armutszeugnis. Immerhin sind wir noch knapp vor Italien, Portugal und Japan.

Deutschland soll also kein sauberes Land sein? Wenn wir durch die Stadt gehen, sehen wir volle Papierkörbe, Müll auf den Straßen, Müll in den Flüssen, schmutzige Fassaden und Gehwege voller Kaugummiflecken. Kein Wunder, dass wir nur auf Platz 17 stehen.

Bei den schmutzigsten Ländern sehen wir einen klaren Trend. Auf Platz eins ist Sierra Leone, gefolgt von Zentral Afrika, Mauretanien, Angola, Togo und Niger. Auf den ersten sechs Plätzen sind also lauter afrikanische Staaten. Auch das ist keine Überraschung.

Es folgen die Länder Turkmenistan, Mali, Haiti, Benin, Nigeria, Vereinigte Arabische Emirate, Tschad, Irak, Botswana, Kambodscha, Nord Korea, Äquatorial Guinea, Bahrain und Usbekistan.

Nun zu den korruptesten Ländern. Hier liegt an der Spitze Somalia. Es folgen Nord Korea, Sudan,

Paraguay, Zentralafrikanische Republik, Ukraine, Russland, Pakistan und Volksrepublik China.

Am wenigsten korrupt ist Dänemark auf Platz 1. Dann folgt Neuseeland, Finnland, Schweden, Norwegen und die Schweiz. Auch hier liegen die nördlichen Länder weit vorn. Nach der Schweiz kommt Singapur, Niederlande, Luxemburg, Kanada und Australien. Deutschland liegt auf Platz 12. Das ist einen Schande.

Die zehn friedlichsten Länder sind Island auf Platz eins. Dann Dänemark, Österreich, Neuseeland, Schweiz, Finnland, Kanada, Japan, Belgien und Norwegen. Deutschland schaffte es nicht unter die ersten zehn.

Die zehn gefährlichsten Länder sind Syrien auf Platz eins. Das ist auch keine Überraschung. Es folgen Afghanistan, Süd-Sudan, Irak, Somalia, Sudan, Zentralafrikanische Republik, Demokratische Republik Kongo, Pakistan und Nordkorea. Auch hier überwiegen afrikanische Staaten. Außerdem finden wir in dieser Aufstellung auch Länder, die von der USA befreit wurden. Darüber muss man nachdenken.

Und nun, wo sind die Menschen am glücklichsten. Auch hier sind die nordischen Länder wieder vorn. Auf Platz eins ist Dänemark, gefolgt von Norwegen, Schweiz, Niederlande, Schweden, Kanada, Finnland, Österreich, Island und Australien. Deutschland sehen wir erst auf Platz 26. Sind die Deutschen tatsächlich so wenig glücklich. Und wenn ja, warum? Es geht uns doch gut. Wenigstens einem Teil von uns.

Nun möchte ich noch einige Länder anführen, in denen die Menschen sehr unglücklich sind. Es überrascht nicht, dass es sich ausschließlich um afrikanische Länder handelt. Den letzten Platz belegt Togo, dahinter kommen Benin, Zentralafrika, Burundi, Ruanda, Tansania und Guinea. Es folgen die Komoren, Syrien, Senegal, Madagaskar, Botswana, Bulgarien, Afghanistan, Jemen, Tschad, Kambodscha, Malawi, Gabun, Sri Lanka und Niger.

Auch diese Aufstellung wird dominiert von afrikanischen Ländern. Ich hätte sogar Syrien an letzter Stelle erwartet, aber sie liegen auf Platz 148. Trotzdem wollen alle syrischen Flüchtlinge zu uns nach Deutschland ins Asyl. Im Jahr 2015 sind schon 1 Million eingetroffen. Natürlich sind es nicht nur Syrer. Es sind auch Afghanen, Libanesen, Iraker und Kosovaren darunter. Aber alle behaupten natürlich, sie seien aus Syrien, denn dann bekommen sie Asyl.

Den nächsten Flüchtlingsstrom erwarten wir aus Afghanistan. Dann, es wird sicher noch 2 - 3 Jahre dauern, kommen die Afrikaner. Millionen machen sich auf den Weg mit einem Ziel - Europa.

Früher wussten diese Menschen nichts von Europa oder Deutschland. Aber seit es Internet gibt sehen sie auf ihren Handys oder Smartphones die Bilder aus Deutschland und es muss für sie das Paradies sein. Refugees welcome. Wir schaffen das.

Die Schönen und die Häßlichen

Wo kommen wohl die schönsten Menschen dieser Welt her? Dafür gibt es Meinungsumfragen und jede Nation behauptet natürlich: die schönsten Menschen kommen von ihr.

Bisher lagen die Brasilianerinnen und die Australier je auf Platz eins. Das ist keine Überraschung. Allerdings zeigen die neuesten Umfragen ein anderes Bild.

Die schönsten Frauen kommen aus Armenien und Barbados, die schönsten Männer aus Irland und Australien.

Bei den Iren muss man schon staunen. Ich war schon dreimal in Irland und für mich sahen sie ganz anders aus. Rote Bärte, Sommersprossen und ein gut gefülltes Pint mit Guinness.

Die Italiener, die im vergangen Jahr noch Platz 2 belegten, sind abgerutscht auf Platz 7. Die Spanier, die auf Platz 5 waren, haben jetzt Platz 10.

Ganz schlimm erwischte es die Brasilianer, sie sind noch nicht mal unter den Top Ten. Dafür rückten Nigeria und Pakistan nach.

Trotzdem muss ich sagen, die Brasilianerinnen sind einfach eine Wucht, egal ob sie auf Platz 1 stehen oder auf Platz 7.

Nicht mehr in den Top Ten vertreten sind die Frauen aus Russland, Spanien, Kanada und Südafrika.

Hier die Liste der sexiesten Männer der Welt:

1. Irland
2. Australien
3. Pakistan
4. USA
5. England
6. Schottland
7. Italien
8. Nigeria

9. Dänemark
10. Spanien

Und die Liste der sexiesten Frauen:

1. Armenien
2. Barbados
3. USA
4. Kolumbien
5. England
6. Australien
7. Brasilien
8. Philippinen
9. Bulgarien
10. Libanon

Haben sie es bemerkt? In keiner der Listen sind wir Deutsche vertreten. Sind wir tatsächlich so häßlich?

Gut, wir mögen keine Asiaten, Briten, Chinesen und Japaner. Dagegen finden wir uns selbst am attraktivsten.

Elf der 15 befragten Nationen reagierten genauso und fanden die eigenen Landsleute am schönsten. Das gilt für Italiener, Spanier, Schweden, Dänen, Norweger, Franzosen, Portugiesen, Russen, Türken, Briten und Amerikaner.

Aber die Länder mit den schärfsten Frauen sind:

1. Argentinien
2. Kolumbien
3. Estland
4. Lettland

5. Japan
6. Vietnam

Während die Südamerikanerinnen durch ihr feuriges Temperament, schöne Kurven und Sexappeal überzeugen, sind die Blondinen aus dem Baltikum für ihre gepflegte Schönheit und schlanke Figur bekannt. Bei den Japanerinnen und Vietnamesinnen schätzt man besonders die schönen Gesichter und ihre Weiblichkeit.

Deutschland schneidet hierbei gar nicht gut ab. Auch im Vergleich zu unseren direkten Nachbarn Niederlande, Schweiz und Dänemark verlieren wir.

Eine weitere Umfrage war: welches Land hat den blödesten Akzent. Haltet euch fest, ihr Franzosen. Ihr habt den 1. Platz bekommen. Es folgen die Niederlande auf Platz 2 und Schweden auf Platz 3. Deutschland hat mal wieder den vierten Platz erreicht.

Aber wer sind nun die hässlichsten Menschen der Welt. Hier liegen eindeutig die Briten auf Platz 1. Allerdings sollten wir uns nicht zu früh freuen. Wir liegen knapp dahinter auf Platz 2.

Damit gehören britische Männer und deutsche Frauen zu den hässlichsten Menschen der Welt.

Bei den Briten kann ich das noch verstehen. Schlieslich ist ihr Vorbild, Prinz Charles, nicht gerade eine Schönheit. Aber bei den deutschen Frauen muss ich widersprechen. Das haben sie nicht verdient.

Fleischküchle

Neben den Maultaschen sind Fleischküchle des Schwabens liebstes Essen. Ich versuchte mal in Hamburg ein Fleischküchle zu bekommen. Die Verkäuferin sah mich mit großen Augen an und meinte: *so was haben wir nicht. Möchten sie vielleicht eine Frikadelle?*

In Berlin passierte mir dasselbe. Ich fragte nach einem Fleischküchle und bekam zur Antwort: *haben wir nicht, aber ich kann ihnen eine Bulette geben.*

In München war es einfacher. Dort kannte man das Fleischküchle als Fleischpflanzerl.

Nun habe ich mich informiert, wie wir eigentlich zum Fleischküchle gekommen sind und welche anderen Namen es noch dafür gibt.

Der Name Bulette kommt vom französischen *boulet,* was eine *Kanonkugel* bezeichnet. Französische Hugenotten mussten wegen ihres Glaubens Frankreich fluchtartig verlassen und wurden damals vom Kurfürsten in Berlin aufgenommen. Seitdem gibt es dort die Bulette.

Der Name Frikadelle kommt aus dem italienischen *frittatela* was übersetzt *Gebratenes* bedeutet.

Weitere Namen für die Frikadelle, je nach Region sind:

Deutsches Beefsteak
Bullebausen
Hacksteak
Fleischklops
Fleischkloß
Fleischlaberl
Fleischpflanzerl (in Bayern)

Fleischküchle (in Baden-Württemberg)
Fleeschkicheler (in der Pfalz)
Fleischlaichen (in Österreich)
Fleischlaiberl (in Österreich)
Köttbullar (in Schweden)
Fleischkiechelcher (im Saarland)
Fleischtätschli (in der Schweiz)
Hacktätschli (in der Schweiz)
Huller oder Hackhuller (in Thüringen)

Natürlich gib es auch abfällige Bezeichnungen:

Knast-Pralinen
Bäckerstolz
Hackmöse
Mausburger
Rambocracker
Sägemehltablette
Zombiepopel
Elefantenpopel
Fleischkeks
Fleischpfad
Löwenköttel
Bremsklotz
Fricko

Hamburger werden manchmal auch mit Frikadellen verwechselt. In Kroatien und bei uns sind *Cevapcici* sehr beliebt. Das sind jedoch Fleischwürstchen aus Schweinefleisch oder Rindfleisch. *Pleskavica* dagegen sieht einem flachen Fleischküchle schon ähnlicher. Bei den Türken heißt es *Kofta* oder *Koefte* und ist natürlich nicht aus Schweinefleisch.

Obwohl es soviele Bezeichnungen gibt, ist die Zubereitung Regional kaum unterschiedlich.

Ich ess am liebsten Fleischküchle, wie sie früher zubereitet wurden. Zu dem Hackfleisch kam ein alter eingeweichter Doppelweck, Zwiebeln und Petersilie. Alles wurde vermischt und gebraten. Es schmeckte hervorragend und lag nicht so schwer im Magen, wie die heutigen Fleischklopse, die tatsächlich nur aus Hack, Salz und Fett gemacht werden.

Political Correctness

Was ist sprachlich korrekt, was darf man nicht mehr sagen? Besonders Politiker achten darauf, dass sie keine Wörter verwenden, die inzwischen auf dem Index stehen. Ein Politiker dem aus Versehen mal das Wort *Neger* herausrutscht ist erledigt.

In meiner Jugend war das ganz normal. In unserer Stadt waren amerikanische Besatzer und unter ihnen waren viele Neger. Für uns war ein Mensch mit schwarzer Hautfarbe ein Neger. Das Wort *niger* kommt aus dem lateinischen und bedeutet schwarz.

Die kleinen Feuerwerkskracher, die wir gebündelt kauften, nannten wir *Judenfürze*. Niemand dachte sich etwas dabei. Im Ruhrgebiet nannte man sie *Zisselmännken* und in Hessen *Juddefozz*. Heute nennt man diese kleinen Kracher *Ladykracher*.

Wenn wir mal einen Mohrenkopf bekamen, waren wir glücklich. Später hieß der dann Negerkuss. Heute spricht man von einem Schaumkuss.

Der Sarotti-Mohr war jedem ein Begriff. Da war nichts anstößiges. Und bei Zigeunerschnitzel und Zigeunersalat wusste man, aha, das könnte scharf sein.

Für den Begriff Negerschweiß gab es verschiedene Bedeutungen. Einmal war es schlechter Kaffeeaufguss, dann Africola oder Spezi, dunkles Bier und Maggiwürze.

Und als Negerpimmel bezeichnete man eine Blutwurst, eine Schwarzwurzel oder eine dunkle Zigarre.

Und Russische Eier waren in den Lokalen sehr beliebt, nur nicht vom Koch.

Inzwischen sind diese Wörter verboten und man kann dafür sogar Verständnis aufbringen. Aber es geht ja weiter. Zigeuner darf man nicht mehr sagen, jetzt heißt es Sinti und Roma. Dass man Behinderte nicht mehr Krüppel nennen darf ist auch gut. Und Zwerge sind nun Kleinwüchsige. Die Banken haben inzwischen sogar das Wort Sparschwein aus ihrem Wortschatz verbannt.

Zigeunerschnitzel heißt jetzt Balkanschnitzel und Zigeunersoße heißt Balkansoße. Der Mohrenkopf heißt jetzt Schokokuss oder Schaumkuss.

Den Eskimo gibt es auch nicht mehr. Er heißt jetzt *Inuit*. In Spanien gibt es die Gitanos = Zigeuner. In Irland nennt man sie Tinker = Kesselflicker. Sie ziehen mit ihren Pferdewagen über die alten Tinkerstraßen. Und Mohammedaner wollen auch nicht mehr so genannt werden. Die richtige Bezeichnung ist Muslime.

Aber wie ist es mit der Musik? Muss die Operette von Johann Strauss *der Zigeunerbaron* umbenannt werden? Und wie ist es mit *Gräfin Mariza* von Emmerich Kalman wird der Refrain *Komm Zigany, komm Zigany* in der berühmten Arie gestrichen? Und was passiert mit Alexandras *Zigeunerjunge?*

Es gibt hunderte von Büchern, die das Wort Zigeuner im Titel tragen. Dürfen die nun nicht mehr verkauft werden? Und es gibt mehr als hundert CD's mit Zigeuner-Musik oder Musik deutscher Zigeuner. Werden sie nun verboten? Was ist mit dem Kinderlied Zehn kleine Negerlein?

Was ist mit dem Wort Kanake. Ein Schimpfwort für Menschen mit südländischem Aussehen. Das Wort Kanake kommt vom hawaiischen *kanaka* und bedeutet Mensch. Die Kanaken leben übrigens auf Neukaledonien.

Wenn ich in der Stadt einen Menschen sehe, der sich nicht an die Verkehrsregeln hält, rufe ich ihm hinterher: *Kanake*. Das hat mir bisher noch keinen Ärger eingebracht.

Anfang der 1950er Jahre enstanden am Rand zerstörter deutscher Städte soziale Elendssiedlungen mit der Bezeichnung *Mau-Mau*. Dieser Begriff hat sich bis heute gehalten.

Menschen mit mehr als 2 Kindern galten als asozial. Das hat sich bis heute nicht geändert. Auch wenn die Familienministerin ständig an die Bevölkerung appeliert, doch mehr zu gebären. Haben sie mehr als 2 Kinder, sind sie asozial.

Wir waren 6 Kinder und in der Nachbarschaft gab es eine Familie mit 8 Kindern und sogar eine mit 12 Kindern. Unsere Wohnanlage wurde abfällig *Kongo* genannt. Auch heute noch. Weil wir als Kinder immer so schön braun waren, nannte man uns *Kongoneger*.

Wir waren darauf stolz und sangen immer unser Lied: *Jeder Kongoneger hat sein Hosenträger, aber unsereiner der hat nix.*

Hier das vollständige Couplet aus Wien:
Jeder Eseltreiber hat an' Kugelschreiber,
aber unsereiner der hat nix,
aber unsereiner der hat nix,
Jeder Südfranzose hat a Lederhose.....
Jeder Menschenfresser hat sein Taschenmesser.....
Jeder Zuluneger hat sein Bettvorleger.....
Jeder Beduine hat sei Waschmaschine.....
Jeder Bauernlackl hat ein Anorackl.....
Jeder Amiknacker hat ein Cadilacer.....
Jeder Hinterinder der hat zwanzig Kinder.....
Jeder Egerländer hat sein Fahrradständer.....
Jeder Weichensteller hat sein Most im Keller.....
Jeder Bauernlack'l hat sein Geld im Sack'l.....
Jeder Indianer hat sein Persianer.....
Jeder Automat hat sein Nussschoklad.....
Jede Frau vom Fabrikanten hat ihrn Diamanten....
Jedes Amihürel hat a Armbandührel.....
Jeder Asiate hat a Schnellkochplatte.....
Jeder Neuseeländer hat an Regnschirmständer....
Jeder Kongoneger hat sein Hosenträger.....
Jeder Leichtmatrose hat was in der Hose.....
Jeder Bürokrat, der hat sein Deputat.....
Jedes Hauswauwauchen hat sein liebes Frauchen..
Jede kesse Biene hat ne' süße Miene.....
Jede Kinderpupp'n kriegt ihr Bohnensupp'n.....
Leute die was waren, schreiben Memoiren.
Aber unsereiner, der hat nix,
aber unsereiner, der hat nix,
aber unsereiner, der hat nix.

Die dicksten Menschen der Welt

Deutschland ist Europameister - beim Dickwerden. In unserem Land leben die dicksten Menschen unseres Kontinents. Aber auch weltweit holen wir schnell auf. Als einziges Industrieland ist nur noch die USA in der Liste der fettesten vor uns. Aber das auch nur hauchdünn.

Inzwischen ist schon jeder dritte Mensch auf unserer Welt zu dick. Die Ursachen sind schon lange bekannt. Fastfood und zu wenig Bewegung.

An der Spitze dieser Liste sind jedoch zwei Länder aus der Südsee, die nicht gerade für übermäßigen Wohlstand bekannt sind. In Amerikanisch Samoa ist fast jeder Einwohner zu dick, genau 93,5 %. Auf dem zweiten Platz ist Iribati mit 81,5 %.

Hier die Liste der fettesten Länder der Welt
1. Amerikanisch Samoa 93,5 %
2. Iribati 81,5 %
3. USA 66,7 %
4. Deutschland 66,5 %
5. Ägypten 66 %
6. Bosnien-Herzegowina 62,9 %
7. Neuseeland 62,7 %
8. Israel 61,9 %
9. Kroatien 61,4 %
10. Großbritannien 61 %

Über Großbritannien muss man sich wundern. Von dem Essen der Briten kann man nicht dick werden. Hier liegt es eindeutig am Bier.

Aber Deutschland auf Platz vier das wundert mich nicht. Sind doch die Lieblingsrestaurants der Deutschen McDonald's, Burger King und Kentucky Fried Chicken.

Dass sich auf Platz 1 und 2 Länder befinden, in denen Armut noch weit verbreitet ist, liegt an den günstigen Preisen von Fastfood. Frische und gesunde Lebensmittel sind zu teuer und nicht überall zu bekommen. Aber fettiges Fertigessen gibt es überall.

Aber auch Ägypten auf Platz 5 ist eine Überraschung. USA auf Platz 3 dagegen nicht. Wenn man Fernsehbilder aus den USA betrachtet, sieht man unglaublich dicke Menschen, Männer und Frauen, durch die Gegend laufen. Es scheint so, als ob die Kameraleute extra diese Dicken herausgesucht haben, aber so ist es nicht. Sie filmen einfach in die Menge.

Wenn wir aber mal darauf schauen, wie die US-Amerikaner einkaufen, wundert uns nichts mehr. Es werden Riesenmengen in die Pick-Ups eingeladen. Die Kartons mit Cornflakes oder Müsli sind viermal so groß als bei uns. Eis kaufen sie nicht in kleinen Bechern, sondern in großen Eimern. Im Kino futtern sie Riesenportionen Popcorn aus 30 Liter Eimern. Und dann dazu noch Cola und Bier. Wenn die Amerikaner so weitermachen, platzen sie irgendwann.

Die dicksten Männer in Deutschland leben in Hamburg. Die dicksten Bäuche gibt es aber im Osten, egal ob Mann oder Frau.

Die schlanksten Frauen in Europa sind die Schweizerinnen und die Italienerinnen. Ja sie haben richtig gelesen, die Italienerinnen.

Die schlanksten Männer sind die Franzosen. Obwohl Frankreich das Land der Esskultur ist, werden die Franzosen und Französinnen nicht dick. Die Schwersten auf dem Kontinent sind auf der anderen Seite. Es sind die türkischen Frauen und die tschechischen Männer. Die schlanksten Männer weltweit sind dagegen die Japaner.

Wenn wir uns nicht vorsehen, landen wir in einem Jahr noch vor den Amerikanern.

Die unfreundlichsten Völker

In meinem Bekanntenkreis gibt es viele freundliche Menschen, aber auch ein paar unfreundliche. Ich glaube, das ist eine gesunde Mischung. Wären alle freundlich, wäre das nicht auszuhalten.

Aber wie ist es mit dem ganzen Volk? Nach Ansicht von Touristen ist Deutschland nicht das unfreundlichste Land. Es gibt weltweit noch drei Nationen in denen Reisende noch unflätiger behandelt werden. Aha, auch hier sind wir auf Platz 4 gelandet.

Platz 1 belegt Frankreich. Touristen lieben Paris. Aber Pariser lieben keinen Touristen. Jeder 5. Reisende findet die Franzosen unhöflich. Das sichert den Franzosen den 1. Platz

Auf Platz 2 liegt Russland. Reisende finden die Russen unhöflich. Das liegt aber sicher an der Sprache. Die Russen haben eine derbe Ausdrucksweise.

Auf Platz 3 liegt schon Großbritannien. Die Briten fühlen sich immer noch im Commonwealth und benehmen sich entsprechend hochnäsig.

Auf Platz 4 liegen wir Deutschen. Jeder 10. Tourist hält uns für unfreundlich. Vielleicht liegt es an Bayern.

Platz 5 belegt China. China war Jahrtausende von der übrigen Welt abgeschottet. Vielleicht müssen sie erst noch lernen, mit Touristen umzugehen.

Auf Platz 6 hat es die USA geschafft. Dabei ist es so schwer, dort einzureisen. Die Amerikaner sind paranoid und leiden an Verfolgungswahn. Hinter jedem Touristen vermuten sie einen Terroristen.

Auf Platz 7 liegt Spanien. Touristen sind nicht unbedingt herzlich willkommen. Vielleicht liegt es daran, dass die Deutschen im Sommer regelmäßig Mallorca beschlagnahmen. Wenn erst mal die Russen kommen, wissen die Spanier, was sie an uns hatten. Es heißt doch: *nach Wolf kommt Bär.*

Den 8. Platz belegen gleich zwei Länder, Italien und Polen. Die Italiener mögen zwar unser Geld, aber uns mögen sie nicht. Bei den Polen ist es immer noch die Vergangenheit.

Den letzten Platz und damit den 10. belegt die Türkei. Sie gilt als das unfreundlichste Urlaubsland. Wieso eigentlich, wo doch schon alle Türken bei uns sind.

Also bleiben uns nur noch die Länder die mit -ellen oder -illen aufhören. Dort sind wir noch beliebt.

Dreiste Werbelügen

Als Alleinstehender oder Single kaufe ich fast jeden Tag selbst ein. Als Diabetiker muss ich mir den Aufdruck auf den Produkten genau ansehen. Fast überall ist zuviel Zucker drin. Ich habe immer eine Lupe dabei, denn auf manchen Packungen ist der Aufdruck winzig. Nun sind meine Augen nicht besser geworden, aber die Drucker, die solche kleinen Schriften drucken können.

Eine Zeit lang kaufte ich mir Joghurt mit Erdbeergeschmack und mit Apfelaroma. Natürlich habe ich nicht erwartet, dass da ganze Früchte drin sind. Als ich aber einen Bericht im TV angesehen hatte, war ich schockiert. Der Erdbeergeschmack kommt von Sägespänen und der Apfelgeschmack aus Ölen von Weinfusel und Hefe.

Das ganze ist völlig legal. Wenn Erdbeeraroma draufsteht, muss keine einzige Erdbeere drin sein. Wenn natürliches Aroma draufsteht, muss eine Erdbeer nicht mal in der Nähe sein. Steht jedoch Erdbeeren drauf, dann müssen auch welche drin sein.

In anderen europäischen Ländern gibt es bereits die Lebensmittelampel. Auf der Verpackung sind drei Farben aufgedruckt. Grün bedeutet, davon jede Menge, gelb bedeutet ab und zu und rot bedeutet BähBäh. Diese Lebensmittelampel wäre für uns Deutsche und besonders für Diabetiker ein gutes Hilfsmittel. Aber wer ist dagegen, nicht nur der Hersteller der Nahrungsmittel, nein auch unsere Regierung. Da könnten sie einmal etwas Vernünftiges entscheiden und sind dagegen.

Natürlich werden wir bei der Werbung belogen. Werbung muss nun mal übertreiben. Aber wie ist es mit den 1-Euro-Shops? Sie heißen Tedi, Euro-Shop usw. und bieten Waren zu Tiefstpreisen ab 1 Euro an. Doch sind sie wirklich so günstig? Ich habe mir mal Alu-Folie angesehen. Die Rolle für 1 Euro. Beim Discounter kostet die Rolle 1,49. Ist die Folie vielleicht dicker? Nein, aber auf der Rolle vom Euro-Shop sind 10 Meter und auf der Discounter-Rolle 30 Meter. Ich zahle also beim Euro-Shop das doppelte. Das gilt auch für Gefrierbeutel, Taschentücher, Wattestäbchen oder Müllbeutel. Beim Drogeriemarkt ist alles billiger.

Dazu kommt noch, daß die 1-Euro-Läden andere Packungsgrößen haben, die einen Preisvergleich erschweren.

Den nächsten Schock erlebte ich beim Waschmittel. Bei dem einen Hersteller wird die Wäsche sauber, bei dem anderen rein und bei dem dritten sogar noch weißer.

Insgesamt wurden dreizehn verschiedene Waschmittelpulver getestet, davon schnitten zehn mit gut ab. Dafür gibt es eine Erklärung. Die Grundstoffe für die Waschmittel-Hersteller kommen von demselben Chemieunternehmen. Es gibt drei große Waschmittelhersteller die etwa 90 Prozent der Waschmittel produzieren. Also ist es eigentlich egal, welches Waschmittel ich kaufe. Allein die Waschleistung und der Preis zählen.

Noch verwunderlicher ist, wie es zu den Home-Shopping-Sendern kommt, die inzwischen unsere Programmplätze überfluten.

Eine amerikanische Werbefirma konnte gebuchte Werbezeiten im Radio nicht mehr bezahlen und schickte als Ausgleich dem Radiosender eine Ladung Dosenöffner, die dann für 9,95 den Zuhöreren angeboten wurden. Nach kurzer Zeit waren alle Dosenöffner verkauft und eine neue Geschäftsidee war geboren, aus der später der amerikanische Teleshop-Kanal Home Shopping Network hervorging.

Meinen nächsten Schock bekam ich bei dem Wort alkoholfrei. Seit 25 Jahren trinke ich alkoholfreies Bier und muss nun feststellen, dass es gar nicht alkoholfrei war.

Der Gesetzgeber erlaubt für alkoholfreien Wein, dass dieser bis zu 0,5 Volumenprozent Alkohol enthalten darf. Für Bier gibt es keine gesetzliche Grundlage. Alles unter 0,5 Volumenprozent ist für die Brauereien alkoholfrei. Die Behörden dulden diese Irreführung. Ein großer Anbieter (Bitburger) bietet wirklich alkoholfreies mit 0,0 % an. Doch das ist die Ausnahme.

In anderen Ländern geht es doch auch. In England gibt es Bier mit weniger als 0,05 % das verkauft wird als low alcohol. Inzwischen bezeichnet Radeberger sein Bier als alkoholarmes Premium Lagerbier. Vielleicht zieht Clausthaler noch nach? Es geht doch.

Aber auch bei Hackfleisch wird getrickst. Hackfleisch wird mit Weizenproteinen kombiniert. Im Grunde genommen ist es ein Fleisch-Wasser-Weizen-Matsch. Dazu kommt Rote-Beete-Saft und Paprika-Extrakt und schon sieht das ganze aus wie Hackfleisch.

Bei der Hühnersuppe ist es noch schlimmer. Die Tütensuppe eines bekannten deutschen Herstellers beinhaltet lediglich Hühnerfett. Der Name Hühnersuppe ist daher irreführend.

Und zum Schluss ein kleines Rätsel. Seit Tagen liegt bei mir im Kühlschrank Hackfleisch und es sieht immer noch frisch aus. Woher kommt das? Die Lebensmittelindustrie macht es möglich. Sie pumpt einfach ein Gasgemisch mit viel Sauerstoff in die Packung, dadurch bleibt das Hack optisch frisch. Das Alter erkennt man erst am Geschmack. Zum Wohlsein.

Kurioses Beamtendeutsch

Manchmal könnte man schon verrückt werden, wenn man von einer Behörde ein Schreiben erhält und manche Ausdrücke nicht versteht. Dahinter steckt eine Absicht. Wir sollen es gar nicht verstehen.

Hier einige Beispiele für den bürokratischen Irrsinn. Haben sie schon mal den Ausdruck gehört: *Straßenbegleitendes Mehrbereichsgrün?* Was kann das wohl sein? Ganz einfach, der *Mittelstreifen* auf der Autobahn.

Oder eine *Abstandseinhaltungserfassungsvorrichtung?* Das sind die *Querstreifen auf der Autobahn,* die dem Fahrer zeigen, wieviel Abstand er zu dem vorderen Fahrzeug einhalten sollte.

Was versteht man unter *Bagatellgastronomie?* Wenn mir der Friseur einen Kaffee anbietet. Und *Gelegenheitsverkehr* hat nichts mit Sex zu tun. Es geht um Taxis und Mietwagen.

Was stellen sie sich unter einer *Grundstücksentwässerungsanlage* vor. Eine große Maschine oder

Anlage? Nein, es ist die *Regenrinne*. Und den gewöhnlichen *Komposthaufen* nennt der Beamte einen *Grüngutsammelplatz*.

Aber was ist die *Restmüllbeseitigungsbehälterleerung*? Ganz einfach, die *Müllabfuhr*.

Eine nicht lebende Einfriedung ist nicht der Friedhof, sondern ein *Zaun* und die *Spontanvegetation* ist das *Unkraut*.

Ein *koffeinhaltiges Bohnenheißgetränk* ist der *Kaffee* und ein *koffeinhaltiges Kaltgetränk* ist *Cola*.

In Form gepresstes Kohlepulver kannten wir früher mal als *Brickett*.

Und wie nennt der Beamte einen Baum? *Raumübergreifendes Großgrün*.

Haben sie schon mal einen *Dreiseitenkipper* gesehen? Wenn sie einen Garten haben ganz bestimmt. Es ist eine *Schubkarre*.

Weniger bekannt sind die *Schließzangen*. Wenn sie jedoch mit der Polizei Ärger haben, lernen sie die Schließzangen kennen. Es sind *Handschellen*.

Was ist ein *Lautraum*? Eine *Diskothek*, oder wie die Jugend sagt: *Zappelbude*.

Es gibt sicher noch mehr verrückte Begriffe, aber ich glaube, für heute reicht es.

Hamstern

1961 rief die Bundesregierung ihre Bürger öffentlich zum Hamstern auf. Im Rahmen der Aktion Eichhörnchen gab sie den Slogan aus: *Denke dran, schaffe Vorrat an*. Im Falle eines Krieges zwischen NATO und Warschauer Pakt auf deutschem Boden hätten sich die Menschen mit ihren Vorräten selbst versorgen können. Den großen Effekt hatte die Aktion allerdings nicht, die meisten Menschen erkannten die Notwendigkeit eines Lebensmittelvorrates nicht, oder sie hatten einfach kein Geld.

Inzwischen hat sich das Bewusstsein verändert. Jahrelang drohte ein Atomkrieg und jedes Jahr wurden große Katastrophen vorausgesagt. Das brachte viele Menschen dazu, nun doch einen gewissen Vorrat an Lebensmitteln anzulegen. Sie begannen zu Hamstern.

Bei den angekündigten Katastrophen würde die Infrastruktur zusammenbrechen und die Supermärkte würden nicht mehr beliefert werden. In drei Tagen, so hat man errechnet, wären die Supermärkte leer.

Nachdem die letzten Voraussagen für 2015 wieder mal nicht eintrafen hat man schnell nachgerechnet und den Weltuntergang auf das Jahr 2016 verschoben. Wir haben also noch genügend Zeit, uns vorzubereiten.

Ich habe den Verdacht, dass hinter diesen Vorhersagen die Industrie steckt. Denn es werden Lebensmittel, Kraftstoff, Wasserflaschen, Werkzeuge, Medikamente, Hilfsmittel, Decken, Zelte, Streichhölzer, Kerzen, Taschenlampen, Batterien, Dosenöffner, Messer, Toilettenpapier, Luftmatratzen, Kaffee, Tee, Kosmetik, Schnur, Seil, Mülltüten, Nägel und Schrauben gehamstert und gebunkert. Fast alle Hersteller profitieren vom Weltuntergangsszenario. Sogar die Baubranche, die für die wohlhabenden Bürger Schutzbunker baut.

Gerade die großen Konzerne können einen Hellseher oder Propheten beauftragen, wieder mal eine Katastrophe anzukündigen. Gegen ein gutes Honorar lassen die sich etwas einfallen. Es muss ja nicht gleich ein Weltuntergang sein, es gibt auch andere Möglichkeiten:

Gletscher schmelzen-Deutschland wird überflutet.
Vukanausbrüche, Vesuv oder Ätna
Erdbeben und Tsunamis
Waldbrände
Hochwasser
Terroranschläge
Seuchen und Hungersnot
Atomunfälle

Selbst die Regierung hat für Notfälle Staatsvorräte angelegt. Reis, Hülsenfrüchte, Vollmilchpulver, Hafer, Weizen und Kondensmilch. Zusammen sind das etwa 700.000 Tonnen. Aber das reicht nur für einige Tage.

Ich glaube zwar nicht an die Voraussagen, aber man kann ja nie wissen. Vielleicht sollte ich mich auch rechtzeitig mit dem Nötigsten eindecken. Jetzt sind die Preise noch günstig, aber wenn es mal richtig losgeht steigen die Preise astronomisch. Aber was brauche ich als Grundausstattung?

Zuerst mal einen großen Rucksack. Darin packe ich einen Erste-Hilfe-Kasten, eine Decke, Plastiksäcke, ein kleines Radio mit Ersatzbatterien,einen Schlafsack. So der Rucksack ist voll.

Also nehme ich einen zweiten, größeren Rucksack dazu. Da kommt hinein eine Isomatte, Kleidung, Unterwäsche, Socken, Feste Schuhe, Gasmaske, Essen für drei Tage, Taschenlampe mit Ersatzbatterien, Dosenöffner, Messer, Toilettenpapier und Schreibzeug. So, der Rucksack ist auch voll.

Jetzt habe ich noch einen Seesack aus meiner Militärzeit. Den fülle ich mit einem Zelt, Schlafsack, Luftmatratze, Kleidung, Nahrung für 7 Tage, Kaffee, Tee, Gemüsebrühe, Kochgeschirr, Wasser-Desinfektionstabletten, Esbit-Kocher, Essbesteck, Metallbecher mit Griff, Erste-Hilfe-Set, Schmerztabletten, Jod-Tabletten, Zahnbürste und Zahncreme, Antibiotika-Salbe, Salbe entzündungshemmend und Medikamente für 1 Woche. Der Seesack ist nun auch voll.

Ich habe aber noch eine große Reisetasche. Die fülle ich mit Energie-Riegel, Schokolade, Fleischdosen, Würstchen, Salami, Käse, einen Kompass, Trillerpfeife, Taschenlampe, Schnur, Seil, Nähset, Mülltüten, Rettungsdecke, Uhr, Kugelschreiber, Bleistift und Notizbuch.

So , jetzt stehen in meiner Wohnung zwei Rucksäcke, ein Seesack und eine große Reisetasche. Jetzt kann ich beruhigt auf die Katastrophe warten.

Mitten in der Nacht wache ich in Panik auf, habe ich auch nichts vergessen? Ich packe alles wieder aus und kontrolliere meine Notfallliste. Nein, alles ist da. Beruhigt schlafe ich wieder ein und träume, dass ein Asteroid auf der Erde eingeschlagen ist und fast alles Leben vernichtet hat. Am nächsten Morgen packe ich alles wieder aus und bringe das meiste in meinen Keller. Die ganze Hamsterei bringt doch nichts. Nur die großen Konzerne machen damit ein Riesengeschäft. Ich werde nicht mehr Hamstern.

Wer hat das meiste Gold

In den letzten zwei Jahren ist der Goldpreis ständig angestiegen. Vielleicht sollte ich mir die eine oder andere Unze kaufen. Zur Zeit liegt der Preis bei etwa 1200 Euro pro Unze (rund 31 Gramm). Wenn der Trend anhält kostet die Unze in 10 Jahren 2000 Euro.

Bevor ich mich für den Kauf entschied wollte ich wissen, wer eigentlich das meiste Gold besitzt.

Auf Platz 10 liegt Indien. Dort lagern 557,7 Tonnen. Damit könnte Indien auf einen Schlag seine Staatsschulden bezahlen.

Auf Platz 9 liegen die Niederlande. Sie besitzen 612,5 Tonnen, aber nur 10 % lagern tatsächlich im Land. Der größte Teil wird in den USA und Kanada gelagert.

Auf Platz 8 liegt Japan. 1950 besaß Japan nur sechs Tonnen Gold. 1960 waren es schon 169 Tonnen. Inzwischen besitzt Japan 765,2 Tonnen des Edelmetalls.

Auf Platz 7 liegt die Schweiz. Die hätte ich eigentlich auf Platz 1 vermutet. Seit 2010 haben die Eidgenossen rund 1.300 Tonnen verkauft, besitzen aber immer noch 1.040 Tonnen.

Auf Platz 6 liegt China. Inzwischen kam heraus, dass in China viel weniger Gold existiert, als die Regierung glauben machen wollte. Doch 1.054,1 Tonnen lagern immer noch in den Tresoren der Notenbank.

Auf Platz 5 liegt Russland. Es hat bereits China und die Schweiz überholt. Zur Zeit liegen die Reserven bei 1.094,7 Tonnen.

Auf Platz 4 liegt Frankreich. Es besitzt 2.435 Tonnen Gold.

Platz 3, wer hätte das gedacht, hat Italien. Italien hortet Unmengen Gold und zwar 2.451 Tonnen.

Jetzt kommen wir. Platz 2 belegt Deutschland. Wir besitzen 3.384 Tonnen, die zum Großteil in den USA gelagert werden. Bis zum Jahr 2020 soll das Gold jedoch zurückgeholt werden.

Die höchsten Goldreserven haben die USA mit 8.133,5 Tonnen. Das hört sich gewaltig an, aber 1952 besaßen die USA mehr als 20.000 Tonnen. Inzwischen gibt es Zweifel, ob das Gold in Fort Knox überhaupt existiert. Und da mache ich mir Gedanken wegen einer Unze.

Das Jahr des Smartphones

Das neue Jahr hat begonnen und wem wird es wohl gewidmet? Das Handy ist ja schon nicht mehr modern. Nur noch Ältere benutzen ein Handy. Die Jugend hat nun das Smartphone. Ja, ich ernenne das neue Jahr zum Jahr des Smartphones.

Wenn man durch die Stadt geht sieht man Jugendliche, die auf ihr Smartphon starren. Dazu tragen sie noch Ohrhörer. Sie laufen blind und taub durch die Gegend und bekommen nicht mehr mit, was um sie herum geschieht.

Das Smartphione hat die junge Generation fest im Griff. Immer und überall muss man online sein. In der Bahn, im Bus, in der Fussgängerzone, sogar auf der Toilette starren junge Menschen in ihr Smartphone. Immer öfter endet der Smartphon-Wahnsinn an einem Laternenpfahl. Man sollte die Helmpflicht für Smartphonbenutzer einführen.

Ich war gerade in der Fussgängerzone unterwegs da hörte ich Sirenen und sah Blaulichter blitzen. Ich fragte einen Polizisten der gerade auf Streife war: *was ist denn da passiert?* Er antwortete: *zwei jugendliche Fußgänger sind mit großer Geschwindigkeit zusammengeprallt, während sie auf ihr Smartphones starrten.* Das bestätigt meine Forderung nach einer Helmpflicht.

Bei manchem hängt das Smartphon inzwischen so oft an der Steckdose, dass er es eigentlich als Festnetztelefon benutzen kann.

Und dann sind da noch die Apps. Mini-Programme die einem das Denken abnehmen. Für jeden Mist gibt es eine App. Manche sind kostenlos. Aber es ist wie im Leben. Die wirklich guten App's sind kostenpflichtig. So eine App kostet 4,99 Euro im Monat. Man hat sie schnell auf seinem Smartphone installiert. Das geht ganz einfach. Aber man kann sie nicht mehr löschen. Hat man mehrere solcher Apps geht das monatlich ganz schön ins Geld. Die eigentlichen Telefonkosten sind dagegen gering.

Ganz clevere Jungs haben sogar zwei Smartphones, für den Fall, dass mal überraschend ein Akku leer ist. In jeder Hosentasche steckt eines. Jahre später wundern sie sich, dass sie impotent geworden sind.

Die Smartphones werden auch immer größer. Bald unterscheiden sie sich nicht mehr von einem Tablet-PC. Dann müssen alle mit Taschen rumlaufen.

Ich bin einer der letzen Dinosaurier. Ich habe kein Handy und kein Smartphone. Nur einen Festnetzanschluss. Aber das Festnetz soll in 2 - 3 Jahren abgeschaltet werden. Es verschwindet genauso wie zuerst die gelben, dann die magentafarbigen Häuschen.

Was tu ich dann? Vielleicht gibt es dann eine neue Technologie, die auch das Smartphone überflüssig macht.

Doppelmoral

Zu den typisch deutschen Eigenarten gehört auch die Doppelmoral. Alle kennen den Spruch: *Wasser predigen und Wein trinken*. Seit dem Skandal um den Limburger Bischofssitz gewinnt dieser Spruch immer mehr an Bedeutung. Aber es gibt auch viele andere Beispiele:

Wir regen uns über den Gammelfleischskandal auf, aber der Döner kann nicht billig genug sein.

Wir protestieren über die Internetzensur in China und im Iran, wollen das aber in Deutschland auch einrichten.

Wir jammern über den Klimawandel, fahren aber mit dem Auto zum nächsten Zigarettenautomaten.

Abgeordnete verlangen, jeder Bürger muss sein gesamtes Einkommen versteuern, aber sie selbst haben eine steuerfrei Aufwandspauschale.

Harz IV Empfänger sollen froh sein, für das was sie bekommen, immerhin arbeiten sie nichts dafür.

Wir sind betroffen über die Kinderarbeit in der Dritten Welt, kaufen aber bei KIK Klamotten.

Politiker heucheln Interesse für ihr Wahlvolk, aber schon am Wahlabend ist alles vergessen.

Wir jammern über das Aussterben der kleinen Einzelhändler, kaufen aber selber beim Discounter.

Wir sind gegen die Legalisierung von Haschisch und Marihuana, lassen uns aber auf Volksfesten den Kanal volllaufen.

Wir jammern über die hohen Versicherungsprämien, aber bei einem Schadensfall bescheissen wir ganz schön. Rechtfertigung: *wir haben ja jahrelang einbezahlt, da wollen wir auch mal was rausbekommen.*

Wir fordern Muslime auf, sich einzugliedern, wird aber eine Moschee gebaut, protestieren wir dagegen.

Wir kritisieren die Gehälter von Fußballprofis, kaufen aber jeden bescheuerten Fanartikel und rennen ins Stadion.

Wir stellen an unsere Politiker höhere moralische Anforderungen, als an uns selbst.

Wir kassieren Hartz IV und schimpfen über den Staat.

Die Christlichen Parteien palavern ständig über den Stellenwert von Ehe und Familie, aber jeder zweite Spitzenpolitiker ist geschieden oder schon mehrmals verheiratet.

Fassen wir uns an die eigene Nase. Sind wir nicht alle Doppelmoralisten?

Flaschensammler und Suppenküchen

Deutschland ist eines der reichsten Länder. Uns geht es gut. Solche und ähnliche Parolen hören wir immer wieder von unseren Politikern.

Aber das sind leere Worte. die Wirklichkeit sieht anders aus. In unserem reichen Deutschland gibt es inzwischen 7 Millionen Harz-IV-Empfänger.

In der Stadt sieht man immer mehr Flaschensammler. Es sind längst nicht mehr die Obdachlosen, sondern heute sind es Harz-IV-Empfänger, Geringverdiener und Rentner, die sich auf die Suche nach Leergut begeben.

Reich wird davon keiner. Um 10 Euro am Tag zu verdienen muss ein Flaschensammler 125 Glasflaschen für 8 Cent pro Flasche sammeln. Wenn er Glück hat, findet er auch einige Plastikflaschen oder Dosen für die es 25 Cent gibt.

Größere Städte sind bereits in Reviere aufgeteilt, damit sich die Sammler nicht gegenseitig in die Quere kommen. Gelegentlich kommt es schon zu Revierkämpfen.

Inzwischen spricht man bereits von der *Trittin-Rente*. Was für ein Hohn.

Immer mehr Menschen suchen die Suppenküchen, die Vesperkirche und die Tafelläden auf. Hier bekommen Minderbemittelte, Harz-IV- und Sozialhilfeempfänger, Alleinerziehende, Rentnerinnen und Rentner gegen einen amtlichen Ausweis, der ihre Armut bestätigt, Gebäck und Gemüse von gestern und vorgestern, abgelegte Kleidung und ältere Spielsachen.

Wenn man nun glaubt, man finde so etwas nur in Entwicklungsländern oder Slums, dann täuscht man sich. Der Anblick von Suppenküchen und Tafelläden ist für Besserverdienende unangenehm und widerlegt die Parole vom Aufschwung für alle. Deshalb sind diese Einrichtungen meistens in den Nebenstraßen der Städte untergebracht.

2001 gab es in Deutschland 290 Tafeln, 2012 waren es bereits über 900. Tendenz steigend.

In Pforzheim ist der Tafelladen an der Zeppelinstraße. Hier sieht man täglich Männer und Frauen, junge Mütter mit Kindern, alte Menschen und vorwiegend Migranten, die hier Schlange stehen.

Die Suppenküche - für die Zeit zwischen den Vesperkirchen ist im Schlossbergzentrum. Sie lädt alle ein, zu Mittag eine warme Suppe zu essen und warmen Tee zu trinken. Sie ist Dienstag, Donnerstag und Samstag geöffnet. Für Eintopf, Brötchen und Tee zahlen Erwachsenem 50 Cent, Kinder zahlen nichts. Hier braucht man keinen Nachweis über die Bedürftigkeit.

In die Vesperkirche (Stadtkirche) kommen täglich rund 500 Menschen. Sie bekommen eine warme Mahlzeit, Kaffee und Kuchen und eine Vespertüte für daheim. Dafür müssen sie 1 Euro aufbringen.

So sieht also die Wirklichkeit aus. Die Anzahl der Millionäre in Deutschland steigt ständig, ebenso die Dringlichkeit von Suppenküchen und Tafeln. Die Sozialhilfen werden weiter beschnitten und treiben immer mehr Menschen in diese sozialen Einrichtungen.

Deutschland ist kein reiches Land, Deutschland ist ein armes Land.

Deutsche Städte verkommen

Auf den Gehwegen in der Stadt sieht man unzählige schwarze Flecken. Die Rückstände von ausgespuckten Kaugummis. Sie verkleben Gehwege und Plätze. An heißen Sommertagen weichen sie auf und bleiben an den Schuhen hängen. Jeder, der das schon mal erlebt hat, ist begeistert.

Die Entfernung dieser Flecken kostet viel Geld und ist nicht einfach. Dabei können die Fugen beschädigt werden und die Platten müssten neu verlegt werden. Aber nach einigen Wochen sehen sie genauso aus.

Am schlimmsten ist es an Bushaltestellen und vor den Kinos. Dazu kommt noch eine andere Unsitte, das Spucken. Gerade Bushaltestellen sind manchmal so vollgespuckt, dass man nichts mehr auf den Boden stellen kann.

Dazu kommen noch die Zigarettenkippen und der Hundekot. Obwohl überall Papierkörbe stehen, werden die Kippen achtlos auf den Boden geworfen.

Kaugummispucken ist eine Ordnungswidrigkeit. Wer erwischt wird muss je nach Stadt 20 bis 50 Euro zahlen. Aber die Sanktionen bringen nichts, wenn nicht kontrolliert wird.

Warum spucken eigentlich die Jugendlichen ständig auf den Boden? Sie denken das ist cool und alles ist sowieso erlaubt. Vielleicht sehen sie auch zuviel Fußball. Die Fußballer spucken und rotzen während dem Spiel unzählige Mal auf den Rasen. Vielleicht rutschen sie auch deshalb so oft aus. Das sind also die Vorbilder.

Wie kann man dieses Problem lösen? Vielleicht helfen nur noch drastische Maßnahmen. In Prag wird versucht, mit hohen Geldstrafen die Verursacher einzuschüchtern. In Singapur war Kaugummi lange Zeit verboten. Heute bekommt man die Gummis nur noch auf Rezept.

Berufsberatung einst und jetzt

Als ich mit 14 Jahren aus der Schule kam ging ich mit meiner Mutter zum Arbeitsamt, zur Berufsberatung. Der Berater sah mich kurz an und meinte: *der ist klein und schmächtig, den schicken wir aufs Büro. Da wird er nicht dreckig und muss nicht schwer lupfen.* Ich wurde überhaupt nicht gefragt, ob ich einen Wunschberuf habe, oder ob ich für einen bestimmten Beruf qualifiziert bin. Das war die ganze Beratung. Allerdings gab es damals genügend Lehrstellen, deshalb machten sich die Berater auch keine große Mühe.

In Pforzheim gab es viele mittelständische Uhren- und Goldwarenfabriken. Bei einigen versuchte ich, eine Lehrstelle als Industriekaufmann zu bekommen. Meine Bewerbungen scheiterten, weil ich die erforderlichen Sprachkenntnisse nicht vorweisen konnte. Die meisten Betrieb exportierten ins Ausland und Englisch, Französisch oder Spanisch war erwünscht. Am Besten alle drei zusammen.

Schließlich fand ich doch eine Stelle, in einer Stahlgroßhandlung. Dort lernte ich Großhandelskaufmann. Wenn Stahl angeliefert wurde, musste ich mithelfen, den Stahl abzuladen. Einen Gabelstapler hatten wir noch nicht und die Flaschenzüge waren erst im Innern des Lagers montiert. Die großen schweren Brocken ließen wir vom Lastwagen herunterfallen auf alte Autoreifen. Dann wurden sie auf Stahlrollen in das Lager geschafft. Wie arbeiteten wie die alten Ägypter.

Bei dieser Arbeit wurde ich auch ziemlich dreckig. Manche Stahlbrocken waren rostig, andere waren blank und mit Öl eingeschmiert.

Ich dachte oft an die Worte die der Berufsberater gesagt hatte: *leichte Arbeit, kein Schmutz und Dreck.* Genau das Gegenteil war eingetreten. Aber ich lernte viel.

Heute ist das ganz anders mit den Jugendlichen. In den letzten zwei bis drei Jahren befassen sich Schüler und Schülerinnen im Berufswahlunterricht mit ihrer Berufsorientierung. Darin sind auch Praktika in Handwerk, Industrie und Handel enthalten. Hier können sich Jugendliche mit ihren Neigungen, Fähigkeiten und Fertigkeiten beschäftigen.

Während dieser Zeit werden sie von Berufsberatern der Agentur für Arbeit informiert. Sie erfahren also rechtzeitig, dass in ihrem Wunschberuf nicht genügend Lehrstellen frei sind.

Was ist der Wunschberuf? Eine Umfrage zeigt uns die 10 häufigsten Wunschberufe:

1. Bürokaufmann
2. Verkäufer
3. Einzelhandelskaufmann
4. Medizinischer Fachangestellter
5. Kfz-Mechatroniker
6. Industriekaufmann
7. Friseur
8. Bankkaufmann
9. Tischler
10. Koch

Unter diesen 10 sind allein 4 Kaufleute. Und da sind die Anforderungen besonders hoch.

Die Jugendlichen erfahren also rechtzeitig, dass sie sich nach einem anderen Beruf umsehen sollten.

Wichtig ist, dass sie einige Abkürzungen lernen, mit denen sie nun oft zu tun haben.

BiZ - Berufsinformationszentrum
VAB - Vorqualifizierungsjahr Arbeit/Beruf
BEJ - Berufseinstiegsjahr
AV - Ausbildungsvorbereitung
FSJ - Freiwilliges soziales Jahr
FÖJ - Freiwilliges ökologisches Jahr
BFD - Bundesfreiwilligendienst
BIBB - Bundesinstitut für Berufsbildung

Jugendliche sind Berufsschulpflichtig, bis sie 18 Jahre alt sind. Durch den Besuch des VAB oder des BEJ wird diese Berufsschulpflicht erfüllt.

Bei diesen Perspektiven muss ein Jugendlicher jeden Beruf annehmen, der ihm angeboten wird. Die Folge sind Ausbildungsabbrecher.

Wie einfach hatte ich es da noch vor 55 Jahren. Es gab noch keine Abkürzungen wie VAP, BEJ, AV, FSJ, FÖJ und BFD, aber genügend Lehrstellen.

Klischees

Das Klischee vom Deutschen in Sandalen mit weißen Socken ist out. Wenn man einen Ausländer fragt, was er mit Deutschen verbindet, antwortet er: *Fußball, Autobahnen und Hitler*. Wenn ihm dann noch etwas einfällt: *Biergarten, Volksmusik, Autos, Lederhose, FKK und Pünktlichkeit.*

Ausländische Besucher Berlins sind enttäuscht, wenn sie kein Dirndl und keine Lederhose sehen.

Wobei man Tradition und Tugend nicht verwechseln darf. Traditionen sind Ostern- und Weihnachtsbräuche, Adventskranz, Weihnachtsbaum, Ostereier bemalen, Osterhase und die Schultüte zum Schulanfang.

Sind die Deutschen wirklich ausländerfeindlich? Nein, die Deutschen sind nicht ausländerfeindlich, sie sind zu Inländern genauso unfreundlich.

Was passiert, wenn sich drei Deutsche treffen? Sie gründen einen Verein.

Außer diesen Klischees sind wir auch noch durch andere Eigenschaften bekannt. Was der Deutsche macht, macht er gründlich. Wenn er Autos baut, sind es die besten. So ist es auch mit U-Booten und Panzern.

Der Deutsche liebt Regeln und befolgt sie gewissenhaft. Gut, es gibt Ausnahmen. Geschwindigkeitsbegrenzungen, Parkverbote, Radwege und rote Fußgängerampeln betrachtet er eher als unverbindliche Empfehlungen. Auch vom Schlangenstehen hält er nicht viel.

Im Ausland ist es üblich zu fragen: *wie geht es Ihnen?* Das sollte man auf keinen Fall einen Deutschen fragen. Denn sonst muss man sich eine Stunde lang seine Probleme und Krankheiten anhören.

Über diese Dinge in Deutschland wundern sich die Ausländer:

Nordic Walking

Skatspiel
Punks
Strandkörbe
Weihnachtsmärkte
Currywurst
Schnäppchen
Dialekte
Street Dance
Seltsame Namen
Übergangsmantel

In Deutschland gibt man sich zur Begrüßung die Hand. In anderen Ländern wird umarmt und geküßt. Der Deutsche ist da eher zurückhaltend.

Aber auch über unsere Freunde aus Übersee, die Amerikaner, gibt es Klischees.

- Überall gibt es Burger.
- Jeder Amerikaner hat einen Pool im Garten.
- Jeder Amerikaner fährt einen Pick-Up.
- Auf das Brot streicht er Erdnussbutter.
- Zu jeder Speise nimmt er Ketchup, auch zu den besten Filets.
- Jeder Amerikaner hat mindestens zwei Gewehre und drei Pistolen.
- Das Frühstück des Amerikaner besteht aus Bacon und Rührei und Pan-Cakes mit Ahornsirup.
- Jeder Amerikaner hat deutsche Vorfahren.
- Der Amerikaner bezahlt überall mit Kreditkarte.

Der durchschnittliche Bürger hat mindestens 10 verschiedene Kreditkarten. Das gilt aber nur für Nordamerika und Kanada. In Südamerika sind Kreditkartenzahlungen nur in Ausnahmefällen möglich.

Alles verboten

In England ist alles erlaubt, was nicht verboten ist.
In Rußland ist alles erlaubt, was verboten ist.
Bei uns ist alles verboten, was nicht erlaubt ist.
(Rudolf von Ihering)

Nun, ganz so schlimm steht es noch nicht um Deutschland. Einige Dinge sind schon noch erlaubt. Aber wie lange noch? Die Grünen wollen noch vieles verbieten lassen. Hier einige Beispiele:

Alkohol am Steuer (Null Promille) und Alkohol-Werbung. Das halte ich für sinnvoll.

Autowerbung. Das könnte unserer Wirtschaft erheblich schaden.

Bank-Provisionen. Damit bin ich sofort einverstanden.

Bären, Löwen und Tiger im Zoo. Und was kommt dann als nächstes. Affen und Flußpferde, Giraffen und Zebras, Kamele und Büffel, Seehunde, Seelöwen, Pinguine. Wenn wir erstmal damit anfangen, sind die Zoo's bald leer.

Biathlon wollen sie auch verbieten. Ausgerechnet die Sportart, in der die Deutschen gut sind? Schießen und weglaufen, das können wir doch.

Bleimunition verbieten. Warum nicht gleich die ganze Munition?

Böller zu Sylvester. Wollen wir den Kindern die einzige Freude nehmen, die sie an Sylvester noch haben?

Bundeswehr-Rekrutierungsversuche. Warum nicht gleich die ganze Bundeswehr abschaffen?

Unterirdische Endlagerung von CO2. Damit bin ich einverstanden.

Die grüne Jugend will die *Ehe* abschaffen. Da hat die Kirche auch noch ein Wörtchen mitzureden.

Die *Erste Klasse* bei der Deutschen Bahn. Besser wäre doch nur noch Erste Klasse bei der Bahn.

Sonntags-Flohmärkte. Immer mehr Geschäfte tendieren dazu, am Sonntag auch zu öffnen. Warum also die Flohmärkte abschaffen

Fracking soll auch verboten werden. Das finde ich gut.

Elektronische Zigaretten. Zur Zeit arbeitet die Regierung an einem generellen Verbot dieser E-Zigaretten. Hier kann sie sowieso keine Tabaksteuer erheben.

Fleischgerichte, täglich in der Bundeskantine. Jeder Deutsche sollte nicht nur einmal in der Woche auf Fleisch verzichten. Das geht auch ohne Verbot.

Genmais verbieten? Wusste gar nicht, dass der in Deutschland angebaut wird.

Ölheizungen verbieten? Wozu? Die meisten heizen schon mit alternativen Energien.

Paintball verbieten? Warum? Das ist eine Trendsportart, die von alleine wieder verschwindet.

Pflanzenschutzmittel für Kleingärtner. Warum nicht für alle?

Plastiktüten verbieten? Die Deutschen tun schon einiges für den Umweltschutz. Die meisten kaufen mit Stofftaschen ein. Irgendwann verschwinden die Plastiktüten von alleine.

Ponyreiten verbieten. Wer denkt denn an die Kinder. Wollen wir ihnen auch noch diese Freude verbieten.

Quadtouren. Die kann man verbieten. Quads haben weder auf der Straße noch im Wald etwas zu suchen.

Rauchen im Grünen. Irgendwann ist das Rauchen generell im Freien und in der Wohnung verboten. Jetzt, wo Helmut Schmid nicht mehr unter uns ist, haben die Raucher keine Lobby mehr.

Satire verbieten? Mit dem Maulkorbparagraphen 130 haben sie ja bereits den Anfang gemacht.

Sexistische Werbung? Was soll das? Zu einem schönen Sportwagen gehört doch eine rassige Schönheit auf der Motorhaube.

Schneller fahren als 120 auf der Autobahn. Ist schon heute nur in ganz seltenen Fällen möglich.

S*traftatbestand der Illegalen Einwanderung.* Wenn wir das abschaffen, könne wir die Flüchtlingsströme nicht mehr stoppen.

Männliche Straßennamen wollen sie auch abschaffen, solange bis die Frauenquote erreicht ist. Das ist einfach lächerlich.

Stromsperren für Stromschuldner. Wer zahlt? der Staat? Aber das sind ja wir.

Die Werbung für *Süßes.* Da bin ich einverstanden. Warum nicht auch die Kochshows im Fernsehen verbieten?

Studiengebühren. Wenn die abgeschafft werden, sind wir bald ein Volk von Studenten. Dann will keiner mehr arbeiten.

SUV - Special Utility Vehicle. Die braucht wirklich keiner.

Tempo 50 in der Stadt. Dann haben wir Dauerstaus in den Städten und die Luftbelastung steigt rapid an.

Therapien für Homosexuelle. Weshalb etwas therapieren, was keine Krankheit ist?

Das Gedenken an *Trümmerfrauen.* Die haben doch unser Land wieder aufgebaut. Wir sollten ihnen ewig gedenken.

Das Wort *Verbot* abschaffen? Es ist doch sowieso alles verboten. Dann ersetzen wir das Wort einfach durch *nicht erlaubt.*

Waffen zu Hause. Waffen sind doch allgemein verboten. Warum nur zu Hause?

Weihnachtsbäume Pflanzen. Wenn das bei uns verboten wird, pflanzen die Skandinavier um so mehr.

Handel mit Welpen. Wenn deutsche Züchter keine Welpen mehr verkaufen dürfen, blüht das Geschäft mit dem Osten um so mehr.

Zigarettenautomaten. Wenn das Rauchen generell verboten wird, werden auch keine Automaten mehr aufgestellt.

Zulassung für *Spritfresser.* Gerade Deutsche Autos fressen Sprit. Wir können ja nur groß. Das wäre das Ende der Deutschen Autobauer.

Das alles wollen die Grünen nach und nach durchsetzen. Sicher ist einiges davon sinnvoll. Aber bis das alles durchgesetzt wurde vergehen bestimmt 500 Jahre. Also keine Bange.

Vor was haben wir Angst

Es gab mal eine Zeit, da hatten alle vor den Deutschen Angst. Doch nun sitzen die Deutschen zitternd vor Angst zu Hause? Ist das wirklich so? Vor was haben wir eigentlich Angst?

Natürlich ist da die Angst durch Überfremdung. Immer mehr Einwanderer kommen aus aller Welt. Alle wollen sie zu uns.

Zuerst sind da doch die Kosten für die Steuerzahler durch die EU-Schuldenkrise. Hier wissen wir gar nicht, was noch auf uns zukommt. Aber wir schaffen das.

Dann die Flüchtlingsströme. Das hatten wir schonmal 1945. Aber da waren es Vertriebene und alle sprachen deutsch. Manche mit einem seltsamen Dialekt, aber deutsch.

Obwohl Deutschland zerstört war, haben wir das damals auch geschafft. Also werden wir auch die nächsten Herausforderungen bewältigen.

Angst vor dem Terrorismus? Inzwischen schließen sich immer mehr Staaten zusammen um gemeinsam den Terrorismus zu bekämpfen. Ich behaupte mal, in einem Jahr gibt es den Terrorismus nicht mehr. Nur noch ein paar Einzeltäter.

Natürlich haben wir Angst davor, im Alter ein Pflegefall zu werden. Das will keiner. Lieber sterben, als zum Pflegefall werden. Aber das können wir nicht beeinflussen. Das ist Schicksal. Wer Glück hat, legt sich abends ins Bett und wacht am nächsten Morgen nicht mehr auf, wie mein Großvater. Wer Pech hat, wird zum Pflegefall. Hier gibt es aber Mittel (Sterbehilfe) das zu verhindern.

Und Angst vor Stürmen, Erdbeben oder Fluten brauchen wir in Deutschland nicht zu haben. Das Wetter macht sowieso was es will, damit werden wir immer noch fertig.

Wovor sollen wir also Angst haben. Dass unser Geld mal nichts mehr wert ist? Das haben meine Großeltern zweimal mitgemacht und überlebt.

Wir Deutschen haben keinen Grund, uns zu fürchten. Unsere Probleme haben wir bisher immer noch selbst gelöst.

Mode einst und jetzt

Wenn man heute die Menschen auf der Straße betrachtet kommt man zu einem erstaunlichen Ergebnis. Die Frauen können anziehen was sie wollen, es ist alles modisch. Es gibt keine bestimmte Richtung mehr. Als Lena Meyer-Landruth den Eurovision Song Contest gewann, gab es einen neuen Modetrend. Alle Mädchen wollten plötzlich aussehen wie Lena. Mit hautengen Hosen und kurzen Röckchen sah man sie auf den Straßen. Voraussetzung war allerdings auch eine entsprechende Figur.

Nachdem die jungen Mädchen immer dicker wurden, verschwand dieser Trend wieder.

Auch bei Männern gibt es keine klare Richtung. Jugendliche tragen am liebsten Joggingklamotten, obwohl sie zum Laufen zu faul sind.

Bei den Männern sieht man nun bei jedem zweiten einen Baseballmütze. Das gab es in meiner Jugendzeit nicht. Ich selbst trage auch seit Jahren nun sogenannte Trucker-Caps. Bei jedem Wetter und jeden Tag.

Als ich 18 Jahre alt war, gab es eine einheitliche Mode. Am Sonntag trug jeder eine Kombination aus dunkler Hose, Blazer, weißes Hemd und Krawatte. Dazu schwarze Spitze Schuhe. Manch trugen auch einen Anzug. Sonntags im Lokal beim Frühschoppen sah man keinen ohne Krawatte. Darauf legten wir wert. Kopfbedeckungen trug die Jugend nicht, nur die älteren Herren und die Rentner. Turnschuhe trugen wir nur zum Turnen und die Schuhe kosteten 30-40 Mark.

Dann kamen die sechziger Jahre mit der Hippiebewegung. Sie prägten eine eigene einfache Mode. Jeder trug Parka, Jeans und Turnschuhe. Dazu lange Haare.

Heute trägt die Jugend Designer-Jogging-Hosen und amerikanische Baseball-Kappen. Dazu Marken-Turnschuhe für 300 Euro das Paar.

Vorbilder für die Jugend sind die Gangster-Rapper aus den USA. Auch die Art, wie man die Mütze trägt hat sich grundlegend geändert. Hätten wir mit 18 Jahren eine Baseball-Kappe mit dem Schild nach hinten aufgesetzt, hätte man uns für verrückt erklärt.

So gesehen ist heute alles freier und man kann tragen was man will, vorausgesetzt es ist sauber und nicht geklaut.

Schenken ist eine Kunst

Es gibt verschiedene Anlässe zum Schenken. Weihnachten, Ostern, Geburtstag, Konfirmation, Kommunion, Hochzeit, Krankenbesuche, Gastgeschenke. Es ist sehr schwer, das passende Geschenk zu finden. Man muss sich darüber Gedanken machen.

Das können die meisten Leute nicht mehr, deshalb schenken sie Geld oder einen Gutschein. Also, bei der Jugend kommt Geld immer an.

Sollte man sich für ein Sachgeschenk entscheiden muss man aufpassen, dass man nicht ins Fettnäpfchen tritt.

Bei Einladungen. Blumen sind nie falsch und hier ist die Farbe eigentlich egal. Bringe ich aber 1 Flasche Wein mit und der Gastgeber trinkt keinen Alkohol, ist das peinlich. Oder Kubanische Zigarren für einen Nichtraucher. Schokolade oder Pralinen sind auch immer gut, wenn der Gastgeber kein Diabetiker ist. Die Wahrscheinlichkeit steigt aber jährlich. Die Geschenke sollten auch nicht zu teuer sein, das bringt den Gastgeber in Verlegenheit.

Eines ist sicher, bei Sachgeschenken wird der Empfänger sofort googeln, was es gekostet hat. Früher musste er noch die Läden absuchen, bis er den Preis fand.

Auf die klassischen Geschenke, Krawatten, Socken oder Geldbeutel, zu Weihnachten sollte man verzichten. Heute hat man andere Möglichkeiten. Zum Beispiel ein Frottee-Handtuch mit dem Namen des Gastgebers aufgedruckt. Kosten etwa 25 Euro. Aber Pannen lassen sich nicht immer vermeiden. Am besten, man trägt es mit Humor.

Ich wollte mal einer Nichte einen Weihnachtsmann schenken. Wenn man bei dem Kerl auf einen Knopf drückte fing er an zu tanzen und zu singen. Eine originelle Idee. Aber der Knopf zum einschalten war unter seiner Kutte, genau zwischen den Beinen. Was sich die Hersteller dabei wohl gedacht hatten? Ich kaufte ihr ein anderes Geschenk..

Dann wollte ich einer Nichte eine DVD schenken. Der Titel war: *Zuckermanns Farm*, mit dem Schweinchen *Wilbur*. Ein beliebter Kinderfilm. Zum Glück sah ich mir den Film vorher an. Ich war schockiert. Auf der DVD war kein Schweinchen zu sehen, aber lauter schweinische Sachen. Es war ein Pornofilm. Da hatte ich nochmal Glück gehabt.

Bei Blumen muss man besonders aufpassen. Wir Männer machen uns keine Gedanken über die Art oder Farbe der Blumen. Frauen sehen das anders. Zu traurigen Anlässen sollte man möglichst keine roten Rosen schenken, sondern weiße Blüten auswählen. Zu Weihnachten tut es ein Weihnachtsstern, da kann man nichts falsch machen. Auf keinen Fall sollten wir bei einem Besuch im Krankenhaus weiße Blumen mitbringen, da sie sinnbildlich den Tod voraussagen. Hier empfehlen sich farbenfrohe Chrysanthemen mit Margeriten.

Pasta al dente

In meiner Jugendzeit gab es öfter mal Bandnudeln, Makkaroni, Hörnchen oder Spaghetti, alle aus Hartweizengries. Am liebsten waren mir die Makkaroni. Damit konnte man, wie mit einem Schlauch, die Soße aufsaugen. Wenn ich das aber machte, gab es einen Ohrfeige. Die anderen Nudeln mochte ich nicht. Ich nannte sie deshalb immer Drecksnudeln.

Das muss sich herumgesprochen haben, denn der Hersteller machte auf einmal auf seine Packungen einen Aufkleber mit dem Wort Pasta.

Das machte aber die Nudeln nicht besser, aber uns fehlte der Vergleich zu der echten Pasta aus Italien.

Wir kannten damals nur Pasta asciutta unmd Spaghetti Bolognese. Bald danach gab es beim Italiener schon Lasagne, Ravioli und Gnocchi. Aber alles war noch überschaubar.

Heute haben wir ein breites Angebot feinster italienischer Nudeln. Hier eine kleine Liste:

Cannelloni
Capellini
Farfalle
Fettuccine
Fusilli
Orecchietti
Paccheri
Pappardelle
Penne
Ricotta
Rigatoni
Tagliatelle
Tortellini

Die Endung der Namen gibt oft Auskunft über das Aussehen.

-elle = breite Pasta
-ine = kleine Pasta
-ini = kleine Pasta
-oni = große Nudelsorten

Heute muss ja alles al dente sein. Nicht nur Nudeln, sondern auch andere Speisen. Die meisten wissen überhaupt nicht, was al dente bedeutet.

Hier der kleine Unterschied:

All arrabbiata = sehr scharfe Tomatensauce
Al brodo = in Brühe serviert
Al burro = mit Butter serviert

Al dente = bissfest gekocht
Al forno = aus dem Ofen überbacken
Asciutta = mit Sauce reviert
Bolognese = Hackfleischsauce aus Bologna
Boscaiola = Sauce nach Holzfällerart
Carbonara = Sauce aus frischen Eiern
Funghi = Champignons
Marinara = Sauce aus Meeresfrüchten
Napoli = einfache Sauce
Noci = Nüsse
Panna = Sahne
Pesto = Zerdrücktes
Primavera = Frühlingsgemüse
Prosciutto = Schinken
Pomodoro = Tomaten
Porcini = Steinpilze
Puttanesca = Sauce mit Sardellen
Tonno = Thunfisch
Vongole = Venusmuscheln

So, nun können sie beruhigt zum Italiener essen gehen.

Neue Wörter und was sie wirklich bedeuten

Täglich werden wir mit Wörtern konfrontiert, deren Bedeutung eigentlich klar ist. Schaut man aber mal hinter die Kulissen könnte man für diese Wörter auch eine andere Bedeutung finden. Hier einige Beispiele:

Achse des Bösen = Länder die sich nicht der USA unterwerfen.

Alternativlos = Merkel entscheidet selbst und lässt keine Alternativen zu.

Banken = Institute die legal Menschen betrügen, bestehlen und übers Ohr hauen dürfen.

EU = Abkürzung für Europas Untergang.

Euro-Rettungsschirm = Rettung der Banken auf Kosten der Steuerzahler.

Humanitäre Intervention = Bomben der Nato gegen wehrlose Zivilisten.

Innere Sicherheit = Schutz des Staates vor dem Bürger.

Internieren = Ohne Grund, Anklage und Urteil für immer wegsperren.

Journalisten = Handlanger der Lügenpresse.

Krieg gegen Terror = Krieg gegen die ganze Welt.

Menschenrechte = Privilegien, die nur gewissen Gruppen gewährt werden.

Diktator = Staatsführer, der verteufelt wird und auf der Abschussliste der USA steht.

Raketenabwehrschirm = Ein Waffensystem um einen atomaren Erstschlag durchführen zu können.

Sanktionen = Wirtschaftskrieg gegen einen Staat, der nicht gehorcht und einem selbst schadet.

Verfassungsschutz = Überflüssiger Geheimdienst, da es keine Verfassung gibt, die man schützen könnte.

Zentralbanken = Kriminelle Vereinigung, die über allen Staaten steht.

Mißtrauen

Der Deutsche an sich ist schon mißtrauisch. Dazun hat er drei Prinzipien:

Glaube nicht alles, was du hörst,
glaube nicht alles, was du siehst,
erzähle nicht alles, was du weißt.

Der Standardsatz lautet: *Ich glaube nur, was ich sehe.* Aber im Allgemeinen glaubt man viel mehr, als man sieht. Wenn ich in den Bus einsteige, glaube ich schon, dass der Fahrer einen Führerschein hat und dass der Bus in Ordnung ist. Ich werde mich hüten den Fahrer nach seinem Führerschein zu fragen, sonst schmeisst er mich raus.

Auch wenn ich ins Flugzeug steige, glaube ich schon, dass der Pilot auch fliegen kann und eine Lizenz hat.

Gut, ich glaube nicht alles, was mir erzählt wird, aber ganz sicher bin ich nicht, alles ist möglich. Früher hatte man noch Vertrauen in die Tageszeitung. Daher kommt der Spruch: *da steht es schwarz auf weiß.* Heute kann man aus gutem Grund nicht mehr alles der Presse glauben.

Auch im Fernsehen sieht man manchmal Bilder, bei denen man sich fragt, sind die echt oder nur gestellt.

Vor einigen Wochen ging ein Bild um die Welt. Ein kleiner Junge der mit anderen im Schlauchboot nach Europa wollte, war ertrunken und lag am Strand, als ob er schlafen würde. Das Bild bewegte mich schon, aber so wie er da gelegen hatte, war das kein Zufall. Außerdem war seine Kleidung noch sauber.

Ich glaube schon, dass der Junge ertrunken ist. Aber kann es nicht sein, dass er extra so hingelegt wurde, dass man ein schönes Foto machen kann und Mitleid erweckt? Hollywood lässt grüßen.

Noch heute bezweifeln viele die erste Mondlandung der Amerikaner. Werden wir nicht ständig an der Nase herumgeführt?

Als kleiner Junge hatte ich ein Erlebnis, das mich prägte. Mein Onkel stand vor mir und sagte: *du lässt dich jetzt nach vorn fallen und ich fange dich auf.* Ich glaubte ihm, er war ja mein Onkel. Ich ließ mich fallen, er machte einen Schritt zur Seite und ich flog auf die Fresse. Dann meinte er belehrend: *glaube keinem Menschen.* Daran muss ich nun immer denken.

Sag einfach mal nein

Einfach mal nein sagen, oder sich ganz bewusst anders zu entscheiden, fällt manchen Menschen sehr schwer.

Meistens benutzen wir Ausreden, anstatt klar nein zu sagen. Wenn mich ein Bekannter bittet, beim Umzug zu helfen, sage ich: *tut mir Leid, ich habe Rücken.*

Wenn jemand Geld von mir borgen möchte sage ich: *tut mir Leid, ich bin gerade ebenfalls knapp bei Kasse.*

Wenn ich zu einer Familienfeier eingeladen werde sage ich: *tut mir Leid, aus gesundheitlichen Gründen kann ich nicht kommen.*

Warum sage ich nicht einfach nein? Warum muss ich lügen? Habe ich sonst Schuldgefühle?

Ein Bekannter hat jedem Kumpel beim Umzug geholfen. Er war immer zur Stelle, wenn er gebraucht wurde. Als er selbst an einen anderen Ort umzog, fragte er seine Kumpel, wer ihm helfen könnte. Alle hatten Ausreden und keiner kam zum Umzug. Da wird man schon mal nachdenklich.

Ich borgte einem Kumpel mal Geld, er brauchte neue Winterreifen. In 14 Tagen, wenn er sein Gehalt bekommt, bekäme ich es zurück. Da wir gute Bekannte waren gab ich ihm das Geld. Wir trafen uns regelmäßig am Stammtisch. Nach 14 Tagen erwartete ich die Rückzahlung. Es tat sich nichts. Das ganze war mir etwas peinlich und ich wollte ihn nicht erinnern. Bestimmt hatte er mich nicht vergessen. Es vergingen weitere 4 Wochen bis es mir zu dumm wurde. Ich sprach ihn darauf an und er sagte: *komm kurz mit auf die Toilette*. Wir gingen hinaus und draußen gab er mir das Geld. Warum so heimlich? Ich kam mir vor wie ein Dieb. Als er das Geld brauchte, machten wir die Übergabe auch nicht heimlich auf dem Klo. Angeblich hatte er es vergessen. Seitdem habe ich keinem mehr Geld geliehen.

Doch mit Ausreden muss man vorsichtig sein. Benutze ich die Klassiker Magen-Darm-Grippe oder Erkältung, dann kommen sie vielleicht noch zu Besuch um zu sehen, wie's mir geht.

Wenn ich etwas ablehne, also nein sage, ist das doch eine klare Antwort. Trotzdem gehen mir die Anderen auf die Nerven. Denn jetzt kommen die Folgefragen. Warum, wieso, weshalb? Nun muss ich auch noch begründen, warum ich nein sage, oder ich muss schon wieder lügen.

Ich überlege mir keine Ausreden mehr. Wenn ich etwas nicht tun will sage ich einfach: *nein, ich habe keine Lust.* Das ist wenigstens ehrlich. Aber, dass man sich damit keine Freunde macht ist auch klar.

Unheimliche Kreaturen

Ja, man sieht sie täglich auf den Straßen, in der Fußgängerzone und in den Kaufhäusern, Drogerien und Supermärkten, unheimliche Kreaturen.

Aber es gibt sie nicht nur in Deutschland, auch in anderen Teilen der Welt kennt man nicht nur zweibeinige Monster.

Das beste Beispiel ist *Das Ungeheuer von Loch Ness (Nessie).* Keiner hat es je gesehen, wenn er nüchtern war. Existiert es wirklich? Und wenn es ein Saurier ist, dann wäre er ja schon unglaublich alt.

Aber *Nessie* ist nicht allein. In Maryland gibt es *Chessie* in der Chesapeake Bucht. Im Schwedischen See Storsjön gibt es *Storsie.* Im norwegischen See Seljordsvatnet gibt es *Selma* und im New Yorker See Champlain schwimmt *Champ.* Alle weisen die gleichen Merkmale auf. Existieren sie wirklich oder sind das nur Marketing-Lügen? Eines ist sicher, Nessie war der Erste.

Im Süden der USA und in Süd- und Mittelamerika geht seit den neunziger Jahren ein seltsames Tier um: der *Chupacapra*, eine Art Hund mit überlanger Schnauze, großen Hinterbeinen und ohne Fell. Fotografiert wurde er noch nie.

In der Mongolei lebt der *Allghoi Khorkhoi*, der Mongolische Todeswurm. Er lebt unter der Erde, ist rot wie Blut, über einen Meter lang und lauert in der Wüste Gobi auf Opfer. Er soll schon Kamele erlegt haben. Beweise gibt es nicht.

In Frankreich gab es im 18. Jahrhundert die *Bestie von Gevaudan*. Ihr sollen über hundert Menschen zum Opfer gefallen sein. Ihre Existenz ist aber bis heute ungeklärt.

Seit 500 Jahren berichten Seefahrer von einer unheimlichen Riesenschlange, welche die Weltmeere unsicher macht. Gesehen hat sie noch keiner.

In Nordafrika erzählt man sich vom *Bär von Afrika*. Eigentlich ist das nicht möglich. Die letzte Art, die *Atlasbären*, wurden im 19. Jahrhundert ausgerottet.

Der Mottenmann (Mothman) ist eines der absurdesten Wesen, aber viel mehr Menschen sind von seiner Existenz überzeugt, als von den anderen Kreaturen.

In New Jersey erzählt man sich vom *New Jersey Devil*. Er soll wie ein Teufel aussehen, etwa 1,50 Meter groß sein, mit kurzen Armen, Hufen, einem langen Hals und Flügeln.

In Japan gibt es den *Oni*. Ein dummer, menschenähnlicher Unhold mit Hörnern. Eine grottenhäßliche Kreatur.

Dann ist da noch Bigfoot (Sasquatch). Er wird nicht nur in den Wäldern von Kalifornien gesehen, sondern inzwischen auch in jedem Winkel der Erde. In abgelegenen Wäldern und Bergregionen. Er hat verschiedene Namen, je nach Region: *Bigfoot, Sasquatch, Yeti, Skunk, Affenmensch oder Yowie*. Er hat langes braunes oder weißes Haar, einen starken abstoßenden Geruch, große lange Füße, Scheu vor Menschen und unheimliches Gebrüll.

Zu dieser Beschreibung fallen mir auf Anhieb ein paar Personen ein, sogar aus meinem Bekanntenkreis.

Wenn sie das nächste Mal allein im Wald unterwegs sind, nehmen sie einen Fotoapparat oder das Smartphone mit. Gute Bilder von einem dieser Monster werden von der Presse sehr gut bezahlt.

Geboren 1945

Im Oktober 1945 wurde ich geboren. Der Krieg war vorbei und meine Heimatstadt von britischen Bombern zerstört. Da es in der Innenstadt keine Wohnungen mehr gab, wurden ausgebombte in die Wohnungen der umliegenden Gemeinden zugewiesen. Dazu kamen noch Millionen Vertriebene.

Wir wohnten in einer Wohnung mit 4 kleinen Zimmern und Küche. Ein Zimmer bewohnten die Großeltern, ein weiteres Zimmer bewohnte mein Onkel mit Frau und zwei Kindern, die beiden restlichen Zimmer bewohnten meine Mutter, meine zwei Schwestern und wir vier Brüder. Der Vater war im Krieg gefallen.

Nach den heutigen Maßstäben war das menschenunwürdig und inhuman. Aber keiner beklagte sich. Alle waren froh, dass sie ein Dach über dem Kopf hatten.

Für die Einwanderer, Migranten und Asylsuchenden gelten heute bessere Maßstäbe. Trotzdem beklagen sie sich. Wir werden ihnen schon den rechten Weg zeigen. Den Weg nach Hause.

Ich habe natürlich von dem Jahr 1945 nichts mitbekommen. Deshalb interessiert mich, was da alles passiert ist. Bei meinen Nachforschungen stellte ich fest, dass in dem Jahr soviel passierte, wie in keinem anderen Jahr davor oder danach.

Aber zuerst möchte ich einige Prominente aufzählen, die wie ich 1945 geboren wurden:
Franz Beckenbauer (Franz Anton Beckenbauer), Fußballweltmeister, begnadeter Spieler und Trainer (der Kaiser).
Rod Stewart (Roderick David Stewart, einer der efolgreichsten britischen Rocksänger.
Tom Selleck (Magnum), ein US-amerikansicher Schauspieler.
Bob Marley (Nesta Robert Marley), jamaikanischer Sänger, Gitarrist und Songschreiber.
Katja Ebstein (Karin Ilse Witkiewicz), deutsche Sängerin.
Herman van Veen, niederländischer Sänger, Songschreiber und Schriftsteller.
Eric Clapton (Eric Patrick Clapton), englischer Blues- und Rockgitarrist (Slowhand) und Komponist.
Jürgen Drews (Jürgen Ludwig Drews), deutscher Schlagersänger (König von Mallorca).
Björn Ulvaeus (Björn Kristian Ulvaeus), schwedischer Musiker und Komponist (ABBA).
Eddy Merckx (Edouard Louis Joseph, Baron Merckx), erfolgreicher Radrennfahrer.
Helen Mirren, britische Schauspielerin und Oscar-Preisträgerin.

Wim Wenders (Wilhelm Ernst Wenders), deutscher Regisseur.
Gerd Müller (Gerhard Müller), deutscher Fußballspieler (der Bomber der Nation).
Neil Young (Neil Percival Young), kanadischer Rockmusiker, Gründer der Rockband *Crazy Horse*.
Anni-Frid Lyngstad, schwedische Sängerin und Mitglied der Popgruppe ABBA.
Goldie Hawn (Goldie Jean Studlendegehawn), amerikanische Schauspielerin.
Bette Midler, amerikanische Schauspielerin und Sängerin.
Lemmy Kilmister (Ian Fraser Kilmister), britischer Sänger und Bassist von *Motörhead*.

Hier noch ein paar andere:
Jacky Ickx, Rennfahrer.
Paul Schockemöhle, Reiter.
Harry Rowohlt, Verleger.
Winfried Glatzeder, Schauspieler.
Pete Townshend, Musiker.
Rainer Werner Fassbinder, Regisseur.
Marianne Sägebrecht, Schauspielerin.
Van Morrison, Rock- und Bluessänger.
Jose Feliciano, blinder Sänger und Gitarrist.
Don McLean, Countrysänger.

Es ist schon beeindruckend, was dieser Jahrgang hervorgebracht hat.

Was ist in meinem Geburtsjahr alles passiert? Hier die wichtigsten Ereignisse:

2. Januar, Nürnberg wird bei einem alliierten Luftangriff weitgehend zerstört.
30. Januar, das deutsche ehemalige KdF-Passagierschiff Wilhelm Gustloff, beladen mit über 10.000 Menschen, darunter fast 9.000 Flüchtlingen aus den deutschen Ostgebieten und 1.500 Soldaten wird von einem sowjetischen U-Boot in der Ostsee, nahe Stolpemünde, mit drei Torpedotreffern versenkt. Über 9.000 Menschen kommen ums Leben. Dieses Ereignis wurde nach dem Krieg verfilmt unter dem Titel: *Nacht fiel über Gotenhafen.*
3. Februar, Berlin wird zum Ziel eines alliierten Luftangriffs.
4. Februar, die Jalta-Konferenz beginnt und dauert bis zum 11. Februar.
9. Februar, das Passagierschiff *Steuben* wird vor Pommern von einem sowjetischen U-Boot torpediert und versenkt. An Bord waren 4.000 Flüchtlinge. 3.500 kamen ums Leben.
13. Februar, Dresden wird drei Tage lang durch alliierte Luftstreitkräfte bombardiert. Dabei kamen 25.000 bis 35.000 Menschen ums Leben.
19. Februar, auf der japanischen Insel *Iwojima* landen US-Truppen und eine der blutigsten Schlachten des zweiten Weltkriegs beginnt.
23. Februar, Pforzheim, meine Heimatstadt, wird durch einen britischen Luftangriff fast vollständig zerstört. Mehr als 20.000 Menschen kamen ums Leben. Pforzheim wurde zur Stadt, die prozentual die meisten Todesopfer im Luftkrieg zu beklagen hatte.
23. Februar, während der Schlacht um *Iwojima* hissen US-amerikanische Soldaten die Flagge der USA

auf dem Vulkan *Suribachi*. Das Foto der Aktion wurde zu einer Ikone der Kriegsberichterstattung.

27. Februar, Luftangriff auf Mainz.

3. März, alliierte Flugzeuge werfen Bomben auf Basel und Zürich, versehentlich.

7. März, mit der Einnnahme der *Ludendorff-Brücke* in Remagen überqueren US-amerikanische Truppen zum ersten Mal den Rhein.

9. März, in der Nacht wird Tokio von der USA bombardiert. Mehr als 100.000 Menschen kommen ums Leben.

16. März, Würzburg wird durch einen Luftangriff zu 75% zerstört. etwa 5.000 Menschen kommen ums Leben.

18. März, Berlin wird von 1250 US-amerikanischen Bombern angegriffen.

19. März, Hitler gibt den *Nero-Befehl*. Alle Verkehrs-, Nachrichten- und Industrieanlagen sollen zerstört werden, damit sie nicht in die Hände der Alliierten fallen.

19. März, durch einen britischen Luftangriff wird Hanau zerstört.

19. März, durch einen US-Luftangriff wird die japanische Stadt Nagoya zerstört.

22. März, die Altstadt von Hildesheim wird durch einen alliierten Luftangriff zerstört.

6. April, die SS sprengt den 190 Meter hohen Holzsendeturm des Senders Mühlacker.

11. April, das KZ Buchenwald auf dem Ettersberg bei Weimar wird durch die Rote Armee befreit.

13. April, in der Operation *Wien* erobern sowjetische Truppen die österreichische Hauptstadt.

14. April, Potsdam wird durch einen alliierten Luftangriff schwer beschädigt.
15. April, die Briten befreien das KZ Bergen-Belsen.
18. April, Luftangriff auf Cham in Bayern.
21. April, die letzen deutschen Verbände kapitulieren im Ruhrkessel.
27. April, Österreich erklärt sich vom deutschen Reich unabhängig.
29. April, das KZ Dachau in Oberbayern wird von US-amerikanischen Truppen befreit.
30. April, auf dem Reichstagsgebäude in Berlin hisst die Rote Armee die sowjetische Fahne.
30. April, Adolf Hitler und seine Frau Eva Braun begehen Selbstmord.
3. Mai, der in der Lübecker Bucht ankernde deutsche Passagierdampfer Cap Arcona wird von Jagdbombern der Royal Air Force in Brand geschossen, brennt aus und kentert. An Bord befinden sich rund 4.600 Häftlinge aus dem KZ Neuengamme. Fast alle Häftlinge an Bord verbrennen, kommen in der kalten Ostsee um oder werden von den Wachmannschaften erschossen. Mindestens 4.500 Menschen sterben.
3. Mai, der in der Lübecker Bucht ankernde Frachter Thielbeck, wie die Cap Arcona mit Häftlingen aus dem KZ Neuengamme beladen, wird von Jagdbombern der Royal Air Force in Brand geschossen, brennt aus und kentert. Von 2.800 an Bord befindlichen Menschen sterben bei dem Angriff 2.700.
4. Mai, in Köln wird Konrad Adenauer zum Oberbürgermeister ernannt.
7. Mai, im französischen Reims unterzeichnet Generaloberst Alfred Jodl die Kapitulation aller Verbände der Wehrmacht des Deutschen Reiches.

8. Mai, in Europa ist der zweite Weltkrieg beendet.
8. Mai, französische Soldaten töten bei dem *Massaker von Setif* in Algerien zwischen 15.000 und 20.000 Demonstranten.
23. Mai, in Lüneburg begeht Heinrich Himmler nach seiner Verhaftung durch die Briten Selbstmord.
23. Mai, die Reichsregierung unter Großadmiral Karl Dönitz wird in Flensburg verhaftet.
31. Mai, 25.000 Deutsche werden aus Brünn (Tschechien) im *Brünner Todesmarsch* vertrieben. Dabei kommen 5.000 Menschen ums Leben.
14. Juni, britische Soldaten erhalten zum ersten Mal die Erlaubnis, mit kleinen Kindern sprechen zu dürfen.
26. Juni, in San Francisco wird die Charta der Vereinten Nationen von 50 Gründungsmitgliedern unterzeichnet.
16. Juli, in der Wüste von New Mexico, bei Los Alamos wird zum ersten Mal eine Atombombe gezündet (Manhattan-Projekt).
26. Juli, mit der Androhung einer sofortigen und völligen Vernichtung wird Japan zur bedingungslosen Kapitulation aufgefordert.
28. Juli, in New York stürzt ein B-25 Bomber in das Empire State Building. Zwischen dem 78. und 79. Stockwerk kommen 13 Menschen ums Leben.
6. August, auf Hiroshima wird die erste Atombombe geworfen.
9. August, auf Nagasaki wird die zweite Atombombe geworfen.
15. August, Kaiser Hirohito erklärt die bedingungslose Kapitulation Japans.

2. September, auf der US-Missouri wird in der Bucht von Tokyo die japanische Kapitulation unterzeichnet.
18. Oktober, ich werde geboren.
20. November, die Nürnberger Prozesse werden eröffnet.

Was essen wir eigentlich?

In den Getränken ist jede Menge Zucker und in der Lasagne Pferdefleisch. In unserem Essen steckt oft mehr drin - ganz legal - als wir wissen wollen.

Kaffee wird gestreckt, um mehr Geld zu verdienen. Den gemahlenen Bohnen wird zu etwa 10% Maltodextrin beigemischt. Dabei handelt es sich um eine Zuckerart, die in der Lebensmittelindustrie als günstiger Füllstoff eingesetzt wird. Im Supermarkt sollte man bei der Aufschrift *Melange* hellhörig werden. Im Kleingedruckten steht drin, dass der Kaffee gestreckt wurde. Damit gibt es keine rechtlichen Konsequenzen.

Das Hackfleisch liegt seit Tagen im Kühlschrank und sieht immer noch frisch aus. In die Verpackung wird ein Gasgemisch mit viel Sauerstoff gepumpt, dadurch bleibt das Fleisch optisch frisch. Am ranzigen Geschmack erkennt man dann aber doch das Alter.

Im Handel werden schwarze und grüne Oliven angeboten. Die schwarzen Oliven sind besonders reif und vollmundiger. Die grünen Oliven sind noch jung und eher herb und säuerlich im Geschmack. Deshalb lassen sich die schwarzen Exemplare besser verkaufen. Nun haben sich die Hersteller etwas einfallen lassen, sie färben grüne Oliven einfach schwarz. Rein optisch sind sie von den echten schwarzen nicht zu unterscheiden. Wer sicher gehen will muss einen Blick auf die Zutatenliste werfen. Sind die Stabilisatoren Eisen-2-Gluconat oder Eisen-2-Lactat aufgelistet, handelt es sich um Trickserei.

Vielen Verbrauchern ist es wichtig, dass in Produkten keine oder wenig Chemie enthalten ist. Wer aber darauf vertraut, dass in Erdebeermarmelade mit natürlichen Aromen nur Erdbeeren und Zucker enthalten sind, der kann sich täuschen. Natürliche Aromen können auch pflanzliche Öle sein, die dem Obstgeschmack nahe kommen

Auch im Pudding muss nicht drin sein, was draufsteht. Es reicht, wenn im Schokoladenpudding 1% echtes Kakopulver enthalten ist. Der Rest darf eine bunte Mischung aus Aromen, Zucker, Fett und Gelatine sein.

Auch bei Fruchtsaftgetränken müssen Verbraucher aufmerksam sein. Nur wenn drauf steht Fruchtsaft aus 100% Frucht, ist tatsächlich nichts anderes drin. Die deutsche Fruchtsaftverordnung erlaubt allerdings auch die Verwendung von Fruchtsaftkonzentrat und 15 Gramm zusätzlichen Zucker pro Liter Saft. Saft aus Zitronen, Limetten, Bergamotten und schwarzen, roten oder weißen Johannisbeeren darf mehr Zucker zugesetzt werden.

Beim Fruchtnektar handelt es sich dagegen um eine Mischung aus Fruchtsaft, Fruchtmark, Wasser und Zucker. Der Fruchtanteil beträgt 25 bis 50%. Bei Fruchtsaftgetränken ist der Anteil niedriger. bei Orangensaft liegt er bei 6%. Bei Eistee reicht es, wenn auf der Packung Obst abgebildet ist, enthalten sein muss keines. Dafür ist der Zuckeranteil um so höher.

Zitronenlimonade besteht zum größten Teil aus künstlichen Zutaten. Dagegen ist in Geschirrspülmittel echter Zitronensaft enthalten.

In zahlreichen Produkten wie Gummibärchen und Weingummis, ist Gelatine enthalten. Die besteht aus Haut und Knochen von Schweinen und Rindern und fungiert als Träger von Farbstoffen und Vitaminen.

In der Leberwurst beträgt der Anteil von Leber 10 bis 30%, mehr würde die Wurst bitter schmecken lassen. In Kalbsleberwurst müssen nur 15% Kalbsleber enthalten sein, der Rest kann aus Schweine-, Rinder- oder Geflügelleber sein. Fleischwurst muss nur zu 8% aus Muskelfleisch bestehen, der Rest sind Fett, Schwarte, Speck, Sehnenfleisch und Gewürze.

Auch Geflügelwurst ist eine Mogelpackung. Damit auf dem Etikett Geflügel stehen darf, reicht es, wenn der Anteil von Geflügelfleisch 15% beträgt. Der Rest kann vom Schwein oder Rind sein.

Als Verdickungsmittel enthalten Quark und Frischkäse oft Gelatine. Das ist zwar auf der Zutatenliste vermerkt, aber wer liest die schon. Auch in Multivitaminsäften ist Gelatine als Träger von Vitaminen zu finden.

Selbst eine gewöhnliche Tomatensuppe kann tierische Produkte enthalten. Sie wird mit Speck verfeinert. Auch in Chips können tierische Bestandteile versteckt sein. Zum Beispiel Kälberlab, Fisch, Schwein, Wild oder Geflügel.

Tierische Bestandteile, die als technische Hilfsstoffe eingesetzt werden, müssen nicht kenntlich gemacht werden. In Großbäckereien wird L-Cystein zur

Mehlbehandlung eingesetzt. Die Aminosäure wirkt sich auf Konsistenz und Verarbeitungseigenschaften des Teigs aus. Gewonnen wird es aus Schweineborsten oder Federn.

Auch hinter den E-Nummern kann sich so manches tierische Produkt verstecken. E 904 bezeichnet Schellack. Es wird als Überzug für Schokoladen- und Kaugummidragees, sowie Medikamenten verwendet. Gewonnen wird Schellack aus Gummilack, welcher aus den Ausscheidungen der Lackschildlaus gewonnen wird.

Schweinefleisch in Rindersalami, Pflanzenmargarine mit Rindertalg. Klingt eigentlich unmöglich, ist aber ganz legal.

Bayerischer Leberkäse sollte eigentlich Leber enthalten. Der im Handel erhältliche Bayerische Leberkäs allerdings nicht. Er besteht zu 80% aus Schweinefleisch, der Rest sind Wasser, Speck, Salz, Gewürze und Zusatzstoffe.

Hinter E-Nummern verbergen sich Farbstoffe, E 123 Amaranth ist in den USA verboten (Krebsverdacht), Süßstoffe, 952 Cyclamat und Konservierungsstoffe E 200 Sorbinsäure (bedenklich für Allergiker).

<u>Hier noch einige Beispiele:</u>

Die *Lachsforelle*, dahinter verbirgt sich kein Lachs. Die rote Färbung kommt durch spezielles Futter zustande.

Heringssalat. Der Salat muss mindestens 20% Hering enthalten. Der Rest kann aus Rindfleisch oder Fleischsalatgrundlage bestehen.

Balkan- oder Hirtenkäse. Kein geschützter Begriff. Die Milch für diesen Käse muss nicht vom Balkan kommen.

Geräucherte Wurst. Der Rauchgeschmack muss nicht echt sein, also aus dem Räucherschrank stammen. Das Fleisch kann auch in industriellen Flüssigrauch getränkt sein.

Körnerbrot muss kein Vollkornmehl enthalten. Oft ist der Teig gefärbt und zur Deko werden einige Körner draufgestreut.

Mozarella muss nicht aus Italien stammen und auch keine Büffelmilch enthalten. Meist wird er aus deutscher Kuhmilch produziert.

Und da regen wir uns wegen Pferdefleisch in der Lasagne auf? Ich hoffe, ihnen ist der Appetit nicht vergangen. Schauen sie doch öfter einmal auf die Zutatenliste.

Es gibt sicher noch einige Lebensmittel, die man ohne Bedenken essen kann.

Der Grüßaugust

Grüßaugust ist eine salopp abwertende oder scherzhafte Bezeichnung für einen Empfangschef in einem Hotel oder einem Restaurant, sowie für eine Person, die ein repräsentatives Amt bekleidet, mit dem aber keinerlei Machtbefugnisse verbunden sind.

Ist unser Bundespräsident solch ein Grüßaugust? Er hat keine Macht und wenig Einfluss. Aber er muss repräsentieren. Seine Ausgaben belaufen sich auf insgesamt etwa 4,6 Millionen Euro jährlich.

12 Millionen Menschen bekleiden Ehrenämter in Organisationen und Vereinen. Ein Ehrenamt ist eine freiwillig ausgeübte, unentgeltliche Tätigkeit. Ist das höchste Amt im Staat nicht auch ein Ehrenamt?

Nach seiner Amtszeit bekommt der Präsident einen Ehrensold. Der beträgt zur Zeit 199.000 Euro pro Jahr, bis ans Lebensende. Dazu kommt die übliche *nachamtliche Ausstattung,* ein Büro mit Bürokraft, ein persönlicher Referent und ein Dienstwagen mit Chauffeur.

Wenn der Bundespräsident vorzeitig zurücktritt, bekommt er den Ehrensold nur, wenn er aus politischen oder gesundheitlichen Gründen zurücktritt. Geschieht es aber aus persönlichen Gründen, geht er leer aus. Das ist aber noch nie passiert.

Inzwischen haben wir vier Expräsidenten die noch leben und Ehrensold beziehen. Und dieses Amt macht zäh.

Walter Scheel, 96 Jahre alt, wurde auch bekannt mit dem Lied: *Hoch auf dem gelben Wagen.*

Roman Herzog, 81 Jahre alt wurde bekannt mit dem Ausspruch: *Durch Deutschland muß ein Ruck gehen.*

Horst Köhler, 72 Jahre alt, bekannt durch seinen rätselhaften Rücktritt 2010. Er hat inzwischen auf den Ehrensold verzichtet.

Christian Wulff, 56 Jahre alt, musste zurücktreten, weil er sich über politische und moralische Grundregeln hinwegsetzte. Das hat er bis zum Schluß nicht verstanden. Er kann den Ehrensold noch lange beziehen.

Der noch amtierende Präsident Joachim Gauck ist auch erst 75 Jahre alt.

Was macht der Bundespräsident eigentlich. Er hält ab und zu eine Rede im Fernsehen, macht Staatsbesuche und verkündet überall sein Lieblingswort: *Freiheit.* Manchmal muss er auch ein Gesetz unterschreiben.

Trotzdem ist er kein Grüßaugust. Wir brauchen ihn, damit er uns in der Welt repräsentieren kann. Und ich denke, das macht er gut.

Sie sind unter uns

Inzwischen sind schon Tausende Einwanderer untergebracht und schon kommen die ersten Klagen. Die Einwanderer stellen zum Teil unverschämte Forderungen.

In Kärnten fing es an. In einer Turnhalle in Villach befinden sich 30 Betten für die Asylanten. Auch feste Mahlzeiten bekommen sie, zu geregelten Uhrzeiten. Das passt ihnen überhaupt nicht. Sie wollen essen, wann es ihnen genehm ist. Auch mit der Unterbringung sind sie nicht zufrieden. Es gibt zu wenig Steckdosen für ihre Mobiltelefone und sie verlangen drahtloses Internet (WLAN).

Nach nur sechs Tagen verließen alle ihre Unterkunft. Nun hat man eilends eine bessere Unterkunft für die Flüchtlinge geschaffen, in der es mehr Steckdosen und WLAN gibt.

Auch in Deutschland stellen sie Forderungen. Mindestens zweimal am Tag warmes Essen, bessere Kleidung, gratis Zigaretten, größere Zimmer und am liebsten eine eigene Wohnung. Die Forderungen die manche Asylbewerber stellen sind an Frechheit kaum zu überbieten. Verhalten sich so Menschen, die angeblich knapp dem Tod entronnen sind? Die vor Krieg und Vertreibung flüchteten? Haben sich die deutschen Vertriebenen 1945 ebenso verhalten?

Zur Zeit wird debattiert, Asylbewerbern am besten eigene Wohnungen zur Verfügung zu stellen. Das ist doch absurd. Es gibt kein Menschenrecht auf eigene 4 Wände. Es gibt kein Menschenrecht auf Zigaretten.

Immer heißt es: *zeigen sie doch Willkommenskultur*. Was wir brauchen ist eine *Abschiedskultur*. Wer kein Recht auf Asyl hat, und das ist die überwiegende Mehrheit, hat sich aus Deutschland zu verabschieden. Er muß abgeschoben werden.

Für die deutschen Bürger gilt immer noch das St. Florians-Prinzip. Asylanten ja, aber nicht in meiner Nähe. Spielplätze ja, aber nicht in meiner Nähe. Kindergärten ja, aber nicht in meiner Nähe.

Heiliger Sankt Florian, verschon mein Haus, zünd andre an.

Warum dauern Asylverfahren in Deutschland über 5 Monate und in der Schweiz nur 48 Stunden? Ausgerechnet die Schweiz, bei der doch alles viel langsamer geht. Weil die Schweiz für Asylbewerber aus sicheren Herkunftsländern ein Schnellverfahren entwickelt hat und sofort abschiebt

Wieviele Flüchtlinge können wir noch aufnehmen. 1 Million sind bereits hier. Nach Ansicht der Experten kann Deutschland mittelfristig 500.000 Flüchtlinge pro Jahr aufnehmen.

Warum bringen die arabischen Staaten keine Flüchtlinge bei sich unter? Dort könnten sie doch in klimatisierten Zelten leben?

Saudi-Arabien kennt kein Asylrecht und andere Staaten Kuwait, Katar machen die Grenzen dicht.

Warum bekommen die Asylanten Geld statt Sachleistungen? Weil es einfacher ist, Geld zu verteilen.

Was wissen wir über die Menschen die zu uns kommen. Die meisten kommen aus Kriegs- und Krisengebieten. Natürlich sind unter den Flüchtlingen keine Terroristen, glauben unsere Politiker. Das ist einfach naiv.

In Hamburg beklagen sich die Flüchtlinge, dass sie in einer großen Lagerhalle schlafen müssen, statt ihre eigenen Wohnungen zu bekommen. Die Flüchtlinge erklärten: *die Stadt hat uns angelogen, wir sind schockiert.* Hamburg erklärte: *es gibt in Hamburg keine freien Wohnungen.*

70% der Auszubildenden aus Syrien, Afghanistan und dem Irak, denen eine Lehre angeboten wurde, haben sie abgebrochen. Viele junge Migranten sind sich zu schade für eine Ausbildung.

In einem Supermarkt drängte sich ein muslimischer Mann mit einem vollbeladenen Einkaufswagen vor eine Frau und sagte: *ich Mann, du Frau, ich vor.*

Obwohl die meisten Asylbewerber in Deutschland ein Dach über dem Kopf haben und drei warme Mahlzeiten am Tag bekommen, dazu kostenlose Kleidung und Gesundheitsversorgung, verlangen viele von ihnen mehr: mehr Geld, bessere Betten, mehr heißes Wasser, mehr ethnisches Essen, mehr Erholungseinrichtungen, mehr Privaträume und natürlich ihre eigenen Wohnungen.

In Berlin haben 20 Asylbewerber das Landesamt für Gesundheit und Soziales verklagt. Sie wollen die Auszahlung ihrer Sozialleistungen beschleunigen.

Ebenfalls in Berlin besetzten 40 Migranten, die meisten aus Pakistan, die Panoramaetage des Fernsehturms und verlangten einen Abschiebstopp, Arbeit und Befreiung von der Residenzpflicht. Mehr als hundert Polizisten mussten eingesetzt werden um die Migranten zu entfernen. Nach einer kurzen Befragung wurden sie freigelassen. Es sei keine Straftat begangen worden. Die Migranten hätten sich Eintrittskarten gekauft, bevor sie zu der 200 Meter hohen Aussichtsplattform hinauffuhren. Vielleicht sind in Moabit auch keine Zimmer frei?

In Kreuzberg besetzten über 400 vorwiegend aus Afrika stammende Migranten ein leer stehendes Schulgebäude, da sie nicht mehr länger in den Zelten leben wollten. Als 900 Polizeibeamte erschienen, um das Gebäude zu räumen, vergossen einige der Migranten Benzin in der Einrichtung und drohten, sich anzuzünden. Andere wollten vom Dach springen.

In Dormund beschwerten sich Migranten über die Katastrophalen Bedingungen in der Brügmann-Sporthalle, die nun als Flüchtlingsunterkunft dient. Sie beklagten sich über schlechtes Essen, unbequeme Betten und zu wenig Duschen.

Nur wenige Stunden nachdem 40 Asylsuchende aus Afghanistan, Pakistan und Syrien in Fuldatal angekommen sind forderten sie eigene Wohnungen.

Die Einwanderer haben völlig falsche Vorstellungen von Deutschland. Die Schlepper erzählen ihnen, in Deutschlend bekommt jeder eine eigene Wohnung.

In den ersten neun Monaten kamen über 35.000 Migranten nach Hamburg. In diesem Zeitraum musste die Polizei über tausend Mal zu den Flüchtlingseinrichtungen ausrücken. 81-mal um Massenschlägereien aufzulösen, 93-mal um Fälle von Körperverletzung und sexuellen Übergriffen zu untersuchen, 28-mal um Migranten daran zu hindern, Selbstmord zu begehen.

Inzwischen wurden die Fahrscheinkontrolleure des Hamburger Verkehrsverbundes angewiesen, bei Migranten ohne Fahrschein ein Auge zuzudrücken.

In Halle wurden vier Wachleute verletzt, als sie versuchten, eine Meute von Asylbewerbern daran zu hindern, schon vor der Öffnung ins Sozialamt zu gelangen. Die Migranten, die auf die Auszahlung ihrer Sozialleistungen warteten, wurden wütend, weil sich andere Migranten an der Warteschlange vorbeischleichen wollten. Später kam heraus, dass diese aus einem anderen Grund hier waren und sich nicht anzustellen brauchten.

In Nürnberg traten sechs Migranten aus Afghanistan, Äthiopien und dem Iran in den Hungerstreik, um gegen die Ablehnung ihrer Asylanträge zu protestieren. Die Anträge waren bereits vor sechs Jahren abgelehnt worden. Die Männer leben immer noch hier.

In Walldorf verlangte eine Gruppe von Migranten von den kommunalen Behörden, sie sollten ihnen unverzüglich Privatwohnungen zur Verfügung stellen, da sie nicht länger mit 200 anderen Asylbewerbern in einer Unterkunft leben wollten.

In Wetzlar drohten Migranten mit Hungerstreik, um endliche dauerhafte Unterkünfte zu erhalten. Das Regierungspräsidium erklärte die Verzögerung mit Quarantänemaßnamen, weil einige der Migranten mit Hepatitis A infiziert seien.

In Zweibrücken traten 50 Asylbewerber in den Hungerstreik um gegen die schleppende Bearbeitung ihrer Anträge zu protestieren.

Auch in Birkenfeld, Böhlen, Gelsenkirchen, Hannover, Walheim und Wittenberg traten Asylbewerber in den Hungerstreik.

In Bad Kreuznach sollte eine syrische Familie eine 4-Zimmer Wohnung besichtigen. Als die Maklerin kam, weigerte sich die Familie, das Haus zu betreten. Einer der Syrer konnte ein wenig deutsch und forderte die Maklerin auf, zur Besichtigung einen Mann vorbeizuschicken.

In Idar Oberstein weigerte sich ein Imam in einer Flüchtlingsunterkunft Julia Klöckner, die als Amtsträgerin zu Besuch war, die Hand zu geben, da sie eine Frau sei. Frau Klöckner, stellvertretende Bundesvorsitzende der CDU erwähnte diesen Vorfall gegenüber dem Nachrichtenmagazin Focus. Danach erhielt sie über 800 E-Mails von Frauen aus dem ganzen Land, die schilderten, wie schlecht auch sie von muslimischen Einwanderern behandelt worden sind.

Eine Mutter hat in der Schule ihrer Tochter eine vollverschleierte Frau angesprochen, ob sie ihr helfen könnte. Die Antwort kam aber von einem Mann: *meine Frau spricht nicht die Sprache der Unreinen.* Die Mutter fragte: *wer ist denn hier unrein und was bedeutet das?* Der Mann erklärte: *alle deutschen Frauen sind unrein und seine Frau spricht die Sprache der Unreinen nicht, um rein zu bleiben.*

In Berlin sind mehr als 150 Jugendliche aus Nordafrika und Osteuropa als Taschendiebe unterwegs. Einer wurde schon 20-mal wegen dem Verdacht des Diebstahls festgenommen, aber jedesmal wieder auf freien Fuß gesetzt.

In Gießen-Rödgen leben 1.800 Einwohner. Nun wurden in der ehemaligen Kaserne 4.000 illegale

Einwanderer untergebracht. Einbrüche, Raubüberfälle, sexuelle Belästigungen und Drohungen sind nun Alltag in dem Staddtteil. Der Ort ist ein Vorgeschmack darauf, was uns bald in Deutschland blüht.

Man könnte diese Beispiele endlos weiterführen, täglich kommen neue hinzu.

Je mehr Asylbewerber unter uns leben, um so unverschämter werden ihre Forderungen. Müssen wir uns das alles gefallen lassen. Läßt sich unser Staat von den Illegalen erpressen?

Wenn ich als Kind zu meiner Mutter sagte: *ich will......,* bekam ich eine Watsche und die Antwort: *du hast gar nichts zu wollen.*

Ich habe mich inzwischen zu einem arabisch-Kurs angemeldet. Damit ich mit meinen zukünftigen Nachbarn redem kann. Die meisten kommen ja angeblich aus Syrien und dort wird arabisch gesprochen. Denn deutsch lernen die auf keinen Fall.

Müssen wir Deutsche nun doch auswandern? Wer weiß, wieviele von uns in 20 Jahren noch hier sind. Der letze macht das Licht aus.

Neue Wörter braucht das Land

Manchmal muss uns die Regierung über etwas informieren, was sie lieber für sich behalten hätte. Also muss ein neues Wort her, das keiner versteht und mit dem sie uns verwirren können. Irgendwo in Deutschland sitzen Nasen, die sich solche Wörter einfallen lassen. Die Kanzlerin braucht nur anzurufen: *habt ihr ein bescheuertes Wort für mich.* Prompt wird geliefert. Diese Wörter hören wir in der Tagesschau und keiner versteht mehr diese beliebte Sendung

Hier einige Beispiele:

Gewinnwarnung. Dieses Wort wird leicht missverstanden, da es nicht vor einem Gewinn warnt, sondern einen Verlust ankündigt. Warum nennt man es nicht Verlustwarnung?

Minuswachstum. Was ist denn das? Ich tue mir schon schwer mit Nullwachstum. Warum nennt man es nicht Schrumpfung?

Negative Einkünfte. Das ist derselbe Quatsch wie Minuswachstum.

Nulldefizit. Was ist denn das? Ein ausgeglichener Haushalt? Warum nennt man es nicht so?

Schuldenbremse. Das kann man gerade noch verstehen.

Schwarze Null. Schäubles Lieblingswort. Ein ausgeglichener Haushalt. Null versteht man noch, aber warum ist sie schwarz?

Negativzuwanderung. Haben die jetzt alle umgedreht und gehen wieder zurück? Nein, Negativzuwanderung bedeutet, dass zur Zeit weniger kommen. Aber sie kommen immer noch. Der Winter hält so langsam Einzug in Europa und stoppt so die Flüchtlingsströme. Aber im Frühjahr werden dann dreimal so viele kommen. Dann brauchen wir ein neues Wort von den Nasen.

Manche neuen Wörter sind so lang, dass man sie abkürzen muss. Beispiel **ESM** Europäischer Stabilitätsmechanismus soll nun **EFSF** Europäische Finanzstabilisierungsfazilität ersetzen. Versteht einer diesen Ausdruck? Das kann man ja nicht mal aussprechen.

Und dann noch der **Fiskalpakt**. Wenn man das Wort ausspricht hört es sich wie etwas Schlimmes an. Wahrscheinlich steckt dahinter wieder mal eine große Sauerei.

Was sind **Konvergenzkriterien**. Das sind die im Maastricht-Vertrag festgelegten Kriterien für den Eintritt in die EWU. Was ist EWU?

Was ist der **Libor** - London Interbank Offered Rate? Damit haben die Banken doch getrickst und Miliarden verdient.

Hinter diesen bescheuerten Wörtern steckt Absicht. Der Bürger soll ja gar nicht verstehen, was das alles bedeutet. Sonst könnte er eines Tages aufstehen und rebellieren.

Und nun das Wetter

Ach war das früher einfach. Nach den Nachrichten kam der Wetterbericht. Da hieß es bieb...bieb...bieb... Kalter Wind aus Nordost. Dann wusste ich, morgen kann es kalt werden, da nehme ich doch lieber einen Pulli mit.
Dann kam Kachelmann. Er machte daraus eine Wettershow. Er vernebelte einem nach den Tagesthe-

men derart die Sinne, dass man vor lauter Pfeilen und Strömungsbildern nicht mehr wusste, brauche ich morgen die Winterjacke oder gehe ich ins Freibad.

Nach Kachelmann hätte es wieder normal werden können, aber weit gefehlt. Nun erzählen auf den Privaten hübsche Topmodels von Isothermen und Isobaren, von Winden über den Azoren und Wirbeln über Schottland.

Ist Regen angesagt steht irgendein Moderator in irgendeinem See oder in einer großen Pfütze und moderiert das Wetter.

Nachdem uns diese Wetterfrösche 3 Minuten lang totgequakt haben, wissen wir überhaupt nichts mehr. Es bleibt nur noch die gute alte Zeitung am nächsten Morgen. Dort verzichtet man aus Platzmangel an überflüssigen Floskeln und der Wetterbericht ist einfach zu verstehen.

Vordrängler und Schnarchnasen

Ich habe sie schon alle erlebt. Die Vordrängler, die Schnarchnasen, die Ungeduldigen, die Rüpel, die Ausländer und die Stinker.

Die Eiligen: ich habe nur 1 Teil, ich muss auf den Bus. Lasse ich sie aus Mitleid vor, packen sie plötzlich aus ihrer Einkaufstasche noch weitere 10 Teile, drehen sich um und lachen mich an oder aus.

Die Schnarchnasen: erst packen sie langsam ihre Waren ein, dann kramen sie in ihrer Tasche nach dem Geldbeutel und bezahlen endlich.

Die Ungeduldigen: sie können nicht warten und drücken mir ihren Einkaufswagen gegen den Arsch.

Ich drücke dann kräftig zurück. Manch kapieren es sofort.

Die Rüpel: sie rammen dir den Einkaufswagen in die Hacken und entschuldigen sich nicht einmal.

Die alte Oma: Moment ich hab's passend. Dann kramt sie in ihrer Geldbörse und legt einen Cent nach dem anderen auf das Band. Die Frau an der Kasse wird verrückt, die wartenden Kunden auch.

Die Umständlichen: suchen erst nach Geld und lassen ihre Ware auf dem Band liegen. Die Kassiererin möchte weitermachen, geht aber nicht.

Die Vergesslichen: haben ihr Obst nicht abgewogen. Passierte mir auch schon mal.

Die Ausländerin: hat etwas vergessen und geht weg. Den Wagen läßt sie stehen. Keiner kann in dem schmalen Gang vorbei. Alle müssen warten, bis die Dame zurückkommt.

Die Unaufmerksamen: sie vergessen einen Warentrenner hinzulegen. An der Kasse kommt es zu Mißverständnissen.

Die Ögo-Freaks: nehmen grundsätzlich keinen Wagen, tragen alles in der Hand und wissen an der Kasse nicht, wo sie ihre Waren hinpacken sollen.

Die Stinker: vor mir riecht einer stark nach Rauch. Hinter mir hat einer Knoblauch gegessen. Ich habe früher auch geraucht. Jetzt weiß ich, wie ich damals auch gestunken habe.

Es bringt nichts, wenn man sich aufregt. Diese Leute trifft man in jedem Supermarkt. Einfach cool bleiben.

Bei Aldi, Penny, Netto und Norma müssen die Kassiererinnen die Teile schnell einscannen. Sie haben da bestimmte Vorgaben. Ich glaube pro Minute

40 Teile. Wenn man die Waren nicht schnell genug wegräumt, schmeißen sie einem die Sachen einfach in den Wagen, damit sie Platz für den nächsten Kunden haben. Das passierte mir schon öfter, obwohl ich ziemlich schnell bin. Eier kaufe ich keine ein.

Endloses Gelaber

Ich habe mir immer gern die Sportschau angesehen. Als die Übertragungsrechte an die privaten Sender gingen, fing das Gelaber an. Nun, da die Sportschau wieder beim Ersten ist, wurde es nicht besser, sondern noch schlimmer.

Eigentlich müssten ja am Samstag fast zwei Stunden ausreichen um alle Spiele in einer Zusammenfassung zu bringen. Aber zuerst kommt die dritte Liga, dann die zweite und nach der Hälfte der Sendezeit die erste Liga.

Das würde immer noch ausreichen, wäre da nicht das Gelaber der Moderatoren. Für die Ankündigung eines Spieles brauchen sie fast soviel Sendezeit, wie für das Spiel. Dabei erfahren wir völlig überflüssige Dinge.

Dann die Aufzeichnung selbst. Jeder halbwegs gelungene Schuss wird in Zeitlupe fünfmal wiederholt. Jedes Foul wird aus verschiedenen Positionen fünfmal gezeigt. Die Moderatoren sehen alles besser als der Schiedsrichter und beweisen es mit Zeitlupen. Die hat der Schiri nicht.

Nach dem Spiel kommen noch diese überflüssigen Interviews mit Spielern und Trainern. Man sucht sich möglichst einen Spieler aus, der nicht richtig deutsch kann. Und vom Trainer erfährt man sowieso nichts, höchstens noch ein paar Beleidigungen.

Der Vertrag mit der ARD läuft noch bis 2017. Danach könnte alles kürzer werden. Die Sportschau soll dann auf 45 Minuten reduziert werden.

Das funktioniert, ohne dass man weniger Fußball zeigen kann. Einfach das Gelaber der Moderatoren weglassen, die Interviews ebenfalls weglassen, Zeitlupen reduzieren auf zwei. Bei 5 Minuten pro Spiel kommen wir bei 6 Spielen auf 30 Minuten Sendezeit. Da sind immer noch 15 Minuten für die Werbung drin.

Ganz schlimm ist der Doppelpaß am Sonntag Vormittag. Hier sitzen lauter Klugscheißer, die Spiele vom Vortag analysieren. Hier wird endlos gelabert. Zwei Stunden lang. Darauf kann man verzichten.

Auch bei anderen Sportübertragungen wird zuviel gelabert. Bei der Übertragung der Olympia-Abschlussfeier redeten selbst bei den Musikstücken die drei Moderatoren dazwischen. Den Zuschauern platzte der Kragen. Kurz danach standen mehr als 500 Beiträge im Internet, in denen sich die Leute beschwerten. Die ARD reagierte schnell und erklärte: *wir werden die Kritik an die Kollegen von der Sportschau weiterleiten.*

Es ist schön, wenn man über die Technik verfügt, aber es gibt zu viele Zeitlupen. Spieler, die sich mit schmerzverzerrtem Gesicht auf dem Rasen wälzen, kurz danach wieder flott herumlaufen. Wunderheilungen sind also auch im Fußball möglich.

Spieler rennen nach einem Tor durch das ganze Stadion und umarmen jeden, der nicht schnell genug ausweichen kann. Das muss man nicht zeigen.

Spieler die sich die Stutzen richten, oder die Schnürsenkel binden, das muss man auch nicht zeigen. Ich weiß, wie man Schnürsenkel bindet.

In dem Spiel Deutschland gegen Italien waren 10,33 Minuten Zeitlupe. Dazu kamen unzählige Nahaufnahmen, Trainerstudien und Bilder von Fans.

Die Kameraleute suchen gezielt nach Prominenten unter den Zuschauern um diese dann in Nahaufnahme zu zeigen. Fußball ist Nebensache.

Bei den Montagabend-Spielen reden die Moderatoren soviel Krampf. Dazu haben sie noch einen Co-Kommenator, der auch seinen Senf dazu gibt. Nun, was soll man auch kommentieren, wenn auf dem Spielfeld nichts passiert? Vielleicht einfach mal die Klappe halten.

Vorurteile gegen Deutsche

Weltweit haben viele Menschen den Deutschen gegenüber Vorurteile. Manche mögen sogar teilweise gerechtfertigt sein. Allerdings gibt es auch Anschuldigungen, die wir uns nicht gefallen lassen.

So sehen uns die Amerikaner:

Der Deutsche isst bei jeder Gelegenheit, morgens, mittags oder abends, Wurst. Am liebsten Bratwurst. Das stimmt nun mal überhaupt nicht. Ich kenne Deutsche, die essen nur einmal am Tag eine Bratwurst.

Der Deutsche isst jedes Stück vom Schwein, egal wie ungenießbar es auch erscheinen mag. Das stimmt. Aber wir essen es nicht absichtlich. Heute werden alle Teile vom Schwein verarbeitet. Die Maschinen zermahlen alles zu einem Brät, dazu kommen Gewürze, fertig ist die Wurst.

Außerdem liebt der Deutsche Paprika, möglichst in jedem Gericht. Allerdings nur die roten, die anderen Farben sind nicht akzentabel. Da muss ich widersprechen. Ich kaufe mir lieber die gelben oder die orangenen Paprika.

Zu jedem Gericht braucht der Deutsche eine Soße. Na und, der Ami nimmt zu jedem Gericht Ketchup.

Der Deutsche liebt Stiefel, trägt sie bei jedem Wetter und macht sie nie kaputt. Ja, Arbeitsstiefel. Deshalb tragen wir auch keine Sandalen oder Flip-Flops. Wenn wir sie doch tragen, dann nur mit Socken.

Jeder Deutsche trägt zu Hause Hausschuhe. Ich nicht.

Der Deutsche trägt gerne Zipper-Hosen. Das sind Hosen mit dem Reißverschluß auf Kniehöhe, der es uns ermöglicht, aus einer langen Hose eine kurze zu machen. So sind wir für jedes Wetter vorbereitet. Wie blöd wir damit aussehen, ist uns egal.

Die Trendfarben der Deutschen sind Beige oder Grau.

Der Deutsche lacht gerne über andere, aber niemals über sich selbst.

Deutsche können nicht tanzen, tun es aber trotzdem und machen sich damit zum Vollidioten.

Der Deutsche gibt kein Tinkgeld und wenn doch dann sehr wenig. Der Deutsche ist halt sparsam.

Deutsche stellen sich nicht gerne in einer Warteschlange an. Das mussten sie im Osten 40 Jahre lang tun. Deshalb drängeln wir bei jeder Gelegenheit vor.

Der Deutsche ist unfreundlich und verschlossen. Um mit ihm ein nettes Gespräch zu führen, muss man ihn zuerst abfüllen.

Der Deutsche ist besessen von seinem Schrebergarten und von seinen Gartenzwergen.

Der Deutsche hasst alle, die sich im Supermarkt viel Zeit lassen, denn er hat keine Zeit. Nie.

<u>Hier die 10 schlimmsten Vorurteile:</u>
Deutsche sind diszipliniert
Deutsche sind unterkühlt
Deutsche essen Wurst und Sauerkraut
Deutsche trinken gerne Bier.
Deutsche sind Sicherheitsfanatiker.
Deutsche haben keinen Humor.
Aus Deutschland kommen die Dichter und Denker.
Deutsche tragen Lederhosen und Dirndl.
Deutsche lieben Volksmusik
Deutschen leben freizügig.

Aber es gibt auch Dinge, für die Deutschland weltweit geschätzt wird.
Deutschland ist das beliebteste Land und genießt weltweit das höchste Ansehen.
Ein Deutscher hat die Gummibärchen erfunden.
Der Deutsche ist pünktlich, genau und verlässlich.

Der Deutsche hat den Chinesen beigebracht, wie man gutes Bier braut.

Der Deutsche schlägt zurück

So sieht der Deutsche die Amerikaner. Vorurteile, die sich nicht so leicht widerlegen lassen.

Die meisten Amerikaner sind dick. Das stimmt nicht. Die meisten Amerikaner sind fett.

Selbst wenn man englisch spricht, kann man sich mit dem Amerikaner nicht verständigen. Er spricht kein englisch.

Amerikaner gehen jeden Sonntag in die Kirche und beten vor dem Essen. Trotzdem zahlen sie keine Kirchensteuer.

Amerikaner feiern jedes Jahr Thanksgiving. Dafür müssen Millionen Truthähne sterben. Selbst der Präsident hat bestätigt, auch das Böse feiert Feste.

Amerikanische Brownies schmecken besser als deutsche. Mag sein, aber sie haben auch mehr Zucker.

Alle Amerikaner fahren Automatik-Autos. Das stimmt. Schalten haben sie längst verlernt.

Die Zeitung wird vor das Haus geschmissen. das stimmt. Es ist genauso, wie man es in den Filmen sieht.

Hinter jedem Haus steht ein Pool. Das ist korrekt, fast hinter jedem Haus.

Vor jedem Haus steht die Mailbox, mit dem kleinen roten Hebel, der hochsteht, wenn Post in der Box ist. Das stimmt. Die Mailbox gibt's vor jedem Haus.

Amerikaner essen viel Süßes. Das stimmt. In den Supermärkten gibt es Süßigkeiten, die wir uns nicht vorstellen können.

Der Amerikaner hat ein starkes Nationalbewusstsein, er glaubt an die Demokratie, an den Kapitalismus und an die Zukunft. Alles Dinge, die uns Deutschen abhanden gekommen sind.

Amerikanische Kinder müssen in der Schule alle Bundesstaaten und ihre Hauptstädte auswendig lernen und aufsagen können. Deshalb kennen sie sich auch nicht in Europa und der übrigen Welt aus.

Das Essen ist bei den Amerikanern viel zu fett und die Portionen sind viel zu groß, das trägt wesentlich zur Dickleibigkeit bei. Einer der in Deutschland als dick gilt gehört in den USA zu den Schlanken.

In den Einkaufszentren sind inzwischen die Buchhandlungen und Music-Stores verschwunden. Das sind die Folgen der Internet-Anbieter wie Amazon. Ein Vorgeschmack auf das, was auch auf uns zukommt.

Vorurteile gegen Türken und Italiener

Vorurteil Nummer eins: Türken liegen den Deutschen auf der Tasche und nehmen ihnen die Arbeitsplätze weg. Das stimmt nicht. In Deutschland gibt es rund 60.000 Selbstständige Türken, vorwiegend Obst- und Gemüsehändler.

Vorurteil Nummer zwei: Türken sind faul. Stimmt nicht. Ohne die türkische Bevölkerung wäre der wirtschaftliche Aufbau der Bundesrepublik kaum möglich gewesen. In den Sechzigerjahren wurde von der Bundesrepublik eine Kampagne gestertet, um Gastarbeiter aus der Türkei anzuwerben.

Vorurteil Nummer drei: Türken kaufen nur billig. Stimmt nicht. Knapp 15% entscheiden sich beim Neuwagenkauf für einen Mercedes. Natürlich kaufen sie ihre Lebensmittel beim Discounter ein.

Vorurteil Nummer vier: Alle Türkinnen müssen Kopftücher tragen. Stimmt nicht. Zwar schreibt der Islam eine Kopfbedeckung für Frauen vor, doch in welcher Form sie sich in der Öffentlichkeit verhüllen müssen, ist im Koran nicht eindeutig.

Vorurteil Nummer fünf: Türken essen nur Döner Kebab. Irrtum. Der Döner ist in der Türkei weit weniger verbreitet als in Deutschland.

Vorurteil Nummer sechs: Türken trinken den ganzen Tag Tee. Nun, Teetrinken gehört zum türkischen Alltag. Zu jeder Tageszeit und Gelegenheit reichen Türken Tee. Aber unsere Ostfriesen trinken noch mehr Tee, als die Türken. Und die Iren sind sogar Europameister im Teetrinken.

Vorurteil Nummer sieben: Türken hassen Griechen. Fußballspiele zwischen beiden Staaten gelten immer noch als Problemspiele. Die Grenzsoldaten am Elbrus spielen ein anderes Spiel. Sie schießen auf den Grenzposten des jeweils anderen Landes. Wer den Unterstand trifft gewinnt angeblich 1 Stange Zigaretten.

Übrigens, Finnen mögen keine Russen,
Iren mögen keine Engländer,
Franzosen mögen keine Deutschen,
keiner mag die Amerikaner

Vorurteil Nummer acht: Türkische Mädchen werden zwangsverheiratet. In rückständigen, ländlichen Gebieten gibt es noch Zwangsehen.

Vorurteil Nummer neun: Frauen haben nichts zu sagen. In Deutschland gehen 60% der Türkinnen nicht arbeiten. Sie haben andere Aufgaben. Mehr als eine halbe Million türkischer Mädchen werden von den Eltern nicht zur Schule geschickt, weshalb sie weder lesen noch schreiben könne. Im ärmeren Osten ist es jede zweite.

Vorurteil Nummer zehn: Die Türken würzen alles mit Knoblauch und Kümmel. Im 18. Jahrundert wurde in der Nähe von Halle viel Kümmel angebaut. Die Studenten nannte man Kümmeltürken. Als der ursprüngliche Bezug verloren ging, wurde Kümmeltürke zum Schimpfwort.

Nun zum Italiener. Er ist ein Macho und isst am liebsten Pasta, wenn er nicht gerade gestikuliert. Hier wollen wir mit einigen Vorurteilen aufräumen.

Vorurteil Nummer eins: Der Italiener lebt von Pasta. Die italienische Küche ist die beliebteste der Welt und sehr abwechslungsreich. Aber ein Teller Nudeln ist fester Bestandteil jeder italienischen Mahlzeit. Es ist der erste Gang. Wir kennen die Pasta nur als komplettes Abendessen.

Vorurteil Nummer zwei: Italiener reden mit den Händen. Halte einem Italiener die Hände fest und er kann nicht mehr sprechen. Die Körpersprache gehört beim Italiener einfach zum Reden dazu.

Vorurteil Nummer drei: Italiener sind laut. Wenn zwei Italiener miteinander reden, glaubt man, sie streiten miteinander. Doch was für uns wie Streit aussieht ist für Italiener ein normales Gespräch. Erst wenn die Teller an die Wand fliegen, sollte man sich Sorgen machen.

Vorurteil Nummer vier: Italiener haben den besten Kaffee. Morgens trinkt der Italiener Milchkaffee, am Vormittag Cappuccino und ab 12 Uhr mittags nur noch Espresso, bis spät in die Nacht.

Vorurteil Nummer fünf: Italiener und die Frauen. Ein Italiener bleibt auf Lebenszeit Muttis Liebling. Er wird verwöhnt, bekocht und heiß geliebt.

Der Asylant

Asylanten bekommen mehr Geld als Hartz IV, sind krminell, nehmen uns die Arbeit weg, sind zu teuer, wollen alle zu uns, neigen zu sexuellen Übergriffen auf Frauen, sind Wirtschaftsflüchtlinge, geht es besser als Deutschen, werden nicht abgeschoben. Die Deutschen haben Angst vor Überfremdung.

Diese Vorwürfe setzen sich sich immer mehr in der Bevölkerung durch. Aber stimmen sie auch? Schauen wir uns doch mal die einzelnen Punkte genau an.

Der Asylant bekommt mehr Geld. Stimmt nicht. Er bekommt Unterkunft, Essen und ein kleines Taschengeld. Die Summe dieser Leistungen liegt zwischen 287 und 359 Euro pro Monat. Der Hartz IV Satz beträgt 399 Euro pro Monat.

Der Asylant nimmt uns die Arbeit weg. Stimmt nicht. Der Asylant muss mindestens drei Monate auf eine Arbeitserlaubnis warten. Auch dann wird zuerst geprüft, ob ein Deutscher oder ein EU-Bürger die Arbeit machen kann. Erst nach 15 Monaten können Asylanten und geduldete Flüchtlinge ohne diese Einschränkung arbeiten. Das bedeutet natürlich: So lange Flüchtlinge nicht arbeiten dürfen, können sie auch keine Steuern und Sozialabgaben zahlen, von denen alle profitieren würden.

Asylanten sind kriminell. Die Statistiken der Polizei zeigen, dass weder die Kriminalität rund um die Flüchtlingsheime steigt, noch dass Asylanten krimineller sind als Deutsche.

Die meisten Asylanten kommen nach Deutschland. Das ist falsch. Bezogen auf die Einwohnerzahl liegt Schweden mit 8 Asylanträgen pro 1.000 Einwohner an der Spitze. Danach kommen Ungarn, Malta, Dänemark, die Schweiz und Norwegen. Deutschland liegt erst auf Platz sieben.

Wenn weniger Flüchtlinge nach Deutschland kommen, bekämen arme Menschen nicht automatisch mehr Geld.

In Deutschland leben 232 Menschen auf einem Quadratkilometer. Im kleinen Malta sind es 1.336. Wir haben also Platz genug. Die Frage ist doch eher, wieviel Platz ist in unseren Köpfen für Menschen, die in Not sind.

Asylanten kosten zuviel. Natürlich kostet der Asylant den Staat Geld. Pro Person sind das etwa 500 Euro monatlich, je nach Bundesland gibt es leichte Unterschiede.

Viele Deutsche haben Angst vor Überfremdung, weil Deutschland zuviele Flüchtlinge aufnimmt. Tatsächlich werden in Deutschland mehr Asylanträge gestellt, als in allen anderen Staaten. Aber noch ist nicht bekannt, wieviele dieser Anträge abgelehnt werden.

Asylbewerber neigen zu sexuellen Übergriffen auf Frauen. Diese Behauptung lässt sich durch keine Zahlen beweisen. Sie wurde einfach so in den Raum gestellt.

Viele Asylbewerber sind Wirtschaftsflüchtlinge. Diese Vorurteil ist vorsichtig zu bewerten. Jeder 5. Asylbewerber stammt aus Syrien. Dort herrscht Krieg. Die zweitgrößte Bevölkerungsgruppe stammt aus dem Kosovo, die drittgrößte aus Albanien. Es besteht der Verdacht, dass die Kosovaren und die Albaner Wirtschaftsflüchtlinge sind.

Oft tragen gerade jüngere Asylbewerber Markenklamotten und besitzen Smartphones. Die Flüchtlinge besitzen oft schon vor dem Eintreffen in Deutschland ein Handy oder Smartphone. Bei den Markenklamotten handelt es sich in vielen Fällen um gespendete Kleidungsstücke,

Die meisten Asylbewerber sind Männer. Das stimmt. Frauen und Mädchen haben es nicht so leicht, in weit entfernte Länder zu kommen. Außerdem hätten sie wenige finanzielle Möglichkeiten. Gerade junge Männer flüchten, weil sie nicht zur Armee eingezogen werden wollen, um in einem sinnlosen Krieg ihr Leben zu lassen.

Asylbewerber werden nicht abgeschoben. Ein Problem ist die lange Verfahrensdauer. Ein drittel der Asylanträge wurde bisher abgelehnt und die betroffenen sollen abgeschoben werden. Wie das durchgeführt wird und wie lange das dauert ist noch unklar.

Fazit, die Vorwürfe sind typische Stammtischparolen und halten einer gründlichen Überprüfung nicht stand.

Der richtige Abstand

Wenn mir Menschen zu nahe kommen, egal ob es Fremde sind oder Bekannte, ist mir das unangenehm. Wenn mein Gegenüber einen Meter entfernt ist, ist das in Ordnung. Wird dieser Abstand unterschritten ist es mir lästig. Ich weiche dann einen Schritt zurück. Es gibt aber Menschen, die verstehen das Signal nicht und machen einen Schritt vorwärts.

Manche Menschen stupsen auch noch mit dem Finger gegen meine Brust. Das ist noch lästiger. Manche fassen einen an der Schulter oder am Arm, das ist ebenfalls unangenehm. Zum Glück habe ich nicht oft mit solchen Menschen zu tun.

Jeder Mensch hat eine Intimdistanz. Sie reicht von 40 Zentimeter bis 1,5 Meter.

In einem vollen Aufzug fühlt sich keiner wohl. Hier wird bei jedem die intime Distanz unterschritten. Hier muss man es aber nur für Sekunden aushalten und man kann den Aufzug verlassen. Auch das öffentliche Verkehrsmittel ist manchmal überfüllt und es kommt sogar zum Körperkontakt. Hier dauert es aber schon mal 15 Minuten, bis man erlöst wird. Ich bin froh, wenn ich endlich aussteigen kann.

Auch bei öffentlichen Veranstaltungen kommt es im Gedränge zu Berührungen. Diese lösen Unbehagen, Unruhe und Aggressionen aus. Möglicherweise werden Gewalttätigkeiten in Fußballstadien durch das Zusammendrängen von Menschen gefördert.

Menschen im Aufzug oder überfüllten Bus suchen auch keinen Blickkontakt. Hier ist eine Sonnenbrille von Vorteil.

In der persönliche Distanz 1,5 bis 2 Meter kann man sich immer noch unterhalten oder die Hand geben. Es ist die typische Distanz auf Partys.

Bei Tieren kann man es genau beobachten. Sie haben eine Fluchtdistanz. Kommt man ihnen zu nahe, weichen sie zurück und flüchten oder gehen zum Angriff über. Das kommt ganz auf die Tierart an.

Krähen, Amseln oder Spatzen lassen einen bis auf 2 Meter herankommen, dann fliegen sie auf. Tauben dagegen weichen nicht mehr zurück. Sie sind den Menschen gewohnt und wissen, dass ihnen keine Gefahr droht. Nur wenn sie erschreckt werden fliegen sie davon.

In der Bankfiliale ist eingezeichnet, wo der Kunde stehen bleiben soll, bis er an der Reihe ist. Dabei ist es selbstverständlich, dass man dem Vordermann nicht über die Schulter schaut. Trotzdem gibt es Leute, die sich nicht daran halten.

Mir ist es schon passiert, ich stand in der Bank und wartete bis die Kasse frei wurde, Abstand zur Kasse 5 Meter. Plötzlich kam von hinten eine Dame heran und ging vorbei und an die Kasse. Ich ging zu ihr hin und fragte: *was glauben sie wohl, wozu ich hier stehe?* Die Dame meinte: *oh, das habe ich nicht gemerkt..*

Auch beim Ausdrucken der Kontoauszüge gibt es Leute, die sich unmittelbar hinter einen stellen. Haben die alle keine Erziehung?

In der Arztpraxis ist mir dasselbe passiert. Vorne ist die Anmeldung. Da sitzen 2 Assistentinnen an den

Computern und geben die Daten ein. Etwa 4 Meter entfernt im Raum ist ein Ständer auf dem steht: *hier bitte warten*. Ich stand also in der Warteposition, da kam eine Frau an mir vorbei, ging zu einer Assistentin und wurde auch noch bedient. Dabei blieb es nicht. Von der Seite kam ein Mann heran und drängte sich ebenfalls vor. Auch er wurde bedient. So langsam wurde ich sauer. Als ich endlich aufgerufen wurde beschwerte ich mich. Die beiden Damen verstanden mich überhaupt nicht.

Im Supermarkt hat man wenigstens noch den Einkaufswagen zwischen sich und dem Vordermann. Aber manche nehmen keinen Wagen. Dann spürt man den Atem im Genick. Ich drehe mich dann um und schaue grimmig. Das wirkt meistens. Einmal hat mich ein Baby aus dem Kinderwagen angestarrt. Ich starrte zurück. Nach wenigen Minuten gab ich auf. Das Baby hatte gewonnen.

Beim Zahnarzt oder beim Friseur müssen wir die unmittelbare Nähe in kauf nehmen. Aber beim Zahnarzt bin ich nur zweimal im Jahr, beim Friseur aber alle 4 Wochen. Das erklärt auch, warum manche Männer nicht zum Friseur gehen und ihr Haar Schulterlang tragen.

Da andere Menschen genauso empfinden, achte ich auch immer darauf, dass ich genügend Abstand halte.

Im Süden begrüßen sich die Menschen mit Umarmungen und Bussi links und Bussi rechts. Das hat sich inzwischen auch bei uns durchgesetzt. Aber nicht alle machen mit. Ich bin einer davon, weil ich das nicht mag.

Schlechte Schauspieler

Fußball und Schauspieler, das gehört inzwischen zusammen. Wobei Männer deutlich mehr mit Schauspielerei und Jubeln Spielzeit verstreichen lassen, als Frauen. Auch bleiben sie bei Verletzungen und Fouls länger liegen als die Frauen.

Inzwischen besteht mehr als ein Drittel der Spielzeit aus Unterbrechungen. Das liegt an Verletzungen, Einwechslungen und Torjubeln. Alles dauert bei den Männern doppelt so lange als bei den Fußbballfrauen, obwohl die Spiele der Frauen öfter unterbrochen werden.

Ganz schlimm war das bei den Spielen zur Afrikameisterschaft. Wurde ein Spieler gefoult, blieb er erst mal liegen. Dann kamen die Betreuer auf den Platz und behandelten ihn. Er wurde mit der Trage vom Platz geschafft und kurz darauf spielte er wieder mit. Der Medizinmann hatte ihn schnell wieder fit gemacht. Kaum war er auf dem Platz, lag schon der nächste Spieler auf dem Boden. Wieder dieselbe Prozedur. Im Schnitt wurde so pro Spiel die Hälfte der Spielzeit verbraucht und es gab überhaupt keinen Spielfluss.

Aber nun zu den Profis der 1. und 2. Liga. Hier haben sich Unsitten breitgemacht, an denen alle mitmachen. An erster Stelle die *Fallsucht.*

Die Fallsucht hat sich in den letzten Jahren immer mehr etabliert und sie befällt nicht nur einzelne Spieler, sondern fast alle. Inzwischen wird das wohl trainiert, dass sich der Spieler bei jedem Tritt, jedem kleinen Schubser, jedem kleinen Körperkontakt und jeder Hand am Trikot theatralisch fallen lässt. Er hält sich dann mit schmerzverzerrtem Gesicht das Schienbein, das Knie, das Gesicht oder den Kopf. So signalisiert er dem Schiedsrichter, dass er böse gefoult wurde und der Gegener mindestens eine Gelbe Karte verdient hat.

Auch dieses herumrollen nach einem Foul, mancher schaft bis zu 10 Rollen seitwärts, ist völlig übertrieben.

Wird ein Spieler gefoult hält er sich den Kopf und schlägt die Hände vor's Gesicht. Obwohl er am Fuß getroffen wurde. Er simuliert den Schwerverletzten, lässt sich vom Platz tragen und behandeln. Nach wenigen Minuten - welch ein Wunder - rennt er wieder auf dem Platz herum. Nichts ist von einer Verletzung zu sehen.

Bei einem Kopfballduell kommt es auch mal zu einer Berührung. Der Spieler hält sich den Kopf und fällt um. Er will damit wohl erreichen, dass der Gegenspieler eine Gelbe Karte erhält. Die Zeitlupen zeigen aber deutlich, dass er nicht getroffen wurde.

Auch nach einem leichten Schlag (ein Klaps) gegen die Brust fällt der Spieler wie vom Blitz getroffen um. Geht der Schlag Richtung Gesicht ist die Show noch größer. Hier liegt immerhin eine Rote Karte für den Gegner drin. Die Zeitlupe beweist wieder die Schauspielerei. Aber der Schiedsrichter muss sofort entscheiden. Er hat keine Zeitlupe. So kommt es zu falschen Urteilen.

Ein Spieler wird gefoult, fällt und überschlägt sich fünfmal, bis er zur Ruhe kommt. Hier ist eine gute Körperbeherrschung wichtig, damit es dramatisch aussieht. Eigentlich ist es aber physikalisch unmöglich. Wenn er dazu noch einen lauten Schrei ausstößt ist die Show perfekt.

Dazu kommen die Kommentare im Fernsehen: Da war ein Kontakt, da hat er ihn berührt, da hat die Hand nichts zu suchen.

Mein Vorschlag: für solch übertriebene Schauspielerei sollte der Spieler die Gelbe Karte bekommen. Damit diese Unsitte aufhört.

Nehmen wir zum Beispiel eine Busfahrt. Der Bus hält, es drängen Menschen herein, es drängen Menschen hinaus, sie berühren sich an den Armen, Schultern, Beinen, setzten sogar die Ellenbogen ein und treten sich gegenseitig auf die Füße. Nach kurzer Zeit wälzen sich viele Fahrgäste mit schmerzverzerrten Gesichtern auf dem Boden. Die Anwälte reiben sich die Hände.

Eine andere Unsitte ist ebenfalls lästig. Pfeift der Schiedsrichter nach einem Foul einen Freistoß, nimmt der Täter den Ball auf und läuft mit ihm 10 Meter weiter. So verhindert er eine schnelle Ausführung des Freistoßes und verzögert das Spiel. Dasselbe passiert bei einem Einwurf. Wenn gepfiffen wurde, hat der Spieler kein Recht, den Ball noch aufzunehmen und mitzunehmen. Hier muss endlich durchgegriffen werden. Auch hier ist eine Gelbe Karte angebracht, wegen Unsportlichkeit.

Dann der Torjubel. Hier nehmen sich die Männer viel mehr Zeit als die Frauen. Manche Männer rennen durch das ganze Stadion und lassen sich feiern. Dann wird noch jeder Mitspieler, der Trainer und die Betreuer umarmt. Irgendwann geht das Spiel dann weiter. Da lobe ich mir den ehemaligen Torjäger Rummenigge. Wenn der ein Tor geschossen hat, drehte er sich um und lief zum Anstoßkreis. Und manchmal schoß er drei Tore oder mehr, aber es gab keinen übertriebenen Torjubel.

Ich kann ja verstehen, dass ein Stürmer der seit 10 Spielen nicht getroffen hat, nach einem Tor ausflippt und alle umarmen möchte. Oder er hat die gesamte Abwehr ausgespielt und eingenetzt. Da kann man schon mal jubeln. Wird aber einer im Strafraum angeschossen und der Ball geht ins Tor, macht er eine Schau daraus, als ob er der größte Fußballer aller Zeiten wäre. Das ist einfach übertrieben und unsportlich.

Wenn also einer zuviel jubelt und jeden Zuschauer umarmen möchte, am Besten die Rote Karte geben. Dann hat er Zeit.

Wird ein Spiel im Fernsehen übertragen, präsentieren sich die Spieler noch deutlicher. Dabei vergessen sie oft, warum sie auf dem Platz sind. Um Fußball zu spielen.

Zusammanfassend möchte ich nochmal, vorschlagen, Spieler die Zeit schinden, die Verletzungen simulieren, die übertrieben jubeln und ständig auf den Platz rotzen mit gelben Karten zu verwarnen. Vielleicht wird dann auch das Spiel besser.

Ich kann's nicht leiden

Es gibt viele Dinge, die ich nicht leiden kann. Eigentlich rede ich nicht darüber, aber heute möchte ich mal auf ein paar Dinge hinweisen, die sie bestimmt auch nicht mögen.

Ich bin an der Bushaltestelle und habe Glück, einer der wenigen Sitzplätze ist frei. Kaum habe ich mich gesetzt, stellt sich eine Frau vor mich hin und wartet ebenfalls auf den Bus. Erstens verdeckt sie mir die Sicht und zweitens ist ihr Arsch dicht vor meinem Gesicht. Das mag ich nicht.

Ich bin zu einem Essen eingeladen und es gibt Meeresfrüchte. Das ist aber kein Obst, das sind Tiere. Ich mag es nicht, wenn mich ein Oktopus mit großen Augen vom Teller aus vorwurfsvoll anstarrt.

Ich fahre im Bus, neben mir ist ein Platz frei. Eine ziemlich dicke Dame setzt sich neben mich und quetscht mich gegen die Wand. Das mag ich nicht.

Nochmal im Bus. Der Bus ist überfüllt und es ist schwierig bis zum Ausgang zu kommen. Neben mir sitzt eine Dame. Ich gebe ihr zu verstehen, dass ich an der nächsten Haltestelle aussteigen möchte. Sie sagt: *ich steige auch aus,* und bleibt sitzen. Das ärgert mich. Ich entscheide, wann ich aussteigen möchte, nicht jemand anderes. Ich fordere sie nochmal auf, doch aufzustehen, sie ist beleidigt und steht auf. Das ist mir wurscht, jetzt kann ich mich zum Ausgang vorkämpfen. Deshalb setzen sich viele Fahrgäste grundsätzlich an den Innengang und nicht ans Fenster.

Ich mag es auch nicht, wenn Leute den Mittelgang blockieren, obwohl genug Sitzplätze frei sind. Manche stehen auch am Ausgang, steigen aber nicht aus. Sie blockieren die anderen, die aussteigen wollen. dazu kommen noch die Leute, die zu früh einsteigen. Das mag ich nicht.

Meistens kann man Schwierigkeiten aus dem Weg gehen. Im Bus ist das leider nicht möglich. Deshalb befasse ich mich in dieser Geschichte vorwiegend mit dem Busfahren.

Ich mag auch keine Langsamlatscher und Herumsteher in der Fußgängerzone. Vor allem mag ich keine Politiker, die sich in der Öffentlichkeit mit Worten wie Toleranz, Freiheit und Offenheit schmücken. In Wirklichkeit aber die intolerantesten und verbohrtesten Menschen sind.

Warum lassen sich die Bürger das alles gefallen? Ehrensold, Eurorettung, Benzinsteuer, Willkommenskultur, vielleicht auch bald Organspende per Gesetz? Warum gehen die Bürger nicht auf die Straße und protestieren? Antwort: *weil sie auf der Straße von Autos überfahren werden.*

Woher kommt unser Obst

Äpfel, Birnen, Kirschen, Pflaumen, Pfirsiche, Erdbeeren, Blaubeeren, Johannisbeeren, Himbeeren, Brombeeren, Stachelbeeren, alle wachsen bei uns und werden nur nach der Erntezeit importiert. Aber woher kommen die ganzen exotischen Früchte?

Ananas: Die Ananas wurde von Kolumbus auf Guadeloupe entdeckt und nach Europa gebracht. Das ist über 500 Jahre her. Heute kommt die bis zu 4 kg schwere Frucht aus Mittel- und Südamerika. Auch in einigen afrikanischen Ländern wird sie inzwischen angebaut.

Aprikose: Die Aprikose stammt ursprünglich aus China. Heute wird sie am Mittelmeer und in Kalifornien angebaut.

Avocado: Die Avocado wurde von den Azteken angebaut. Sie nannten sie *Butter des Urwaldes.* Heute werden sie überwiegend in Israel angebaut.

Bananen: Bananen wachsen in Afrika, in Asien und in Teilen von Amerika.

Clementine: Die Clementine wurde vor hundert Jahren in einem Garten in Algerien entdeckt. Vermutlich ist sie eine Zufallszüchtung aus Mandarine und Tangerine. Inzwischen wird sie im ganzen Mittelmeerraum geerntet.

Cranberry: Cranberrys sind eng mit Preiselbeeren verwandt und stammen ursprünglich aus Amerika. Seit einigen Jahren werden sie auch in Mitteleuropa angebaut.

Datteln: Die Dattel, auch *König der Oase* genannt, stammt aus Mesopotamien, dem Zweistromland zwischen Euphrat und Tigris. Heute komen sie jedoch hauptsächlich aus Israel zu uns.

Feige: Feigen stammen aus dem Orient. Die meisten werden jedoch aus Italien geliefert.

Grapefruit: Die Grapefruit ist eine Züchtung aus Apfelsine und Pampelmuse. Sie wird heute überwiegend in den USA und am Mittelmeer angebaut.

Granatapfel: Der Granatapfel kommt aus dem mittleren und westliche Asien zu uns.

Johannesbrotfrucht: Die Johannesbrotfrucht, auch *Carbone* genannt, wächst im Mittelmeerraum.

Kaki: Die Kaki, oder *Sharonfrucht,* kommt ursprünglich aus Asien. Dort nennt man sie *chinesische Pflaume.*

Kapstachelbeere: Die Kapstachelbeere, auch *Goldbeere oder Physalis* genannt, wächst in Südafrika, obwohl sie aus Südamerika stammt.

Karambole: Die Karambole kommt aus Malaysia, Brasilien oder Israel. Die sternförmige Frucht schmeckt wie eine Melone.

Kiwi: Die Kiwi stammt aus Neuseeland, denken viele Menschen. Nennt sich der Neuseeländer doch selbst Kiwi. Aber die Frucht kommt ursprünglich aus China und Taiwan. Mittlerweile wächst sie auch in Italien und anderen Teilen Europas.

Limette: Die Limette ist eine Zitrusfrucht, ähnlich der Zitrone. Sie wächst überall wo es sonnig und warm ist.

Lychee: Die Lychee oder Litschi kommt aus China. Inzwischen wird sie auch in Afrika und Asien angebaut.

Manna: Manna oder *Kassies* kann bis zu 60 cm lang werden. Sie wächst in Südostasien, Indien, Afrika und in Amerika. Aus dem Fruchtmark gewinnt man mildes Abführmittel. Also Vorsicht beim Verzehr des Fruchtmarks.

Mandarine: Die Mandarine kommt ursprünglich aus China und Indien. Mittlerweile wächst sie überall, wo es sonnig und warm ist.

Mango: Die Mango kommt aus Indien. Je nach Sorte wird sie 200g bis zu 2 kg schwer. Bei uns gibt es nur die 200g Frucht zu kaufen. Buddha saß oft im Schatten eines Mangobaumes und dachte über das Leben nach.

Melone: Die Melone stammt ursprünglich aus Afrika. Heute wird sie in fast allen warmen Ländern wie Italien, Spanien, Türkei und Israel angebaut.

Minneola: Die Minneola ist eine Züchtung aus einer Grapefruit und einer Mandarine. Angebaut wird sie im Mittelmeerraum.

Nashi: Die Nashi, auch *Apfelbirne* genannt, stammt aus dem asiatischen Raum, wird aber heute auch in Australien, USA und Neuseeland angebaut.

Nektarine: Die Nektarine wird in Italien, Spanien, Südafrika, Chile und den USA angebaut. Woher sie ursprünglich kommt, weiß niemand.

Apfelsine: Die Apfelsine oder Orange wurde schon vor 3.500 Jahren in China angebaut Heute wächst sie in allen warmen und sonnigen Ländern

Pampelmuse: Die Pampelmuse wird häufig mit der Grapefruit verwechselt, dabei ist es die größte Zitrusfrucht. Sie kann ein Gewicht von bis zu 6 kg auf die Waage bringen. Angebaut wird sie in den USA, in Südafrika und in Israel.

Papaya: Die Papaya stammt aus Mittelamerika. Sie kann ein Gewicht von bis zu 8 kg erreichen und wird in Amerika, Afrika und Indien angebaut.

Pomelo: Die Pomelo ist eine Mischung zwischen Grapefruit und Pampelmuse.

Unser Obst kommt also aus der ganzen Welt zu uns. Die meisten dieser Früchte sind das ganze Jahr über im Angebot.

Es ist gut, wenn man weiß wo das Obst herkommt und man kann sich auch mal an eine exotische Frucht heranwagen. Doch Vorsicht bei dem Verzehr. bei manchen Früchten isst man die Schale, bei manchen das Fruchtfleisch und bei manchen den Kern. Aber das finden sie schon heraus.

Ekelfleisch

Wenn man das Fleisch hinter der Verkaufstheke betrachtet, sieht es doch ganz frisch aus. Auch die Wurst hinter der Theke sieht immer gut aus. Die Theke wird von oben aus speziellen Lampen bestrahlt, die Fleisch- und Wurstwaren frischer aussehen lassen. Am besten sieht man das am Kühlregal mit verpackter Ware. Nimmt man eine Packung Fleisch oder Wurst heraus, haben sie plötzliche eine andere Farbe. Sie sehen eher grau aus. Bei der Wurst sieht man es deutlicher.

Eigentlich macht das nichts aus, aber wenn man die Meldungen über Gammelfleisch verfolgt, wird man misstrauisch.

Als 1997 in Großbritannien die Rinderseuche BSE ausbrach, wurde der Export von Fleisch in die EU verboten. Kriminelle Händler schleusten die Ware auf den Kontinent, zum Teil schon zu Wurst verarbeitet. Das eigentlich wertlose Fleisch hatten sie den Produzenten für 70 Cent je Kilo abgekauft und für 2 Euro weiterverkauft. Wieviele hundert Tonnen in unserem Essen gelandet sind kann man nur erahnen. Vielleicht habe auch ich davon gegessen. Mir wird dabei nachträglich noch übel.

Vor einigen Jahren wurde für asiatisches Geflügelfleisch eine Importsperre für die EU verhängt. Banden, die sonst im Kokain-Handel tätig waren schmuggelten die Ware in die EU. Ermittler des Zollkriminalamtes deckten den Fall gerade noch rechtzeitig auf.

Auch deutsche Fleischhändler flogen auf, weil sie massenhaft verdorbenes und abgelaufenes Fleisch umetikettierten in in Umlauf brachten. Mir wird schon wieder schlecht.

Vor einigen Jahren wurde der Fall einer niedersächsischen Fleischerei bekannt, die ungenießbare Kehlkopfknorpel von Schweinen zu einem Wurstvorprodukt verarbeitete und nach Italien verkaufte.

2013 kam dann der Pferdefleischskandal. Kontrolleure wiesen Pferdefleisch in Lasagne, Ravioli und Pasteten von fast 30 Unternehmen nach. Aber dieses Fleisch war wenigstens nicht verdorben. Ich aß auch ab und zu Tiefkühllasagne.

Zwischen 2004 und 2006 schmuggelten bulgarische Händler meherer hundert Tonnen chinesisches Geflügel- und Kaninchenfleisch nach Deutschland. Das Fleisch war mit verbotener Antibiotika hoch belastet. Die ahnungslosen Konsumenten haben es gegessen. Nicht nur das: die Händler kassierten sogar noch Fördergelder von der EU. Als der Fall bekannt wurde, war das Fleisch längst gegessen.

Vor 5 Jahren wurde vom Zoll Schmuggelfleisch mit Verdacht auf Maul- und Klauenseuche entdeckt. Es waren 115 Container mit Büffelfleisch und Wasserbüffelfleisch aus Indien. Etikettiert war es als Rindfleisch aus Australien. Dieses Fleisch wurde vernichtet.

Manchmal ist Schmuggelware auch gefährlich. Grenzveterinären fielen zwei illegale Container in die Hände. Der Inhalt: Fässer mit Rinderdärmen aus dem Libanon, die als Wurstpelle beim Verbraucher gelandet wären. Angemeldet waren Schafsdärme. Die Fässer enthielten tatsächlich eine Deckschicht aus Schafsdärmen, aber darunter waren die Rinderdärme.

Wegen Tierseuchen wie Vogelgrippe und Schweinepest, oder wegen hoher Schadstoffe mussten Veterinäre schon oft chinesisches Fleisch stoppen.

Von 1000 Containern die täglich eingeführt werden können die Zollbeamten nur etwa sechs öffnen und begutachten. Mehr können sie nicht tun, sonst kommen sie mit den Grenzkontrollen nicht mehr nach. Außerdem ist der Verbraucherschutz nicht die Aufgabe der Zollbeamten.

Wie oft solche Produkte in Supermärkte und Discounter gelangen, wissen die Behörden nicht. Wer aber auf den Wochenmarkt schwört und nur dort einkauft, für den gibt es eine schlechte Nachricht. Dort werden oft gefälschte, minderwertige Waren in Umlauf gebracht.

Nun werden Vegetarier sagen, mich juckt das nicht, ich esse ja kein Fleisch. Das ist richtig, aber lesen sie doch mal weiter.

2012 lösten Tiefkühlerdbeeren aus China eine Brechdurchfall-Epidemie aus. Die Beeren waren mit Novoviren verseucht. Die verseuchten Beeren waren von einem Caterer zu einem Kompott verarbeitet worden, das an Schulen und in Kindertagesstätten serviert wurde. Tausende Kinder und Jugendliche erkrankten. Insgesamt litten rund 11.000 Menschen an Brechdurchfall.

In Belgien tauchten Äpfel einer billigen Sorte auf, die als teure Pink Lady verkauft wurden.

Die sizilianische Mafia half mit bei der Vermarktung von gepanschtem Wein.

2011 flog auf, dass italienische Fälscher 700.000 Tonnen konventionelles Mehl, Soja und Trockenfrüchte zu Bio-Produkten umdeklariert hatten und zu den höheren Bio-Preisen verkauften.

2012 wurden mehrere Höfe in Niedersachsen und Nordrhein-Westfalen gesperrt, nachdem in Eiern die dioxinhaltige Chemikalie PCB gefunden wurde. Die bereits ausgelieferten Eier wurden zurückgerufen. Diesmal waren vor allem Bio-Eier betroffen. Da sich aber im Futter kein Gift nachweisen ließ, ging man davon aus, dass der Boden der Höfe durch industrielle Altlasten verseucht war. Hunderttausende Eier wurden vernichtet und 5.000 Höfe wurden gesperrt.

Sollen wir deshalb auf Fleisch und Wurst, ja sogar auf Obst verzichten? Nein, das ist keine Lösung. Es helfen nur schärfere Kontrollen. Dafür müssten aber einige tausend neue Kräfte eingestellt werden. Die Landesregierungen haben dafür sicher schon Pläne in den Schubladen. Wie die bayerische Verbraucherschutzministerin. Nach jedem Skandal zaubert sie einen 10-Punkte-Plan aus der Schublade. Bis zum nächsten Skandal. Guten Appetit.

Feilschen in Deutschland

Darf man in Deutschland eigentlich feilschen? Dürfen ja, aber meistens hat man keinen Erfolg. Viele Artikel sind preisgebunden, Bücher, Zeitschriften, Arzneimittel, Zigaretten.

Aber handeln kann man schon. Bei größeren Anschaffungen, Fernseher, Auto, Möbel usw. Bei gebrauchten Autos steht oft hinter dem Preis VB - Verhandlungsbasis. Hier wird man geradezu aufgefordert zum Feilschen. Bei Neuwagen sind auch 10 bis 15% drin. Hier lohnt es sich zu handeln.

Auch bei Immobilien kann man jederzeit noch einiges herunterhandeln. Ich habe mir eine Wohnung gekauft und den Preis um 5.000 DM heruntergehandelt. Das war schnell verdientes Geld.

Im Supermarkt wird man aber keinen Erfolg haben. Und wenn man es bei Aldi versucht besteht Lebensgefahr.

In den meisten Geschäften und Kaufhäusern ist nicht der Eigentümer im Laden. Die Angestellten haben da auch keinen Handlungsspielraum

In der Gaststätte darf man handeln, aber vor der Bestellung, sonst ist es Zechprellerei.

Seit das Rabattgesetz abgeschafft wurde gehören Preisnachlässe zum Einkaufsalltag. 10% Nachlass auf einen Ledermantel oder 30% auf einen Flachbildfernseher sind schon möglich.

Anders ist es auf dem Flohmarkt. Hier ist Feilschen gang und gäbe. Oft lässt sich der angebotene Preis noch um 20% senken. Am Besten verhandelt man am Ende des Flohmarktes. Der Verkäufer hat kaum noch Chancen, den Artikel anderweitig zu verkaufen und will ihn nicht wieder nach Hause nehmen.

Wenn man beim selben Verkäufer mehrere Artikel kauft, ist er eher bereit, den Preis zu senken.

Die Meister im feilschen sind natürlich die Orientalen. Bei ihnen gehört das Feilschen zum Leben. Es ist eine Philosophie. Dabei kommen dann Argumente wie: ich habe drei Frauen und 12 Kinder, oder, sie bekommen die Ware praktisch geschenkt.

Kommt ein deutscher Tourist auf einen Basar sollte er folgendes bedenken: der Händler will für das Objekt 100 Euro. Er verlangt also 200 Euro. Nach langer Verhandlung kann man ihn auf 100 Euro herunterhandeln. Der Tourist ist überzeugt, dass er den Orientalen übers Ohr gehauen hat und zieht erfreut mit seinem Schnäppchen davon. Der Händler hat genau das bekommen, was er wollte und ist auch zufrieden.

Es gibt auch Touristen, denen liegt das feilschen nicht. Sie bezahlen den verlangten Preis. Der Händler nimmt zwar das Geld, aber er verachtet den Touristen. Kein Orientale würde ohne feilschen etwas kaufen. Das Feilschen gehört einfach dazu.

Für die Einwanderer aus dem vorderen Orient wird es in Deutschland schwierig. Sie werden überall versuchen zu handeln und beißen auf Granit. Daran müssen sie sich erst gewöhnen.

Schnäppchenjäger

Die Deutschen sind Schnäppchenjäger. Mehr als die Hälfte der Deutschen achtet beim Kauf von Konsumgütern vor allem auf den Preis.

Ein T-Shirt bei Kik für 4,99 Euro, das ist ein Schnäppchen. Keiner denkt daran, dass dieses T-Shirt in Bangladesh hergestellt wird. Der Lohnanteil an diesem Kleidungsstück beträgt 13 Cent. Der Deutsche kauft billig, die Arbeiterinnen in Bangladesh bezahlen dafür.

Diese Schnäppchenmentalität führte dazu, dass überal 1-Euro-Shops zu finden sind. Dort gibt es CD's für 50 Cent. Originalverpackte Ladenhüter.

Aber diese Läden haben sich auf den Schnäppchenjäger eingestellt. Sie haben meistens Ware zweiter Wahl, die sie billig aufkaufen und für 1 Euro anbieten können. Ich will nicht von Ausschuss sprechen, aber man muss schon genau hinschauen.

Außerdem werden für diese Läden zum Beispiel Süßwaren in kleineren Verpackungen und Füllmengen hergestellt. Man glaubt ein Schnäppchen zu machen und zahlt mehr als im Supermarkt.

Ich habe hier zwei Beispiele. Ich brauchte dringend Alufolie. Beim 1-Euro-Shop kostete die Rolle 1 Euro. Im Supermarkt dagegen 1,49 Euro. Klarer Fall? Denkste. Ich habe mir beide Rollen genau angeschaut. Auf der Rolle vom 1-Euro-Laden sind 10 Meter Folie. Auf der Rolle vom Supermarkt sind 30 Meter Folie. Für dieselbe Menge müsste ich im 1-Euro-Laden 3 Rollen kaufen und 3 Euro hinblättern. Ich zahle also den doppelten Preis.

Das zweite Beispiel ist Wundpflaster. Im 1-Euro-Shop kostet ein halber Meter 1 Euro. Im Kaufland zahlte ich für 1 Meter nur 55 Cent. Das Wundpflaster kostet also im 1-Euro-Shop fast das vierfache. Und das Pflaster von Kaufland ist auch noch in der Qualität besser.

Hier kann man ganz schön auf die Nase fallen. Natürlich gibt es auch Dinge, die im Vergleich beim 1-Euro-Shop billiger sind. Zum Beispiel Aktenordner für 1 Euro. Bei der Galeria Kaufhof oder bei Müller zahle ich 3-mal soviel. Allerdings auch in einer besseren Qualität.

Also mein Hinweis für Schnäppchenjäger, der 1-Euro-Shop ist kein Schnäppchenparadies.

Nörgler

Ja, die Deutschen sind Nörgler, Meckerer, Besserwisser und Querulanten. Diese Eigenschaften kommen im Urlaub im Ausland voll zur Geltung. Das verschafft uns auch einen gewissen Ruf.

Aber auch im Büro, am Stammtisch und im Verein, immer gibt es einen Nörgler , der ständig dazwischenquatscht.

Diese Menschen sind unzufrieden und laden ihre ganze Frustration bei anderen ab. Ihnen geht es nicht darum Rat und Hilfe zu erhalten, sondern ihre miese Stimmung auf andere zu übertragen. Deshalb sind sie am Stammtisch nicht gern gesehen.

Der Nörgler beginnt ganz harmlos: *darf ich eine Frage stellen?* Willigt man ein, ist man verloren. Anstelle der Frage kommt nun eine Welle an Klagen und Beschwerden über die Ungerechtigkeit, über die korrupten Politiker, über die Regierung und über die Arbeitsstelle. Der Vorgesetzte ist ein Schurke, der Kollege ein Dummkopf, die Arbeit ist unerträglich, alle haben es leichter.

Ist er erstmal in Fahrt, hört er nicht mehr auf: die Fußballer verdienen zu viel, im Urlaub regnet es immer, früher war alles besser.

Er bringt es fertig den ganzen Stammtisch in eine miese Laune zu versetzen. Im Grunde genommen ist das was er treibt seelische Körperverletzung.

Fragen sie nie, wie es ihm geht. Das Ergebnis ist verheerend. Ihnen bleibt nur noch die Flucht.

Im Grunde wollen diese Nervensägen nur eines: Aufmerksamkeit. Schenkt man sie ihnen, nerven sie vielleicht ein kleines bisschen weniger. So, jetzt habe ich genug genörgelt.

Neidhammel

Wer erfolgreich ist stößt auf Mißgunst und Neid. In Deutschland muß man seinen Reichtum, wenn man welchen hat, verheimlichen. Gerade der Deutsche ist auf jeden neidisch, dem es ein bisschen besser geht.

Hat der Nachbar ein größeres Auto heißt es gleich: *das kann der sich doch nicht leisten. Das ist finanziert und gehört der Bank.*

Die Fußballer, die Manager, die Banker, die Politiker. Alle verdienen zu viel.

Die 68er-Bewegung war gegen Konsumwahn und trug abgewetzte Jeans und Turnschuhe. Inzwischen haben sie in der Politik lukrative Pöstchen und ihr Outfit hat sich total verändert. Die schärfsten Kritiker der Mercedes-Fahrzeuge fahren nun selbst welche.

Die Schlagworte der Sozis: Ergänzungsabgaben für Besserverdiener, Umverteilung von oben nach unten.

Dass ein Geschäftsmann mehr verdient als ein Arbeiter, liegt vielleicht daran, dass er keine 35-Stunden Woche hat, sondern 100 Stunden in der Woche arbeitet.

Der Handwerker, der sich selbstständig macht, arbeitet am Anfang 12 Stunden am Tag, 7 Tage die Woche. Und er macht keinen Urlaub. Im grunde genommen ist er eine arme Sau. der Arbeiter arbeitet 7,5 Stunden am Tag und hat am Freitag Mittag Feierabend. Und er hat 6 Wochen Urlaub.

Wenn der neue Selbstständige glaubt, nach drei Jahren ist er aus dem Schneider, erlebt er eine Überraschung. Das Finanzamt lässt ihn 3 Jahre in Ruhe. Aber dann kommt es ganz dick, Er muss Steuern nachzahlen, bis ihm die Luft wegbleibt. Die meisten geben dann auf. Darauf ist der Deutsche neidisch? Armes Deutschland.

Schnorrer

Jeder hat einen im Bekanntenkreis. Er macht sich durch ständiges Bitten um Gefälligkeiten oder Geld unbeliebt. Der Standardspruch ist: *haste mal ne Zigarette?* Der Schnorrer bittet immer wieder um eine Zigarette, bringt aber niemals eine Gegenleistung.

Woher kommt eigentlich der Name? Das Wort stammt aus dem Jiddischen. Da Bettelmusikanten oft mit Lärminstrumenten wie der *Schnarre* durch das Land zogen, wurde der Name des Instrumentes auf die Musikanten übertragen. Andere Namen für den Schnorrer sind Nassauer oder Sozialschmarotzer. Jugendliche Schnorrer versuchen sich auch als Bettler.

Hier unterscheiden wir vier Arten von Bettlern. Einmal die Obdachlosen, die mit ein paar Euro am Tag über die Runden kommen. Hier habe ich zwei Obdachlose, die immer am selben Platz sitzen. Die erhalten von mir, immer wenn ich vorbeikomme, 2 Euro.

Ich habe mir angewöhnt, aus dem Geldbeutel das Kleingeld zu nehmen, also von einem Cent bis zu 20 Cent-Stücke. Das Kleingeld wird in Gläsern und anderen Behältern gesammelt. Inzwischen habe ich davon soviel, dass ich was unternehmen muss. Da kam mir die Idee mit den Obdachlosen Bettlern. So wie es aussieht, kann ich beide noch für einige Monate versorgen. Ich habe das Gefühl, dass ich dabei etwas Gutes tue.

Dann die Bettlerbanden. Die bekommen von mir kein Geld. Hier handelt es sich meistens um Frauen und junge Männer, die noch arbeiten können.

Dann gibt es noch die lebenden Statuen. Junge Männer in mittelalterlichen Kostümen, das Gesicht silbern oder golden geschminkt, die auf einem Schemel stehen. Zur Zeit sind das täglich zwei, mitten in der Fußgängerzone. Das sind typische Schnorrer. Die bekommen von mir auch nichts.

Die vierte Art sind die jugendlichen Punker. Sie sind zu faul zum arbeiten und versuchen durch Schnorren oder Betteln über den Tag zu kommen.

Um Mitleid zu erregen sitzen die Bettler aus dem Osten mit einem Pappschild in der Hand auf dem Boden. Meistens steht darauf: *ich habe Hunger.* Dazu kommt der wehleidige Gesichtsausdruck, der einstudiert ist. Die Frauen können das sehr gut.

Manche haben auch einen Hund dabei, das erregt Mitleid. Ich sah mal einen Typen auf dem Boden sitzen, zusammen mit drei Hunden. Das schreckt natürlich ab und erregt kein Mitleid mehr.

Wichtig für einen Schnorrer oder Bettler ist das Aussehen. Eine alte zerrissene Jacke, ein Vollbart, alte ausgelatschte Schuhe, das ist die Grundausstattung. Allerdings stinken darf man nicht. Viele Menschen ekeln sich vor stinkenden Bettlern und verzichten auf eine Geldspende.

Wichtig ist auch der Platz an dem man sitzt. Möglichst die Fußgängerzone, in der viele Menschen vorbeikommen. Allerdings werden am Samstag diese Plätze von den Bettlern aus dem Osten belegt, manchmal 6 an der Zahl, verteilt über die ganze Fußgängerzone. Die Obdachlosen werden vertrieben und sitzen deshalb in den Nebenstraßen. Dort ist die Aussicht etwas zu bekommen natürlich viel geringer. Aber die armen Teufel haben keine Lobby.

Natürlich gibt es auch hier Profis, die nicht obdachlos sind. Durch Betteln können sie schon mal 50 bis 100 Euro am Tag verdienen. Sie kommen im Monat auf 1.500 Euro, das ist mehr, als viele arbeitende Menschen verdienen.

Auch das Wetter ist wichtig. Regen ist schlecht für das Geschäft. An Regentagen kommen die Schnorrer oft nur auf 10 Euro. Am schlechtesten geht es den Obdachlosen, die nur still dasitzen. Sie sind die Unterschicht.

Zur Mittelschicht gehören Bettler, die aufstehen und aktiv die Leute ansprechen. Obwohl das nicht erlaubt ist. Zur Oberschicht gehört, wer ein Programm macht. Also wer auf einer Geige spielt, oder mit Krücken daher kommt.

Ab November wird es kalt. Der Winter ist im Anmarsch. Jetzt ist betteln ein harter Job. Um eben mal 10 Euro zusammenzubetteln muss man mehrere Stunden in der Kälte auf dem Gehweg sitzen. Es gibt kaum einen Schutz und man ist voll dem Wind und Regen ausgesetzt. Auch wenn man auf einem Teppich sitzt sind Blasenleiden und Unterleibsinfektionen keine Seltenheit.

Aber wenn wir unserer Regierung glauben, gibt es in Deutschland doch gar keine Unterschicht. Also keine Bettler, Schnorrer, Nassauer, Absahner, Abstauber, Parasiten oder Schmarotzer. Was sind dann das für Menschen, die täglich auf dem Gehweg sitzen?

Wir sind alle kleine Sünderlein

Nehmen wir einmal die klassischen 7 Todsünden:

Hochmut (Eitelkeit, Übermut)
Geiz (Habgier)
Wollust (Genusssucht, Begehren)
Zorn (Wut, Rachsucht)
Völlerei (Gefräßigkeit, Maßlosigkeit)
Neid (Eifersucht, Missgunst)
Faulheit (Feigheit, Ignoranz)

Dies sind die klassischen Sünden, die von der katholischen Kirche aufgelistet wurden.

Wenn wir uns diese Sünden genau betrachten müssen wir uns fragen, ist da eine dabei, die wir noch nicht begangen haben?

Inzwischen hat sich unsere Welt sehr verändert und es kommen weitere Sünden dazu. Moderne Sünden:

Zu lange und zu oft Fernsehen
Zu laut Radio hören
Zuviel Alkohol und Zigaretten konsumieren
Bei roter Ampel über die Straße gehen

Dabei kommen wir noch gut weg. Diese Sünden passen auf einen kleine Zettel.

Bei den Muslimen sieht es ganz anders aus. Um alle Sünden aufzulisten braucht man 4 große Seiten.

Dass die Muslime kein Schweinefleisch essen dürfen und dass sie keinen Alkohol oder Drogen konsumieren dürfen, ist jedem bekannt.

Aber es gibt noch ganz andere Dinge mit denen sich Muslime versündigen. Zum Beispiel der Glauben an Wahrsagerei, Hellseherei, Hexerei und Zauberei. Das ist verboten.

Auch wer zu früh, zu spät, oder überhaupt nicht betet versündigt sich.

Wer keinen Zakat (Armensteuer) zahlt.
Wer weiterisst obwohl er schon satt ist.
Wer sich tätowieren lässt.
Wer Zinsen kassiert.
Diebstahl.
Schimpfen und Fluchen.
Hochnäsig und Arrogant sein.
Lügen.
Geldgier, Geiz, Habgier.
Schmiergelder annehmen.
Fluchen
Tragen von Seide und Gold (Männer).
Betrug.
Neid.
Heuchelei.
Üble Nachrede.

Dies ist nur ein kleiner Teil der Sünden aus dem Koran. Wenn der Muslim sich genau an den Koran hält, ist er der friedlichste, netteste, großzügigste Mensch, den wir nicht zu fürchten haben.

Was passieren kann, passiert

Ich will mit dem Stadtbus fahren. Der Bus fährt um 8.00 Uhr ab. Ich komme 5 Minuten vor der Abfahrt an die Haltestelle. Der Bus hat 10 Minuten Verspätung. Ich stehe also 15 Minuten an der Haltestelle. Beim nächsten Mal bin ich spät dran und erreiche genau um 8.00 Uhr die Haltestelle. Der Bus ist schon weg, weil er heute 2 Minuten früher kam. Nun muss ich 15 Minuten auf den nächsten Bus warten. Der hat 5 Minuten Verspätung. Ich stehe also 20 Minuten an der Haltestelle. Ich habe keinen Einfluss darauf. In Zukunft schaue ich nicht mehr auf die Uhr. Ich gehe einfach zur Haltestelle und warte. Wenn ich Glück habe, kommt der Bus in einer Minute, oder gar nicht.

Im Supermarkt passiert ähnliches. Zwei Kassen sind geöffnet. An Kasse 1 stehen 10 Leute. An Kasse 2 stehen 5 Leute. Wo stelle ich mich an? Natürlich an Kasse 2. Nun passiert folgendes. Meine Kassiererin verfällt plötzlich in den Winterschlaf, während es an der anderen Kasse zügig weitergeht. Während vor mir noch 4 Leute warten, stehen an der anderen Kasse nur noch 3 Leute. Nun darf ich auf keinen Fall die Kasse wechseln. Sonst passiert dasselbe, nur umgekehrt. Es ist völlig wurscht, wo man sich anstellt. Man hat keinen Einfluss auf die Geschwindigkeit mit der es vorwärts geht.

Ich bringe leer Pfandflaschen zum Automaten. Vor mir steht eine junge Frau mit einem großen Plastiksack. Sie hat bestimmt 50 Flaschen, die sie nach und nach in das Loch schiebt. Als sie fertig ist und ihren Pfandbon ausdruckt leuchtet plötzlich ein rotes Licht am Automaten. Auf dem Display steht: *Container ist voll.* Nun muss ich warten bis jemand kommt und den Container austauscht. Das dauert. Manchmal habe ich Glück und niemand ist vor mir. Ich habe von meinen 10 leeren Flaschen gerade 5 versenkt, da streikt der Automat und ich stehe da wie ein Depp.

Ich möchte bei C&A ein T-Shirt kaufen. Von dem Shirt das mir gefällt gibt es einen ganzen Stapel in verschiedenen größen. Prima, denke ich und fange an zu wühlen. Meine Größe ist nicht dabei. Dasselbe passierte mir auch schon mit Hosen und Jacken.

Bei Zahnschmerzen gibt es Überraschungen. Normal bekommt man die Zahnschmerzen Freitag Nacht, muss also 2 Tage warten, bis der Zahnarzt wieder erreichbar ist. Bekommt man aber unter der Woche Zahnschmerzen und ruft an meldet sich eine Tonbandstimme: *die Praxis ist wegen Urlaub bis.... geschlossen.*

Ich habe einen Schrank voller Werkzeug und im Keller auch noch einige Kisten. Nun will ich etwas reparieren und genau das Werkzeug, das ich brauche, habe ich nicht.

Am Abend gibt es plötzlich einen Stromausfall. Das ist nicht schlimm, nach einer halben Stunde ist der Strom wieder da. Alles klar, denke ich und schalte den Fernseher ein. Alle Programme sind gelöscht. Ich muss alles neu programmieren und so wie ich es brauche einrichten. Das dauert zwei Stunden. Dann schau ich nach dem Video-Recorder. Derselbe Mist. Auch ihn muss ich neu programmieren. Der Abend ist versaut.

Wenn ich in die Stadt gehe und es sieht nach Regen aus, nehme ich einen Schirm mit. Ich kann stundenlang herumlaufen, es regnet nicht. Wenn ich bei Sonnenschein losgehe, nehme ich natürlich keinen Schirm mit. Ich bin gerade unterwegs, da gibt es einen Platzregen.

Wenn ich mein Auto frisch gewaschen hatte, fing es an zu regnen. Einmal hatten wir 2 Wochen lang keinen Regen und alles war ausgetrocknet. Ich dachte, wenn ich jetzt mein Auto wasche, regnet es ganz sicher. Das war nicht der Fall. So funktioniert es nicht.

Wenn ich mir am Samstag ein teures Gerät gekauft habe, steht es am Montag zum halben Preis im Schaufenster. Das ist besonders ärgerlich, denn es kommt einem Schwaben nicht darauf an, wieviel etwas kostet, sondern wieviel Rabatt er darauf bekommt.

Wenn ich mit dem Auto in der Stadt unterwegs bin finde ich nirgends einen Parkplatz. Bin ich zu Fuss unterwegs, sehe ich jede Menge freie Parkplätze.

Wenn ich endlich mal ein leeres Taxi finde, sitzt bestimmt einer drin.

Wenn irgendwo ein Feuer ist weht mir der Rauch genau ins Gesicht.

Es gibt Dinge im Leben, die passieren ganz einfach, das verstehe ich auch. Aber warum passiert das alles mir? Ein Bekannter klärte mich auf: *das ist Murphys Gesetz, es lautet: whatever can go wrong will go wrong, auf deutsch, alles, was schiefgehen kann, wird auch schiefgehen. Einfacher ausgedrückt,* sagte ich, *was passieren kann, passiert.*

Es gibt sicher noch mehr Beispiele, aber mir fallen im Moment keine ein. Wahrscheinlich erst, wenn dieses Buch gedruckt ist.

Hellseher und Propheten

Es interessiert mich schon, was im neuen Jahr auf mich zukommt. Geht mal wieder die Welt unter, oder erscheint Christus? Trifft ein Asteroid die Erde oder gibt es eine globale Sintflut?

In den letzten Jahren wurden solche Katastrophen immer wieder vorausgesagt, aber eingetroffen sind sie nicht. Gut so, da bin ich nicht enttäuscht.
Hier einige Beispiele.
- Im Jahr 1973 sollte ein Komet die Erde treffen und alles Leben in den USA vernichten.
- Zwei Jahre später 1975 sollte für die Zeugen Jehovas die Welt zum vierten Mal untergehen.
- 1981 sollte der Antichrist erscheinen. und die Welt am 28. Juni untergehen. Nichts passierte.
- Für den 10. Juli 1982 wurde der Todessommer vorausgesagt. Die Erde würde durch Nuklearbomben unbewohnbar gemacht. Der Atomkrieg blieb aus.
- Für den 8. Mai 1988 wurde bereits der Weltuntergang vorausgesagt. Er blieb aus.

Auch 1999 wurde der dritte Weltkrieg von zahlreichen Hellsehern vorausgesagt. Er blieb aus.

Sogar der berühmte *Bhagwan S. Rajneesh* sagte für die Zeit zwischen 1984 und 1999 eine große Sintflut voraus. Die großen Städte Tokyo, New York, San Francisco, Los Angeles und Bombay sollten völlig untergehen. Die Städte gibt es immer noch.

In den vergangenen Jahren, Jahrzehnten und Jahrhunderten wurden über 300 Prophezeiungen für die Jahrtausendwende gemacht. Keine ist eingetroffen. Obwohl unter den Propheten so kluge Köpfe waren wie Nostradamus, Hildegard von Bingen und Alois Irlmaier.

In den großen Betrieben, die mit Großrechnern arbeiteten machte man sich große Sorgen, um den Übergang von 1999 zu 2000. Die alten Rechner hatten für das Jahr nur 2 Stellen. Würde das neue Jahr dann 00 lauten. Würden alle Computersysteme im Millenium zusammenbrechen? Würden Flugzeuge abstürzen? Nichts passierte. Alles wurde rechtzeitig umgestellt und im Jahr 2000 funktionierten die Rechner reibungslos.

1998 sollte ein Komet Mitteleuropa völlig zerstören. Der muss wohl an der Erde vorbeigeflogen sein.

1999 sollte Großbritannien untergehen (Flutkatastrophe), ebenfalls Tokyo, aber alle haben den Horror überlebt.

2013 sollte die Sonne explodieren. Sie scheint immer noch.

2014 sollte eine neue Eiszeit erscheinen. Die blieb aus.

2015 sollte mal wieder Jesus wiederkehren. Bisher ist er nicht erschienen.

Auch die Voraussagen für die nächsten Jahre sollten uns nicht beunruhigen.

2016 sollen die Gletscher schmelzen und das Festland überfluten.

2018 soll es mal wieder einen Atomkrieg geben.

2020 sollte Jesus erneut erscheinen.

2021 sollte Jesus wieder erscheinen.

2026 soll die Erde mal wieder mit einem Kometen zusammenstoßen.

Wir sollten uns vor solchen Voraussagen nicht fürchten, bisher lagen alle falsch. Natürlich hatten wir in der Vergangenheit immer wieder Katastrophen und Kriege, aber keiner hat diese vorausgesagt.

Für den 28. September 2015 wurden gleich mehrere Voraussagen gemacht. An diesem Tag hatten wir die Mondfinsternis und der Blutmond erschien am Himmel. Das stimmte auch, die Astronomen hatten das genau berechnet. Aber die Welt ging nicht unter, kein Meteorit stürzte auf die Erde. Auch der Komet, der für Puerto Rico bestimmt war und Erdbeben und Tsunamis auslösen sollte, blieb aus.

Eine Vogelgrippe-Pandemie sollte ein Viertel der Erdbevölkerung auslöschen. Flutwellen sollten große Hafenstädte vernichten. Der dritte Weltkrieg sollte kommen. Alles blieb aus.

Wir sind immer noch da, die Welt ist nicht untergegangen und der dritte Weltkrieg blieb auch aus.

Eine der berühmtesten Wahrsagerinnen, Baba Vanga, sagte vor ihrem Tod voraus, dass es in Deutschland wegen der Asylanten Krieg geben wird. Und zwar im Frühling oder Herbst 2016. Am sichersten wäre es nur noch in Russland.

Vielleicht sollte ich nach Russland auswandern? Aber ich kann doch kein Russisch. Natürlich wird es auch 2016 Kriege geben, aber wo? Da muss man die Amis fragen.

Ich glaube nicht an die ganze Wahrsagerei. Ich kann auch die Zukunft voraussagen. Die Wahrscheinlichkeit für Katastrophen, Kriege, Meteoriten, schmelzende Gletscher usw. ist groß. Wenn man genügend Voraussagen macht, landet man auch irgendwann einen Treffer.

Inzwischen tummeln sich im Internet unzählige Hellseher und Wahrsager. Alle wollen nur das Eine. Sie wollen uns über den Tisch ziehen und uns das Geld aus der Tasche locken.

Selbst das Fernsehen macht davor nicht halt. Astro-TV heißt die neue Geldquelle. Eigentlich müsste es Verdummungs-TV heißen. Die Produktionskosten sind niedrig. Man braucht einen billigen Tisch, einen

sterilen Hintergrund und eine Langzeitarbeitslose, die uns die Zukunft voraussagt. Links steht eine alte Vase, rechts die obligatorische Kristallkugel. In der Mitte sitzt sie und lächelt gequält in die Kamera. Blonde, fettige Haare, greller Lippenstift und ein Fummel aus der Altkleidersammlung. Sie hält schmuddelige Tarotkarten in der Hand und mischt mit dicken Fingern. Dabei sagt sie immer wieder stereotyp: *ruf mich an, ruf mich an.* Ruft dann tatsächlich eine verzweifelte Frau an bekommt sie die Standardsätze zu hören:
- Du wirst einen Mann kennenlernen. (sie ist Lesbe)
- Es gibt für dich einen berufliche Veränderung. (sie wird gefeuert)
- Du hast Erfolg im Privaten und kannst auf einen Geldsegen hoffen.

Die Kandidatin wird nun unverschämt und fragt: *geht es nicht ein Bisschen genauer?*
Die Wahrsagerin: *nein, das kostet zuviel Energie und es gibt ja noch andere Anrufer.*
Und schon ruft die Nächste an und wird genauso über den Tisch gezogen.

Nach dieser denkwürdigen Sendung ging ich am nächsten Morgen über den Marktplatz. Da stand ein alter Zigeunerkarren und darin sass Mafalda, die Hellseherin und Wahrsagerin. Nun, bei den Zigeunern sind Wahrsagerinnen nichts ungewöhnliches, außerdem verlangte Mafalda nur 10 Euro für eine Sitzung. Das war es mir wert, auch wenn sie nur Blödsinn erzählt.

Ich betrat den Karren. darin war es halbdunkel. An den Wänden waren lange rote Vorhänge aus schwerem Brokat. An den Wänden standen Duftkerzen, die den Raum in eine geheimnisvolle neblige Atmosphäre tauchten. Hinter einem Tischchen saß Mafalda. Sie trug ein farbenfrohes Gewand und ein prächtiges Kopftuch. An ihren Ohren baumelten riesige Kreolen-Ohrhänger. Genau so hatte ich mir eine Wahrsagerin vorgestellt.

Vor Mafalda auf dem Tisch stand eine Kristallkugel. Danebn lag ein goldenes Pendel und ein Stapel Tarotkarten. Aha, sie war komplett eingerichtet.

Nun nahm sie meine Hand und fuhr mit ihrem spitzen Fingernagel meinen Handlinien entlang. *Aha, sagte sie, ich sehe ein langes Leben und Reichtum. Sie werden eine wunderschöne Frau kennenlernen. Sie werden mit ihren Büchern Erfolg haben. Sie haben eine schwere Krankheit, die aber erfolgreich behandelt wird. Sie werden noch 30 Jahre zu leben haben und 100 Jahre alt werden.*

Das waren alles Dinge, die ich hören wollte. Aber woher zum Teufel wusste Mafalda, dass ich Bücher schreibe? Und woher wusste sie von meiner Diabetes. Und woher wusste sie, dass ich 70 Jahre alt bin?

Mir wurde schon unheimlich. Ich legte 10 Euro auf den Tisch und ging. Für die nächsten 30 Jahre brauchte ich mir keine Sorgen mehr zu machen.

Alte und neue Weltwunder

Als Kind musste ich die sieben Weltwunder der Antike spontan aufsagen können. Deshalb weiß ich sie heute noch. Hier nochmal zur Erinnerung, bevor sie ganz vergessen werden.

Die hängenden Gärten der Semiramis zu Babylon
Der Koloss von Rhodos
Das Grab des Königs Mausolos II. zu Halikarnossos
Der Leuchtturm auf der Insel Pharos vor Alexandria
Die Pyramiden von Gizeh in Ägypten
Der Tempel der Artemis in Ephesos
Die Zeusstatue des Phidias von Olympia

Von diesen 7 Weltwundern existiert nur noch eines - die Pyramiden. Wozu sollte man also die Weltwunder noch auswendig lernen?

Schüler hat man nach den 7 Weltwundern befragt.
<u>Die Antworten:</u>
Pyramiden von Gizeh
Taj Mahal
Grand Canyon
Panamakanal
Empire State Building
St. Peters Dom im Vatikan
Grosse Mauer in China
Immerhin wussten sie noch eines der 7 antiken Weltwunder.

Inzwischen hat ein Umdenken stattgefunden und man hat sich für 7 Weltwunder der Neuzeit entschieden.
Die Mayastadt Chichen Itza
Die Chinesische Mauer
Die Erlöserstatue Christo Redentor in Rio
Das Kolosseum in Rom
Die Inkastadt Machu Picchu in Peru
Die Felsenstadt Petra in Jordanien
Das Taj Mahal in Indien

Aber auch diese Auswahl ist umstritten. Und warum nur sieben? Es gibt auf der Welt viel mehr monumentale Bauwerke die ebenfalls in die engere Auswahl kommen.

<u>Hier 20 Alternativen:</u>
Abu Simbel in Ägypten
Die Akropolis in Athen
Die Alhambra in Granada
Der Eiffel-Turm in Paris
Die Freiheitsstatue in New York
Die Haghia Sophia in Istanbul
Schloss Neuschwanstein Deutschland
Die Sagrada Familia in Barcelona
Mont-Saint-Michel in der Normandie
Angkor Wat in Kambodscha
Burj al Arab in Dubai
Burj Khalifa
Golden Gate Bridge in San Francisco
Die Moa Steinfiguren auf der Osterinsel
Mount Rushmore in South Dakota
Das Atomium in Brüssel
Notre Dame in Paris
Der Petersdom in Rom
Der schiefe Turm in Pisa
Palacio Nacional de Pena in Portugal

Die meisten dieser ausgewählten Bauwerke sind weltbekannt.

Abu Simbel gehört zum Programm jeder Ägyptenreise. Die riesigen Stauen des Pharaos Ramses II wurden in die Felswand gehauen.

Die Akropolis in Athen kennt fast jeder. Man hat sie über Monate täglich im Fernsehen gesehen.

Der Eiffelturm in Paris ist ein Wahrzeichen, das man von jedem Punkt in Paris aus sieht.
Die Freiheitsstatue in New York hat sich so eingeprägt, dass man sofort an die USA denkt, wenn man sie sieht.
Die Haghia Sophia in Istanbul ist weltberühmt und wird immer wieder im Fernsehen gezeigt.
Jeder Amerikaner, jeder Japaner, jeder Chinese der nach Deutschland kommt besucht **Schloss Neuschwanstein.**
Wenn Bilder von Barcelona gezeigt werden, ist immer die **Sagrada Familia**, die schönste Kirche der Welt zu sehen.
Die Insel mit dem beeindruckten **Mont-Saint-Michel** ist weltberühmt.
Die Tempelanlage **Angkor Wat** in Kambodscha ist ein Wunderwerk der Architektur.
Der Burj Khalifa, mit seinen 800 Metern Höhe ist das unglaublichste Bauwerk der Neuzeit. Vielleicht ist damit eine Grenze erreicht und man kann einfach nicht höher bauen.
Die Golden Gate Bridge in San Francisco, wer kennt sie nicht.
Die Moa Steinfiguren auf Rapa Nui sind inzwischen auch weltbekannt.
Mount Rushmore in South Dakota mit den Präsidenten Washington, Jefferson, Roosevelt und Lincoln ist ebenfalls einmalig auf der Welt.
Das Atomium in Brüssel wird von jedem erkannt.
Notre Dame in Paris ist nicht erst seit dem Glöckner Quasimodo weltberühmt.
Der Petersdom in Rom gehört zu den Pflichtbesuchen der Touristen.

Genauso **der Schiefe Turm von Pisa**, der Campanile.
Der Palacio Nacional de Pena in Portugal ist wenigen bekannt. Es ist ein unglaublicher, farbenprächtiger Palast, der ebenfalls einmalig auf der Welt ist.
Ein Bauwerk hätte ich fast vergessen. Es ist weltberühmt und jeder kennt es. Die **Basilius Kathedrale** in Moskau.
Dies sind meinen Favoriten, leider konnte ich bisher nur zwei davon besuchen, **Schloss Neuschwanstein** und **Notre Dame**. Aber wer weiß, vielleicht packt mich mal die Reiselust und ich sehe mir den Rest auch noch an.

Der Notfallkoffer

Als ich vor 15 Jahren ins Krankenhaus musste war ich nicht vorbereitet. Ich packte schnell ein paar Sachen zusammen und fuhr zur Notaufnahme. Natürlich hatte ich die Hälfte vergessen. Außerdem hatte ich keine Ahnung, wie lange die mich dort behalten. Meine Angehörigen brachten mir die fehlenden Sachen, das war kein Problem. Dafür mussten sie aber meine Schränke durchwühlen, das war mir peinlich.

Damit solch eine Situation nicht mehr eintritt habe ich sofort nach meiner Entlassung einen Notfallkoffer gepackt, für alle Fälle. Ich hatte im Keller noch ein kleines Köfferchen von meiner Nichte. Darauf war Felix abgebildet. Kennt ihr Felix? Das ist der blöde Hase, der nicht mehr heimfindet.

In das Köfferchen packte ich Schlafanzug, T-Shirts, Unterwäsche, Socken, Jogginganzug, Kulturbeutel mit Waschzeug, Zahnputzsachen und Rasierer, sowie ein Handtuch. Außerdem ein paar Geldscheine und Münzen. Damit war das Köfferchen gefüllt und fand seinen Platz auf dem Kleiderschrank.

In den folgenden 15 Jahren gab es keinen Notfall und der Koffer blieb unberührt. Heute habe ich ihn vom Schrank heruntergeholt und erstmal entstaubt. Dann öffnete ich ihn und bekam einen Schock. Nein, nichts war von Motten zerfressen, oder schimmelig. Alles war sauber. Aber die T-Shirts hatten Größe M und die Unterwäsche Größe 5. Ich brauche heute für die T-Shirts Größe XXL, manchmal sogar XXXL und für die Unterwäsche Größe 7 oder 8. Bin ich so fett geworden?

Dann probierte ich den Elektrorasierer aus. Der war längst hinüber. Die Zahncreme hatte eine schleimige Konsistenz und war nicht mehr zu gebrauchen. Die konnte ich nur noch verschenken. Die alten Geldscheine waren nicht mehr gültig, wurden aber von der Bank in Euro umgetauscht. Die Münzen nicht.

Ich musste unbedingt eine neue Tasche packen. Das Köfferchen war zu klein und ich wollte mit dem blöden Hasen nicht ins Krankenhaus. Ich habe gelesen, dass 9 von 10 Patienten, die durch einen Notfall eingeliefert wurden, darauf nicht vorbereitet waren.

Inzwischen gibt es spezielle Notfalltaschen. Sie sind knallrot und haben die Aufschrift: Krankenhaus-Notfalltasche Tel. 112. Solch eine Tasche brauchte ich nicht. Wenn an einem Tag mehrere Patienten eingeliefert werden und jeder hat solch eine Tasche, kommt es zu Verwechslungen.

Ich hatte einen Trolly mit Rädern. Da passte genug hinein. Dann begann ich zu packen:

Hygieneartikel
Handtücher
Waschlappen
Shampoo
Zahnbürste, Zahncreme
Haarbürste
Schlafanzug
Trainingsanzug
Unterwäsche
Socken
Taschenbücher
MP3-Player und Batterien
Ersatzbrille

Für die nötigen Papiere habe ich einen kleinen Notfallordner. Darin sind:

Schwerbehindertenausweis
Diabetikerpass
Organspenderausweis
Medikamentenplan
Spritzplan für Insulin
Versicherungskarte
Impfpass
Adressen und Tel. Nr. von Angehörigen
Adressen der behandelnden Ärzte

Der Ordner liegt immer in Reichweite auf dem Tisch. Ich wünsche mir zwar keinen Notfall, aber wenn es doch soweit ist, bin ich vorbereitet. Niemand muss dann meine Schränke durchwühlen. Aber wahrscheinlich machen sie es trotzdem.

Modehunde

Immer wenn ich in die Stadt gehe, begegnen mir die selben Hundebesitzer mit ihren Hunden. Die meisten Hunde kenne ich schon. Natürlich sind es verschiedene Rassen, aber zwei davon kommen häufiger vor. Der Mops und die französische Bulldogge. Beide sind klein, kurzhaarig und friedlich. Sie lassen sich gut in der Wohnung halten.

Aber in letzter Zeit hat sich ein Wandel vollzogen. Mops und französische Bulldogge sehe ich immer seltener. Dafür kommen mir plötzlich größere Hunde entgegen.

Nun sehe ich einen portugiesischen Wasserhund, einen Jack Russel Terrier, einen Labrador und sogar einen Beagle. Der Beagle hat Überlänge, ist ein Sturkopf und schleift seine Ohren auf dem Boden.

Immer mehr Frauen bevorzugen den Chihuahua. Das ist ein idealer Wohnungshund und er frisst dir nicht die Haare vom Kopf.

Manchmal sehe ich auch einen Rhodesian Ridgeback. Diese Rasse kommt aus Südafrika und wird zur Löwenjagd benutzt. Aber wo haben wir hier in der Stadt freilaufende Löwen?

Der Golden Retriever war lange Jahre der Familienhund. Freundlich, Kinderlieb und treu. Durch die große Nachfrage wurde er überzüchtet und erkrankt nun häufig an Asthma. Inzwischen sehe ich ihn immer seltener.

In den 90er Jahren lief der Film Ein Hund namens Beethoven. Nach dem Film stieg die Nachfrage an Bernhardinern gewaltig. Inzwischen haben viele festgestellt, dass es doch kein Wohnungshund ist. Endstation Tierheim.

In den 80er Jahren eroberte der Bobtail die Herzen der Menschen. Bis sie erkannten, dass sie sich damit ein Haarproblem ins Haus geholt hatten. Außerdem wusste man nie, wo vorne und hinten ist.

Gelegentlich sehe ich auch eine englische Bulldogge. Diese Hunde sind selten, weil sie sehr teuer sind. Das gilt auch für den Chinesischen Faltenhund, den Shar Pei.

Inzwischen gibt es eine neue Rangliste der beliebtesten Hunde:

11. Der Australian Sheperd
12. Der Chihuahua
13. Der Dackel
14. Der Deutsche Schäferhund
15. Die Französische Bulldogge
16. Der Havaneser
17. Der Jack Russel Terrier
18. Der Labrador
19. Der Mops
20. Der Yorkshire Terrier
21. Der German Shepard Dog

Kampfhunde sieht man nur noch selten. Einerseits wegen der hohen Hundesteuer, andererseits wegen der Gewissensprüfung.

Trotzdem gibt es auch hier eine Rangliste der beliebtesten Kampfhunde:

11. Der Rottweiler

12. Der Pitbullterrier
13. Der Bullterrier
14. Der Staffordshire Bullterrier
15. Der American Staffordshire Terrier
16. Der Mastino Napoletano
17. Der Mastin Espanol
18. Der Espanol
19. Der Fila Brasileiro
20. Der Mastiff
21. Der Argentinische Mastiff
22. Der Bullmastiff
23. Die Bordeauxdogge
24. Der Tosa Inu
25. Der Ridgeback
26. Der Dogo Argentino
27. Der Bandog

Nicht in dieser Liste angeführt sind:

- Der Alano
- Der American Bulldog
- Der American Pitbull Terrier
- Der Cane Corso
- Der Cane Corso Italiano
- Der Dobermann
- Der Kangal
- Der Kaukasische Owtscharka
- Der Perro de Presa Canario
- Der Perro de Presa Mallorquin

Für die normalen Hunde gibt es die Begleithundeprüfung. Sie ist die Basisausbildung die jeder Hund machen sollte. Hier lernt er die klassischen Kommandos Sitz, Platz, Fuß usw.

Beim Team-Test lernt er die Begegnung mit Radfahrern, Joggern und Menschengruppen. Natürlich gibt es noch viele weitere Prüfungen für spezielle Einsätze. Für die Jagdhunde, für Spürhunde, für Diensthunde, Begleithunde, Rettungshunde. Aber leider machen die meisten Hundebesitzer keine Basisausbildung. Dann wundern sie sich, dass der Hund nicht gehorcht. Dabei ist es ganz einfach, er versteht die Kommandos nicht. Das sieht man oft in der Fussgängerzone. Hunde kläffen sich gegenseitig an und sind nicht mehr zu beruhigen. Auf die Kommandos *Aus* oder *Halt's Maul* kläffen sie nur noch lauter. Also auf zum Hundesportplatz und die BH-Prüfung ablegen.

Hässliche Tiere

Nicht alle Tiere sind nach unseren Vorstellungen schön. Es gibt auch einige, die sind ausgesprochen hässlich.

Ich fange mal an mit dem *Kookaburra*, auch *Lachender Hans* genannt. Er ist nicht hässlich, er ist groß und hübsch mit schönen Farben und gehört zu den Eisvögeln. Sein Schnabel ist furchteinflößend und dadurch wirkt er recht angriffslustig. Warum ich ihn zu den hässlichen Vögeln einordne ist sein Ruf. Er ist vergleichbar mit dem menschliche Lachen. Einem hässlichen Lachen. Und das hört man von früh morgens bis spät abends. Das Lachen geht einem ganz schön auf die Nerven.

Trotzdem ist der Vogel in Australien sehr beliebt, weil er Mäuse fängt und vertilgt und sich auch an Giftschlangen heranwagt, die er geschickt erbeutet. Er tötet seine Beute, indem er sie an einem Ende mit dem starken Schnabel festhält und gegen einen Ast oder einen Stein schlägt.

Aber nun zu den hässlichen Tieren. Nummer eins ist der Blobfisch. Er lebt auf dem Grund des Meeres und gehört zur Familie der Dickkopf-Groppen. Er war wohl das Vorbild zu dem Wurm Jabba aus der Star-Wars-Serie.

Es folgt der Nacktmull, der sicher nicht zum knuddeln einlädt. Er hat zahlreiche Falten und furchtbar herausstehende Zähne.

Auch der Sternmull gehört zur Familie. Er hat die außergewöhnlichste Nase der Welt. Irgendwann fanden die Zoologen heraus, dass er seinen außergewöhnlichen Riechkolben zum Aufspüren und Verschlingen von Erdmilben braucht.

Ebenfalls einen gigantischen Riechkolben hat der Nasenaffe. Es sieht wirklich drollig aus. Seine Nase hat jedoch etwas mit der Sexualität zu tun. So soll die Nase dem Weibchen ein besonders hohes Sexpotential aufzeigen. Kommt vielleicht daher der Spruch: wie die Nase des Mannes......?

Zu den seltsamsten Tieren gehören:
- Der Kuhfisch
- Der Glasfrosch
- Der Sägerochen
- Die Spiegeleiqualle
- Der Streifentenrek
- Die Seefledermaus
- Der Saiga

- Der Gespensterfisch
- Der Glasflügler
- Das Moschustier
- Der Dugong
- Die Ozeanschnecke
- Die Riesenassel
- Der Fetzenfisch
- Der Blattschwanzgecko

Der Querzahn-Molch *Axolotl* ist auch keine Schönheit. Aber er hat eine besondere Fähigkeit, die ihn für die Wissenschaft interessant macht. Er kann abgetrennte Gliedmaßen und sogar Organe wiederherstellen, bzw. nachwachsen lassen.

Fast hätte ich den Marabu vergessen. Er ist mit Abstand der hässlichste Vogel. Diesen Platz macht ihm keiner streitig.

Das kleinste Wirbeltier der Welt ist ein Frosch, der nur sieben Millimeter groß ist. Er lebt im Regenwald von Papua-Neuguinea.

Dann gibt es noch einen fleischfressenden Schwamm mit harfenähnlichen Armen. Er lebt über 3 Kilometer tief im Pazifik vor Kalifornien und wurde erst jetzt entdeckt.

Dann haben wir noch das Aye-Aye. Das kleine Tier hat riesige augen und Ohren und wirkt wirklich furchteinflößend.

Aber wir wollen auch nicht die anderen, die hübschen Tiere vergessen. Einer der schönsten Vögel ist der Eisvogel. Der Fennek mit seinen großen Ohren lädt zum knuddeln ein. Der Tukan mit seinem prächtigen Schnabel gehört auch zu den schönsten Tieren.

Dazu kommen noch der große Panda, der Waschbär und der Koala.

Es gibt sicher noch mehr hässliche Tiere, aber die haben sich so gut versteckt, dass man sie bisher nicht entdeckt hat.

Bodo der Spieler

Bodo war ein ganz normaler Mensch. Er war verheiratet und arbeitete in einem Büro. Sein Verdienst war eher durchschnittlich und erlaubte keine großen Kapriolen.

Abends traf sich Bodo im Lokal mit seinen Kumpeln. Sie spielten Skat und Binokel mit geringen Einsätzen. Doch eines Tages fingen sie an mit Glücksspielen. Erst spielten sie 17 und 4 und Labour, dann landeten sie beim Poker.

Von nun an spielten sie Abend für Abend Poker mit immer höheren Einsätzen und zuletzt ohne Limit. Am Anfang gewann Bodo kleinere Beträge. Eines Tages lief es besonders gut und er gewann 500 Euro.

Am nächsten Tag zeigte er seinem Arbeitskollegen den 500er. Der Kollege machte große Augen und beneidete Bodo um sein Glück. Für diesen Betrag hätte er eine Woche arbeiten müssen.

Das Glück hielt nicht an. Bodos Kumpel wollten das Geld zurückgewinnen und arbeiteten zusammen. Damit war Bodos Schicksal besiegelt.

Am ersten Abend verlor Bodo 1000 Euro. Er borgte sich von einem Mitspieler Geld und unterschrieb einen Schuldschein. Das geborgte Geld verlor er auch. Er hatte wohl eine Pechsträhne.

Nun war er in einem Teufelskreis. Er borgte sich immer wieder Geld und unterschrieb Schuldschein um Schuldschein. Bald hatte er die Übersicht verloren. Das war ihm egal, er konnte die Schulden sowieso nicht zurückzahlen.

Nach 5 Monaten war die Summe seiner Schuldscheine auf 50.000 Euro angewachsen. Der Besitzer der Schuldscheine ahnte, dass er von Bodo keinen Cent sehen würde und verkaufte die Schuldscheine an den *Ehrlichen Max*. Der Ehrliche Max zahlte für die Schuldscheine den üblichen Satz, also 20%, das waren 10.000 Euro. Der Gläubiger war zufrieden und die Sache war damit aus der Welt. Aber nicht für Bodo.

Der Ehrliche Max war ein Kredithai und er hatte die Mittel, seine Forderungen einzutreiben. Dafür standen ihm zwei Mitarbeiter zur Verfügung, die gut trainiert waren und überzeugen konnten.

Nach einigen Tagen setzte sich der Ehrliche Max mit Bodo in Verbindung. Er teilte ihm mit, dass er nun im Besitz der Schuldscheine ist und berechnete für die abgelaufene Zeit gleich mal Zinsen. Damit erhöhte sich die Forderung nun auf 80.000 Euro. Er ließ Bodo eine Woche Zeit, um die Schulden zu bezahlen.

Am Freitag um 16.00 Uhr sollte Bodo beim Ehrlichen Max erscheinen und die Summe oder einen großen Teil davon abliefern.

Die Woche verging rasend schnell für Bodo und am Freitag hatte er keine 80.000 Euro. Er hatte noch nicht mal 80 Euro. Es war kurz vor Monatsende und er war ziemlich blank. Er dachte, wenn ich das Geld sowieso nicht habe, brauche ich auch nicht bei Max zu erscheinen.

Max war jedoch Bibelfest und handelte nach dem Spruch: *wenn der Prophet nicht zum Berg kommt, muss der Berg zum Propheten kommen.* Max war der Berg. Er kam natürlich nicht persönlich. Dafür hatte er seine zwei Mitarbeiter.

Freitag Mittag um 16.00 Uhr läutete es bei Bodo. Vor der Tür standen zwei Herren mit schwarzen Lederjacken. Sie drängten ihn zur Tür hinein und verlangten die abgesprochene Summe. Bodo meinte: *ihr seid umsonst gekommen, ich habe kein Geld.* Daraufhin schlugen ihn beide auf die kurzen Rippen, dabei wechselten sie sich ab, bis Bodo ziemlich fertig war. Dann meinte einer der Beiden: *das war die erste Mahnung. Wir kommen am Montag wieder.* Dann gingen sie und ließen einen völlig verstörten Bodo zurück.

Die Schläge auf die Rippen waren sehr schmerzhaft und verursachten lauter Prellungen. Äußerlich war nichts zu sehen. Abver wenn Bodo husten oder nießen musste, hatte er furchtbare Schmerzen. An Sex war überhaupt nicht zu denken.

Das Wochende verging rasch und am Montag Mittag standen die beiden Herren wieder vor der Tür. Bodo hatte das Geld über das Wochenende nicht auftreiben können und zuckte nur mit den Schultern,

Nun fragte der eine Herr: *bist du Links- oder Rechtshänder?* Bodo wunderte sich über die Frage und meinte: *Rechtshänder.* Darauf hielten die Beiden ihn fest und brachen ihm den linken Arm. Wenigstens waren sie so freundlich und haben vorher gefragt. *Das war die zweite Mahnung*, sagte der eine der Herren. *Du hast bis Freitag Zeit, dann kommen wir wieder. Wenn du dann wieder nicht bezahlst, brechen wir dir den anderen Arm und beide Beine. Das ist dann die dritte Mahnung.* Dann gingen sie und ließen einen gebrochenen Bodo zurück.

Bodo meldete sich krank und erklärte, er sei die Treppe hinuntergefallen. Sein Arm wurde eingegipst und er blieb die Woche zu Hause.

Nun hatte er zum ersten Mal richtig Angst und ging zu dem einzigen Menschen, der ihm helfen konnte. Nein, nicht zum Pfarrer. Er ging zu seinem Vater und beichtete alles. Sein Vater hatte eine kleine Firma und war, wenn auch mühsam, in der Lage, die geforderte Summe bis Freitag aufzubringen. Er zog Geld aus der Firma und nahm eine Hypothek auf sein Haus auf. Am Freitag kamen die beiden Herren und waren fassungslos, als Bodo 80.000 Euro auf den Tisch legte. Enttäuscht nahmen sie das Geld und gingen.

Bodos Vater hatte ihm das Leben gerettet und er musste hoch und heilig versprechen, nie mehr zu zocken. Bodo hielt sich auch daran, wenigstens die nächsten drei Monate. Dann kam der Januar und ein Sparvertrag der vermögenswirksamen Leistung wurde ausbezahlt. Es waren 10.000 Euro. Bodo hob das ganze Geld ab und ging zum zocken. Er wollte alles zurückgewinnen, was er verloren hatte. Er glaubte an den alten Spruch der Zocker: *wer das meiste Geld dabei hat, gewinnt.*

Die anderen merkten bald, dass Bodo heute viel Geld dabei hatte. Es wurde ein langer Abend und eine lange Nacht. Sie spielten bis zum Morgen und Bodo verlor in dieser Nacht das ganze Geld.

Nun ging der Teufelskreis wieder von vorne los.. Er musste das verlorene Geld zurückgewinnen und borgte sich wieder Geld. In den nächsten Tagen und Wochen unterschrieb er Schuldscheine für insgesamt 75.000 Euro.

Seine Frau fragte inzwischen immer wieder nach dem Geld aus dem gemeinsamen Sparvertrag. Davon wollten sie ja neue Möbel und einen neuen Fernseher kaufen. Es war alles schon verplant. Bodo belog sie: *der Sparvertrag wird erst im nächsten Jahr fällig.*

Die Freundinnen der Ehefrau, die zur selben Zeit ihre Sparverträge abgeschlossen hatten, erzählten ihr, was sie mit dem Geld alles angeschafft hatten. Nun wurde sie misstrauisch und ging zur Bank. Sie fragte den Filialleiter, warum ihr Sparvertrag noch nicht ausbezahlt wurde, ihre Freundinnen hätten ihr Geld doch schon erhalten. Der Filialleiter war ganz überrascht und meinte: *aber das Geld wurde ausbezahlt. Ihr Mann hat es bereits im Januar abgehoben.*

Zuhause stellte sie Bodo zur Rede und er sagte: *ich habe den Umschlag mit dem Geld verloren. ich wollte dir nichts sagen, um dich nicht zu beunruhigen.* Jetzt hatte sie genug und reichte die Scheidung ein.

Inzwischen hatte der Mann der Bodos Schuldscheine besaß sich wieder an den Ehrlichen Max gewandt und die Schuldscheine verkauft. Das gleiche Spielchen begann von vorne. Der Ehrliche Max verlangte nun von Bodo einschließlich der angefallenen Zinsen 100.000 Euro. Diesmal verzichtete Bodo auf die erste Mahnung und ging gleich zu seinem Vater. Er beichtete wieder alles und der Vater musste ihn wieder auslösen.

Das Geschäft des Vaters ging aber in den letzten Monaten nicht mehr so gut und so musste er noch eine Hypothek auf das Haus aufnehmen. Aber Blut ist dicker als Wasser, er rettete Bodo das Leben. Der versprach - mal wieder - nie mehr zu zocken.

Bodos Frau hatte ihn inzwischen rausgeworfen und er suchte sich eine Freundin, bei der er wohnen konnte.

Bodo hatte sein Erbe und seine Eltern ruiniert. Der Vater musste für seine Firma Konkurs anmelden, das Elternhaus wurde zwangsversteigert und die Eltern wohnen nun in Miete und sind hoch verschuldet.

Der einzige, der gut aus dem Schlamassel herausgekommen ist, war Bodo. Er hatte keine Schulden und konnte beruhigt in die Zukunft blicken. Wahrscheinlich hat er inzwischen wieder angefangen zu zocken.

Diese Geschichte hat kein Happy-End. Die Personen sind erfunden, aber so ähnlich ist die Geschichte tatsächlich abgelaufen.

Wo gibts die meisten Schluckspechte

Sie haben es bereits geahnt, am meisten wird in Weissrussland getrunken. Es folgen Moldawien, Litauen, Russland, Rumänien und Ukraine.

Auf Platz 7 liegt Andorra. Das überrascht mich. Dort in den Pyrenäen muss es sehr einsam sein. Deshalb greifen die Menschen öfter zur Flasche.

Deutschland liegt immerhin auf Platz 16, noch vor Großbritannien, Slowenien, Dänemark, Bulgarien, Spanien und Belgien. Ich dachte in Belgien wird soviel Bier getrunken?

Am wenigsten Alkohol trinken die Menschen in Pakistan, Kuwait, Libyen, Mauretanien und Bangladesh. Na klar, alles Muslime.

Schluckspechte bei der Bundeswehr? 2007 gab es einen Aufreger. Eine riesige Menge an alkoholhaltigen Getränken wurde für die Bundeswehr nach Afghanistan gebracht. Mehr als 1 Million Liter Alkohol, genauer 990.000 Liter Bier, 69.000 Liter Wein und Sekt.

Die Aufregung war übertrieben. Das Verteidigungministerium erklärte: bei 3500 Soldaten, die dort stationiert sind, macht das pro Soldat 0,77 Liter pro Tag. Damit liegt der Verbrauch sogar unter dem Erlaubten. Im Einsatzgebiet gilt die 2-Dosen-Regelung, danach darf jeder Soldat zwei Dosen Bier mit je 0,5 Litern am Tag trinken.

Außerdem gehen von den 0,77 Litern auch noch die Mengen ab, die nicht von deutschen Soldaten geschluckt werden. Also Soldaten anderer Nationen, Polizisten oder Besuchergruppen. Auch die Delegation von Aussenminister Steinmeier muss auf die Liste gesetzt werden, den der Minister sitzt abends gerne mit den Soldaten zusammen und trinkt dann auch 1 oder 2 Dosen Bier. Dazu kommen noch die mitreisenden Journalisten, die haben auch Durst.

Am meisten getrunken wird bei uns nicht in Bayern, sondern in Berlin. Hier ist die höchste Dichte von Kneipen, die zum Teil rund um die Uhr offen sind. Außerdem hat Berlin die meisten Einwohner und internationale Besucher. In München machen die Lokale zur Polizeistunde dicht.

Wo leben die größten Faulenzer

Keine Frage, die Faulsten leben in Israel. Sie sind strenggläubig und liegen dem Staat auf der Tasche.

Studenten an einer jüdischen Religionsschule in Israel müssen weder arbeiten noch Militärdienst leisten. Das Letztere will die Regierung nun ändern. Insgesamt leben etwa 800.000 ultraorthodoxe Juden in Israel, die ihren Lebtag mit der Erwartung des Messias zubringen. Der Staat zahlt ihnen Unterhalt. Aus Sicht der anderen Israelis tun diese Studenten vor allem eines - nichts. Und das ihr ganzes Leben lang.

Aber genug von den Israelis. Unter den faulsten Nationen steht Malta an erster Stelle. Es folgen Swaziland und Saudi Arabien auf einer Liste mit 20 Nationen. Deutschland steht nicht auf dieser Liste, das ist schon mal ein Lichtblick.

Aber schauen wir uns Deutschland mal genauer an. Eine Hochburg für die Faulheit ist Berlin. Berlin hat die meisten Arbeitslosen. Zwar boomt die Wirtschaft in Berlin, doch die Arbeitgeber finden kaum qualifiziertes oder motiviertes Personal. Berlin lebt vom Länderfinanzausgleich ganz gut, auf Kosten anderer Städte. Trotzdem liegt Berlin im Faulheits-Ranking nur auf Platz 5.

Die Faulsten leben in Gelsenkirchen, gefolgt von Herne und Duisburg. Sieh mal einer an, der Kohlenpott. Auf Platz 4 steht Halle, auf 5 wie erwähnt Berlin, dann kommen Hamm, Oberhausen, Dortmund, Mönchengladbach, Krefeld und Wuppertal. Schon wieder der Kohlenpott.

Karlsruhe liegt auf Platz 44 und Stuttgart auf Platz 47. Pforzheim kommt in dieser Liste nicht vor. Ist das ein gutes Zeichen, oder ist Pforzheim so unbedeutend? An letzter Stelle der Liste liegt München auf Platz 50, vor Münster und Frankfurt am Main.

Das heißt, München, Münster und Frankfurt am Main sind die fleißigsten Städte der Bundesrepublik.

Preisrätsel

Es gibt sie immer noch, diese Rätselhefte. In einem Heft sind bis zu 20 verschiedene Rätsel. Kreuzworträtsel, Schwedenrätsel, Brückenrätsel, Silbenrätsel, Farbenrätsel, Zahlenrätsel usw.

Bei jedem Rätsel kann man gewinnen. Meistens sind es Küchengeräte, oder Kosmetik-Sets, Shampoos und Duschgels, manchmal ist auch ein Laptop dabei, oder verschiedene Reisen.

Am Ende des Heftes ist ein Teilnahmeschein auf dem alle Lösungen eingetragen werden. So kann man an 20 Preisrätseln mitmachen und braucht nur einmal Porto zu bezahlen.

Eine Zeit lang habe ich auch mitgemacht und kaufte jeden Monat 6 verschiedene Rätselzeitungen. Die Rätsel waren zum Teil echt schwierig und damit erhöhten sich meine Gewinnchancen.

Ich gewann auch tatsächlich einige mal, aber immer Dinge, die ich nicht gebrauchen konnte. Einmal kam ein großes Paket. Ich dachte, da ist bestimmt was teures drin. Falsch gedacht. Es war eine Salatkugel mit einer Salatschleuder. Ich habe die Kugel mitsamt dem Paket zum Sperrmüll gegeben. Auch die anderen Dinge, die ich gewann, standen nur in der Wohnung herum. Schließlich habe ich die Lösungen der Rätsel nicht mehr abgeschickt. Seitdem habe ich auch nichts mehr gewonnen.

Wir funktioniert das Ganze? Die Preise werden von den Herstellern zur Verfügung gestellt. Im Heft wird dann Werbung für die Produkte gemacht. Das kostet also den Verlag nichts. Allerdings machen bei diesen Rätselheften Zehntausende mit. Damit sinken die Gewinnchancen.

Kommt in der BILD-Zeitung ein Preisrätsel, muss man damit rechnen, dass Hunderttausende die Lösung einschicken. Die Gewinnchancen sind minimal.

Dazu kommt noch ein anderer Umstand. Die Adressen der Einsender wurden vermarktet. Sie wurden verkauft an andere Unternehmen. Plötzlich erhielt ich von verschiedenen Firmen Werbeprospekte und Werbebriefe. Erst nach einem Jahr ließ diese Werbeflut nach.

Es gibt spezielle Unternehmen, die lassen von billigen Arbeitskräften die Adressen aus den Telefon- und Adressbüchern herausschreiben. Diese Adressen werden sortiert nach folgenden Kriterien: Friseure, Kosmetikläden, Drogerien, Metzgereien, Bäckereien, Ärzte, Gemischtwarenläden usw. So konnte man bei der Firma gezielt Adressen kaufen und bewerben.

Ich arbeitete damals in einer Uhren- und Goldwarengroßhandlung und wir verschickten unsere Kataloge an solche Adressen. Durch das selektieren der Adressen reduzierten wir die Kosten für die Werbung.

Als es die ersten Glückskarten bei der BILD gab, hatte ich auch einen ganzen Stapel. Jeden Tag wurden neue Zahlen in der Bild veröffentlicht. Wenn man ein Kästchen voll hatte, gewann man einen

Geldpreis. Das ganze war jedoch Bauernfängerei. Immer wenn nur noch eine Zahl fehlte, war das Spiel beendet und ein neues begann. Ein Bekannter von mir hatte 50 solcher Karten. Jeden Morgen saß er am Arbeitsplatz und kreuzte die neuen Zahlen an. Das dauerte 2 Stunden. Mir war das mit der Zeit zu blöd und ich warf die Karten in den Müll.

Im Kaufhaus gab es mal eine Gewinnaktion. Ein tolles Elektrobike war ausgestellt, Preis 3.500 Euro. Man konnte eine Karte ausfüllen, mit der Adresse und dem Geburtsdatum und in einen Karton einwerfen. Ich machte auch mit. Das Bike hätte ich gerne gehabt. So wie mir erging es Tausenden von Besuchern. Das Bike gewann dann ein Neffe des Geschäftsführers.

Inzwischen mache ich bei solchen Aktionen nicht mehr mit. Die Gewinnchance ist gleich null. Der Veranstalter will nur an die Adressen kommen, um sie zu verkaufen. Zwei Wochen später wird man dann von Werbung zugemüllt.

Typisch Schwabe

Sollten sie auf der Strasse einen echten Schwaben nach der Uhrzeit fragen und die Antwort Femfvordreivirdelneine erhalten, dann sollten sie wissen, dass 8:40 Uhr gemeint ist.

Erwarten sie von einem Schwaben nie, dass er Hochdeutsch spricht, denn er ist überzeugt, mit ihnen bereits in bestem Hochdeutsch zu reden.

Auch wenn der Schwabe seinen Dialekt verhochdeutscht, bleiben sie bitte ernst. Beispiel: *Warom henke sie den Riassel so herunter? Gleich werd ich narret. Oder: Täten sie mir bitte das Salz romgäben.*

Versuchen sie nicht selbst schwäbisch zu sprechen. Schon nach der ersten Silbe erkennt der Schwabe den Nichtschwaben. Sie werden nie fehlerfreies Schwäbisch hinbekommen, wenn sie hier nicht aufgewachsen sind. Worte wie hälenga (heimlich), oagnähm (unangenehm) oder Olaaga (Parkanalagen) sind tylische Stolperfallen.

Nehmen sie die Kehrwoche bitterernst. Putzen sie zuviel heißt es: *Dia wellad ons wohl zoiga, dass mir Dreggsäu send.* Putzen sie aber zu wenig heißt es: *Dia missad's buddza au no lärna.*

Nun zum schwäbischen Essen. Typische schwäbische Ausdrücke sind: Bräzzla (Brezeln), Laugawegga (Laugenbrötchen), Roschdbrooda (Rostbraten), Lensa medd Soida ond Schbädzla (Linsen mit Würstchen und Spätzle), Saure Nierla (Nierchen in dunkler Soße) und Kuddla (Kutteln).

Alle die nördlich vom Schwabenland leben sprechen dem Schwaben viel zu schnell. Er spart gerne mit Worten. *Hoppla*, ersetzt vollkommen den Satz: *Oh, tut mir sehr leid. Ich bitte vielmals um Entschuldigung für mein Versehen.*

Sollten sie einen Garten anlegen beachten sie, wie der typische schwäbische Garten aussieht. Vor dem Haus eine öde Rasenfläche, umrahmt von einer Ligusterhecke hinter einem dunkelbraun gestrichenen Jägerzaun. Einziger Schmuck ist ein Gartenzwerg oder ein kitschiges Bambi. Hinter dem Haus werden keine Blumen angepflanzt, sondern echte schwäbische Nutzpflanzen. Breschdleng (Erdbeeren), Go-

gommerle (Gurken), Grombiera (Kartoffeln) und Dreibla (Johannisbeeren).

Alle verwertbaren Gartenerzeugnisse werden für schlechte Zeiten aubewahrt. Obst wird zu Gsälz (Marmelade) oder Saft verarbeitet. Das Gemüse wird eingeweckt oder eingelagert. Sollte wirklich ein Krieg drohen, wird ihre Familie zu den ersten Kriegstoten gehören, einzig und allein durch den Genuss der selbst eingemachten und längst abgelaufenen Konserven.

Werfen sie grundsätzlich nichts weg. Ein echter Schwabe kauft sich nie String-Tangas. Nur der klasische Feinripp gibt nach 10 Jahren Benutzung die besten Putzlumpen.

Hier ein paar wichtige Vokabeln:

Aber ja = *Ha freile*
Ach was = *Awwa*
Da schaust du, was? = *Gell, do gloddsch?*
Wie ist ihr Name? = *Wia hoissad se glei?*
Etwas anheben = *lubbfa*
Arbeiten = *schaffa*
Pinkeln = *bronza*
Reden = *schwätza*
Tätest du, würdest du? = *däätsch*
Verflixt = *Haidenai*
Etwas = *ebbes*
Arbeit bleibt Arbeit = *Schaffa isch hald a Gschäft.*
Der ist zu allem zu blöde = *Der isch z'domm zom a Loch en Schnai bronza.*
Mann bleibt was man ist = *Wer als Ochs gebora isch, schdirbd net als Nachtigall.*
Ich mag dich = *Magscht du mi au, em fall dass i di mega dät.*

Wenn das Wörtchen wenn nicht wär = *Wenn dr Hond nedd gschissa hett, dann het dr den Has erwischt.*

Der Schwabe spricht gerne im Konjunktiv, weil er sich gern ein Hintertürchen offenhält. *I däd gern zahla* wird gern beantwortet mit:*I däd glei zom kassiera komma.*

Erwarten sie von einem Schwaben nie eine Entschuldigung. Angenommen er tritt ihnen in der Straßenbahn auf den Fuß, dann gilt hierzulande ein kurzes *Hobbla* als ausreichend. Mit dem Gebrauch von *biddschee* (bitte) und *dangschee* (danke) ist man schon in der Höflichkeits-Oberliga.

Als ich mal in einem Stuttgarter Straßencafe saß, kippte mir der Kellner das gesamte Serviertablett über die Hose, murmelte *Dschuldigung* und verschwand.

Wie gesagt, bei Entschuldigungen tut sich der Schwabe schwer. Benutzt er aber doch mal das Wort Entschuldigung, dann ist es eher eine Drohung. *Entschuldigen Sie mal, so geht's aber net.* Oder: *Entschuldigung, des isch fei mei Platz.*

Auch mit dem Loben tut sich der Schwabe schwer. Nach dem Motto: *Net gmault, isch globt gnug,* darf man kein besonders ausgesprochnes Lob erwarten.

Eine der meistbenutzten schwäbischen Floskeln ist das Wort Ha no. *Ha no, des isch halt so.*

Warom lachsch denn so saudomm? Ha no, i lach doch emmer so.

Für das Wort nein benutzt der Schwabe den Ausdruck *Ha noi.*

Ein ungeschriebenes schwäbisches Gesetz regelt das Rasenmähen. Das heißt am Samstag Nachmittag muss der Rasen gemäht werden. Allerdings darf immer nur ein Rasenmäher betrieben werden So dass nacheinander Rasen um Rasen gemäht wird und der Lärm von 14 Uhr bis 21 Uhr auf gleichbleibendem hohen Niveau ist.

Natürlich hat der Schwabe keinen *elegdrischen* Mäher, sondern einen Turbodiesel. Und weil er nicht zum Kundendienst geht *(Dees koschd viel ond bringd nix),* erledigt er alles selbst.

Ergebnis: der Mäher springt im Frühjahr schlecht an *(Ja so a Glomb, a verreckts),* stinkt wia'd Sau und macht einen Höllenlärm (Saugrach).

Beim Schwaben ist halb oft mehr als ganz. Bringt er sein Auto in die Werkstatt, schaut der Meister in den Motorraum und meint: *Dees Audo isch hee,* können sie froh sein, die Rechnung wird nicht all zu hoch ausfallen.

Sagt der Meister jedoch: *Dees Auto isch halba hee,* dann wird es richtig teuer.

Dackel und Seckel sind Schimpfwörter. Aber Halbdackel und Halbseckel sind die Schlimmsten.

Auch die schwäbische Hausfrau kennt Ausflüchte. Wird sie nach der nächsten Mahlzeit gefragt antwortet sie: *Eigmachde Kellerschdäffala ond saure Amoisagnui,* oder: *Backenen Kuhflada ond Mugga-Ärsch.*

Fragen sie einen Schwaben, der mit hochrotem Kopf im Garten rackert, was er denn da tut, wird er bestimmt antworten: *Nedd viel.*

Treffen sich zwei Schwaben auf dem Markt, beim Einkaufen, im Garten oder sonst wo, wünschen sie sich nicht den üblichen Guten Tag. Der Schwabe sagt: *So, au am schaffa,* oder *So, au doo?*

In einem schwäbischen Miethaus gibt es den Treppenhaus-Automaten. Sie kommen spät nachts nach Hause, machen die Treppenhausbeleuchtung an, suchen nach dem Wohnungsschlüssel und steigen das Treppenhaus hoch. Kurz bevor sie ihre Wohnung erreichen, geht das Licht aus. Sie tappen im Dunkeln die letzten Meter, greifen in den stacheligen Kaktus der Nachbarin, stolpern über den Fußabtreter, greifen nach dem Lichtschalter und erwischen die Klingel.

Der Treppenhaus-Automat kann auf verschiedene Zeiten eingestellt werden. Jeder Hausbesitzer setzt nun seinen Ehrgeiz hinein, diese Zeit so knapp wie möglich zu halten. Grund: *dr Schdrohm isch so deier.* Deshalb hat nur der Bewohner des Erdgeschosses das Glück, seine Wohnung im Licht zu erreichen. Er muss aber schnell sein.

Wohnt man im Obergeschoß sollte man sich die Lage der Lichtschalter im Treppenhaus einprägen, damit man diese im Dunkeln auch findet. Die Lichtschalter sind immer zusammen mit der Türglocke montiert. Allerdings mal daneben, mal darüber, mal darunter. Bevor man jemand nachts aus dem Schlaf klingelt, stolpert man dann doch lieber im dunkeln nach oben.

In kleinen Dingen wird der Schwabe dramatisch. Er hat gerade seine neue S-Klasse bestellt und meint: *Dia Bretzla beim Bäckr send donderschlächtig deier worda.* Der Bäcker hatte den Preis um 1 Cent erhöht.

Nichts macht der Schwabe lieber, als *romzubruddla* (Herummeckern), also sich über Gott und die Welt zu beklagen. Dabei vergisst er, wie gut es ihm geht.

Neben dem *Roschdbrooda* (Rostbraten) mag der Schwabe auch *Buabaspitzla* (Bubenspitzle), *Nonnafürzla* (Nonnenfürzle) und *Katzagschroi*, eine Speise aus kaltem dünn geschnittenem Rindfleisch und Eiern.

Mit der Uhrzeit muss man besonders acht geben. Sagt man einfach mal: *Mir treffad ons dann om dreifirdlzehne em Cafe*, dann können zwei Dinge passieren. Man wartet eine halbe Stunde auf den anderen, weil der 10:15 Uhr verstanden hat, oder man trifft auf einen Verärgerten, weil der von 9:15 ausgegangen ist.

Die Kehrwoche wurde bereits angesprochen. Sie ist sinnvoll und wird nach Kräften durchgeführt. Dazu braucht man *Bäsa, Kuddrschauffl, Schrubbr und Oimer*.

Fehlt nur noch die Maultasche, eine typisch schwäbische Erfindung. Zur Zeit des Dreißigjährigen Krieges, als es kaum etwas zu essen gab, kamen die Mönche des Klosters Maulbronn zu einem schönen Stück Fleisch. Dummerweise war das genau während der Fastenzeit. Da kam den Mönchen die Idee, das Fleisch zwar zu konsumieren, dies aber vor den Augen des Herrn zu verbergen. So wurde es einfach in einem Teigmantel versteckt und gegessen. Daher auch der andere Name der Maultasche: *Herrgottsbscheißerle*.

Man muss nicht nach China oder Afrika reisen, um die Einwohner nicht mehr zu verstehen. Das kann einem auch in Bayern, Sachsen oder im Schwabenland passieren.

Was man im Supermarkt nicht tun sollte

Beim Einkauf im Supermarkt gibt es bestimmte Regeln. Wer regelmäßig einkauft, hat diese Regeln im Blut und beherrscht sie ohne nachzudenken. Den Neuling erkennt man an seinem falschen Verhalten.

Für Neulinge habe ich hier ein paar Dinge aufgelistet, die sie im Supermarkt auf keinen Fall machen sollten.

1. Ihre Waren erst im letzten Augenblick auf das Band legen und so das ganze Band für sich beanspruchen.

2. Warentrenner und nervöse Hinterleute gekonnt ignorieren.

3. Den Einkauf Cent für Cent abrechnen. Je kleiner die Münzen sind, um so besser.

4. Das Obst absichtlich nicht wiegen, dann gemütlich zur Kontrollwaage schlendern und nachwiegen.

5. Kurz vor dem Bezahlen, noch mal aufgeregt weglaufen und den vergessenen Joghurt holen, der am Ende des Marktes steht.

6. Flaschen auf das Band stellen, so dass sie beim Weitertransport umfallen.

7. An der Kasse behaupten, die Kreditkarte sei vom Band verschluckt worden. Fünf Minuten später die Karte doch aus der Tasche ziehen.

8. Nach dem Bezahlen stehenbleiben und den Kassenbon nach falschen Preisen durchsuchen. Möglichst ein Streitgespräch mit der Kassiererin anfangen.

9. dem Vordermann aus Versehen ein paar Mal den eigenen Wagen in die Kniekehlen rammen. Wenn er sich umdreht unschuldig wegschauen.

10. Nach einem Großeinkauf feststellen, dass das Geld nicht reicht und in den Taschen verzweifelt nach Geld suchen. Dann den Storno des Tages auslösen.

11. Wenn sich hinter ihnen eine große Schlange gebildet hat, den eigenen Einkauf mit einem gemütlichen Mindestabstand von 30cm gemächlich aufs Band legen.

12. Jemanden bitten, kurz auf den gefüllten Einkaufswagen acht zu geben und sich dann heimlich aus dem Staub machen.

Wenn sie eine oder mehrere dieser Regeln brechen besteht die Gefahr, dass sie nicht mehr lebend aus Aldi herauskommen.

Die Tricks der Drogerien

Früher waren Drogerien so klein wie Gemischtwarenläden. Diese wurden nach und nach verdrängt von den großen Drogerieketten. Bei uns im Süden sind das Müller und DM. Im Norden gibt es noch Rossmann und Budnikowsky. Schlecker, den es mal an jeder Ecke gab, ist völlig verschwunden.

Auf Platz eins der Drogerieketten liegt eundeutig DM. Es folgt die Hamburger Kette Budnikowsky auf Platz 2. Platz 3 geht an Müller und Platz 4 an Rossmann.

Shampoo, Kosmetik, Sonnenschutz, Putzmittel, Waschmittel, Bio-Artikel, die große Auswahl lockt viele Kunden in die Drogeriemärkte. Hier gibt es eine viel größere Produktpalette als in Supermärkten.

Was es allerdings auch gibt, sind ganz eigene Tricks zur Verkaufsförderung.

Meist schon am Eingangsbereich stehen lange Regale mit unzähligen Produkten in Probiergröße. Diese Mini-Ausgaben bekannter Marken sollen verkaufsfördernd wirken. Sie passen in jede Handtasche und erscheinen besonders günstig. Doch Vorsicht, die scheinbaren Schnäppchen entpuppen sich sehr schnell als Preisfalle. Rechnet man den Inhalt auf eine Normalgröße hoch, sind sie oft teurer als das normale Produkt aus dem Regal. Teilweise bezahlt man den 3 - 5fachen Preis.

Bei Toilettenpapier sind die Preisunterschiede besonders schwer zu erkennen, da das Papier in unterschiedlichen Größen verkauft wird. Mal sind es 10 mal 200 Blatt, mal 8 mal 150.

Bei Cremes oder Parfüms aufpassen: *große Packung, kleiner Inhalt.* Oft ist in der Packung nur ein kleiner Tiegel oder ein Minifläschchen. Außerdem ist das Glas der Fläschchen so dick, dass kaum noch etwas hineinpasst.

Breite Außenbahnen führen möglichst schnell tief in den Laden hinein. Dann wird es jedoch eng. Die Regale stehen schräg und sind so hoch, dass man nicht darüberschauen kann. Sucht man etwas, muss man durch alle Regalreihen marschieren. Das ist so gewollt, denn der Kunde soll den Laden nicht so schnell wieder verlassen.

Ein weiteres Problem ist die Bückware. Markenware steht bequem in Greifhöhe. Günstigere Alternativen stehen meistens ganz unten und sind selbst durch bücken nicht zu erreichen. Hier muss man auf die Knie gehen.

Manche Hersteller vergrößeren die Verpackung um 20 Prozent, den Preis erhöhen sie aber um 40 Prozent. Oft steht dann auf der Packung noch der Hinweis: *dauerhaft mehr Inhalt*. Klingt eigentlich gut, aber oft steckt dahinter eine Preiserhöhung.

Vorsicht ist auch geboten, wenn der Hersteller zusätzlichen Gratisinhalt anbietet. Oft hat der Hersteller zuvor die Warenmenge über einen längeren Zeitraum Schritt für Schritt verringert. Das Produkt kostet nun trotz Gratisinhalt mehr als zuvor.

Bis 2009 gab es gesetzliche vorgeschriebene Standardgrößen. Seit diese abgeschafft wurden, haben die Hersteller mehr Möglichkeiten zu tricksen. Der Verbraucher ist mal wieder der Dumme.

Ich bin ein Monk

Wer kennt ihn nicht, den genialen Fernsehdetektiv Adrian Monk. Monk steckt voller Zwangsneurosen und Phobien. Er hat Angst vor Spinnen, vor Keimen, vor Nadeln, vor Mäusen, vor der Dunkelheit, vor großen Höhen, vor der U-Bahn, vor Milch, vor spitzen Gegenständen, vor Staub, vor dem Fliegen, davor angefasst zu werden, vor Hunden, vor Menschenmassen, vor dem Zahnarzt usw. Die Liste lässt sich endlos weiterführen.

Wenn etwas unordentlich ist, muss er es korrigieren. Wenn Bilder schief hängen. Wenn Sofakissen nicht einwandfrei ausgerichtet sind. Alles muss symmetrisch sein.

Wenn man das durchliest, stellt man fest, dass jeder von uns ein bisschen Monk ist. Ich finde gleich mehrere Dinge, die ich auf mich anwenden kann. Ich zähle zum Beispiel beim Treppensteigen die Stufen, ich mag keine Menschenmassen, ich will nicht angefasst werden, wenn etwas schräg liegt richte ich es gerade. Diese Zwangsneurosen sind jedoch harmlos und man kann gut damit umgehen.

Achten sie mal darauf. Haben sie auch eine oder mehrere Zwangsneurosen. Kontrollieren sie mehrmals, ob die Türe abgeschlossen ist? Ob der Herd auch aus ist? Ob alles ordentlich liegt oder hängt? Waschen sie mehr als zehnmal die Hände. Putzen sie mehr als dreimal die Zähne. Gibt es Handlungen, die sie durchführen, die aber völlig überflüssig sind? Wenn manche dieser Handlungen zutreffen, sind sie ein bisschen Monk.

Zählen sie auch die Treppenstufen? Essen sie Gummibärchen oder Smarties nach Farben sortiert? Sammeln sie Plastiktüten? Lesen sie in der Zeitung zuerst die Todesanzeigen? Pflücken sie anderen Leuten Fussel vom Pullover ab? Können sie nur auf einer bestimmten Seite einschlafen? Kontrollieren sie beim Verlassen des Hauses alle Schlösser mehrfach? Dann gehören sie zu den ganz normalen Durchschnittsmenschen. Fast jeder hat einen Spleen, ist aber deswegen noch lange kein Exzentriker.

Fast jeder Mensch hat eine oder mehrere Macken. Wer glaubt, er hätte keine Macke, der hat die größte.

Die Schlümpfe

Ihr Vater ist der belgische Zeichner Pierre Culliford, besser bekannt als Peyo. 1958 zeichnete er den ersten Schlumpf. In der Comicserie Johan und Pirlouit hatten die Schlümpfe noch eine Nebenrolle.

Ab 1968 tauchten sie in Fix und Foxi auf und 1975 erschien der erste Zeichentrickfilm.

Ab 1982 wurden in Los Angeles über 150 Folgen einer Fernseh-Zeichentrickserie produziert, die auch heute noch manchmal im Fernsehen ausgestrahlt wird.

Ab 1965 nahmen die Schlümpfe auch in der realen Welt Gestalt an. Zunächst wurden drei von ihnen als kleine Kunststofffiguren auf den Markt gebracht, später folgten dann etwa dreihundert weitere.

Den Höhepunkt ihrer Beliebtheit erreichten sie mit Vater Abrahams *Lied der Schlümpfe* 1977. Danach wurden sie wieder vergessen. In den USA ging der Boom jedoch weiter und 1983 erklärte das Wall Street Journal die Schlümpfe zum *Toy of the Year* (Spielzeug des Jahres). Erst in den 90er Jahren wurden sie bei uns wieder populär.

Gegenwärtig sind etwa 100 verschiedene Schlümpfe im deutschen Einzelhandel erhältlich. Über 300 weitere werden unter Sammlern herumgereicht.

Es gibt verschiedene Sorten der Schlümpfe:
Schlümpfe, die in einer kleinen Auflage produziert wurden.
Schlümpfe die nur im Ausland ausgeliefert wurden.
Schlümpfe, die der Norm nicht entsprachen und nur kurz auf dem Markt waren.
Schlümpfe, die in einer besonderen Variante sehr selten sind (Werbeschlümpfe, Jubiläen-Schlümpfe, Bundesliga usw.)
Schlümpfe die über Jahre hinweg in großer Auflage verkauft wurden werden auf jedem Flohmarkt angeboten, sind aber billig.

Es ist wie bei den Briefmarkensätzen. Alle Werte werden in großer Auflage produziert, nur ein einziger Wert ist der Sperrwert. Von ihm gibt es nur eine kleine Auflage und er ist daher wertvoll. Welcher Wert das ist kann der Sammler nur ahnen.

Schlümpfe werden in Millionenauflagen produziert, aber bei bestimmten Modellen gibt es nur eine kleine Auflage. Diese steigen dann beträchtlich im Wert, da sie sehr selten sind. Natürlich gibt es davon auch Fälschungen auf dem Markt.

Es gibt Kataloge, in denen der Wert jedes Schlumpfes steht. Aber auch hier muss man beachten, steht da zum Beispiel ein Wert von 100 Euro, bekommt man vom Händler höchstens 10 Euro. Briefmarkensammler kennen das Problem. Der Wert im Katalog und der tatsächliche Wert sind weit voneinander entfernt.

Es gibt die Schlümpfe natürlich auch als Süßigkeit. Blaue Schlümpfe aus Weingummi. Ich hatte mal kurz vor einem Zahnarztbesuch eine Tüte von diesen blauen Schlümpfen gegessen. Danach war meine Mundhöhle, mein Zahnfleisch und meine Zunge tiefblau. Ich putzte die Zähne und spülte den Mund aus, aber die Farbe ging nicht ab. Beim Zahnarzt war das dann ziemlich peinlich.

Auch unter den Menschen gibt es Schlümpfe. In der Schweiz war Leon Schlumpf von 1980 bis 1987 Mitglied des Bundesrates. Seine Tochter Eveline Widmer-Schlumpf wurde sogar schweizer Bundespräsidentin.

Dann waren da noch die Brüder Fritz und Hans Schlumpf aus Mülhausen im Elsass. Zwischen 1930 und 1970 beherrschten sie mit ihren Spinnereien und Webereien den Textilmarkt in Frankreich.

Die beiden hatten jedoch eine Leidenschaft. Sie sammelten Oldtimer. In über 30 Jahren trugen sie eine gewaltige Sammlung von 500 klassischen Automobilen zusammen. Darunter mehrere Dutzend Bugatti und zwei der letzten sechs überlebenden Bugatti Royales.

Es blieb aber nicht nur bei Oldtimern. Sie sammelten auch Rolls Roys, Bentley und verschieden Sportwagen. Darunter Lamborghini, Maserati, Ferrari, De Tomaso und und und......

Zur Finanzierung ihres Hobbys belasteten sie ihre Unternehmen derart, dass diese 1977 zahlungsunfähig wurden. Über 2000 Menschen wurden entlassen. Die Brüder Schlumpf versuchten ihre Fabriken für einen symbolischen Franc zu verkaufen. Als jedoch keine Angebote eingingen, traten sie von ihrem Firmenposten zurück und flüchteten nach Basel. Sie kehrten nie wieder nach Frankreich zurück.

Die bis zu diesem Zeitpunkt der Öffentlichkeit nicht bekannte Automobilsammlung wurde bei Ausschreitungen während eines Streiks von den ehemaligen Arbeitern entdeckt.

Mit dem Verkauf der Fahrzeuge hätten die Forderungen der Gläubiger bedient werden können. Aber durch den Einspruch der französischen Regierung blieb die Sammlung erhalten.

1978 wurde die Sammlung als *Monument Historique* eingestuft. Das bedeutete, dass keines der Sammlerstücke den französischen Boden verlassen durfte.

1979 bestätigte das Berufungsgericht Colmar die Ausweitung der Liquidation auf die Automobilsammlung. Bevor die Autos nun in alle Welt verkauft wurden, bildete sich eine Eigentümervereinigung des nationalen Automobilmuseums. Diese Vereinigung trug 44 Millionen Francs für den Kauf der Sammlung zusammen. Diese Summe wurde von den Brüdern Schlumpf angefochten und 20 Jahre später erhielten sie Recht und zusätzlich 25 Millionen Francs.

1982 wurde das *Musee national de l'Automobile* eröffnet und konnte nun besucht werden. 1989 wurde das Museum durch das Gericht gezwungen den Namen zu erweitern um den Zusatz *Collection Schlumpf.* Ein Besuch dieses Museums lohnt sich allemal.

Die verhinderte Hochzeit

Ich kannte Mary schon lange und mochte sie auch. Eines Tages beschlossen wir zu heiraten. Mary kümmerte sich um die unwichtigen Dinge. Brautkleid, Brautschuhe, Hochzeitstag, Gäste usw. Ich kümmerte mich um die wichtigen Dinge, damit auch nichts mehr schief gehen konnte.

In dieser Woche war es soweit. Die Hochzeit sollte am Freitag stattfinden. Ich ging am Montag zu Mary und sagte: *ich habe leider etwas vergessen.* Mary: *was denn?* Ich: *wir können am Freitag nicht heiraten.* Mary: *warum nicht? Ich habe doch schon alles vorbereitet.* Ich: *an einem Freitag hat der Teufel seine Mutter geheiratet. Das bringt Unglück. Also auf keinen Fall am Freitag.* Mary: *und wie wäre es dann am Donnerstag?* Ich: *Donnerstag geht auch nicht. Wenn wir an einem Donnerstag heiraten werde ich zum Hahnrei.* Mary: *was ist ein Hahnrei?* Ich: *du würdest mich betrügen.*

Mary war inzwischen auf 180 und musste sich erst mal abregen. Dann meinte sie: *ich glaube du willst mich gar nicht mehr heiraten.* Ich sagte: *aber doch, ich liebe dich.* Nun überlegte sie, sie war nicht mehr die jüngste und auch nicht mehr so attraktiv, einen anderen Mann zu finden würde schwierig werden. Nach langem überlegen meinte sie: *wie ist es mit Sonntag?* Ich: *Sonntag geht in Ordnung.*

Am nächsten Tag ging ich zum Brautvater um ihm die Braut abzukaufen. Ich wollte ihm 10 Euro geben. Er lehnte ab und meinte: *du spinnst ja.* Mary war auch anwesend und beschwichtigte ihren Vater: *nimm doch das Geld, es ist nur symbolisch.* Der Vater: *na gut, aber dann will ich 20 Euro.* Ich bezahlte ihn. Damit gehörte die Braut nun mir.

Am nächsten Tag ging ich zu Mary. Sie saß gerade auf dem Bett und putzte ihre Brautschuhe. Ich sagte: *ich brauche einen Schuh von dir, damit dein Vater mir die Befehlsgewalt übergeben kann.* Mary: *du bekommst auf keinen Fall einen Brautschuh.* Ich ging zu ihrem Schuhschrank und nahm einen ihrer Wanderstiefel heraus: *der tut es auch.*

Dann ging ich zum Vater, reichte ihm den Schuh und sagte: *du musst mir den Schuh überreichen, damit übergibst du mir die Befehlsgewalt.* Der Vater war immer noch angefressen und schlug mir den Wanderstiefel über den Kopf. *Das geht auch*, sagte ich. Im stillen dachte ich, hätte ich doch nur einen Slipper ausgesucht.

Am nächsten Tag ging ich wieder zu Mary: *mir ist noch etwas eingefallen. Nach der Trauung wirfst du nicht den Brautstrauß sondern dein Strumpfband. Das mache ich auf keinen Fall*, meinte Mary. *Du musst das tun,* sagte ich, *das ist für die Männer. Wer das Strumpfband fängt heiratet als nächster.* Schließlich willigte sie ein.

Dann fiel mir noch etwas ein: *nach der Trauung wirft man keinen Reis mehr, aus moralischen Gründen. Ich habe Styroporkugeln besorgt, die kannst du an deine Freundinnen verteilen.* Mary schluckte auch diese Sache, sie wollte auf keinen Fall die Hochzeit im letzten Moment gefährden.

Am Samstag, einen Tag vor der Hochzeit, hörte ich den Wetterbericht. Es war Regen angesagt. Viel Regen. Ich fuhr sofort zu Mary und sagte: *wir müssen die Hochzeit verschieben. Am Sonntag regnet es und das bringt Unglück.* Jetzt hatte sie genug von meinem Aberglauben und warf mir die Brautschuhe an den Kopf. Dann warf sie mich hinaus. Und so kam es, dass ich fast geheiratet hätte.

Sie sind schon unter uns

Täglich sieht man im Fernsehen, wie tausende von Einwanderern zu uns unterwegs sind. Läuft man aber mit offenen Augen durch die Stadt, hat man den Eindruck, sie sind schon da.

Vor einem Jahr sah man in der Fußgängerzone wenigstens ab und zu noch einen Deutschen. Inzwischen stehen an jeder Ecke nur noch Migranten.

Vor einigen Monaten machte die ARD eine Umfrage mit dem Ergebnis, dass jeder zweite Deutsche mehr Flüchtlinge im Land möchte. Damit stützt sie die Haltung der Bundesregierung. Inzwischen hat eine Online-Umfrage ein völlig anderes Ergebnis erbracht: 94,5% der Befragten sind dagegen.

Niemand ist auf den verordneten Strom der Flüchtlinge vorbereitet. Die Auffanglager platzen aus allen Nähten und Containerdörfer oder Zeltstädte sprießen aus dem Boden. Die Länder und Kommunen sind schon überfordert.

Überfordert ist auch die Infrastruktur, die eigentlich für die Bürger da sein soll: Polizei, Ämter, Kindergärten, Schulen, Wohlfahrtsverbände, Sozialarbeiter. Sogar die Feuerwehr, die immer wieder zu Fehlalarmen in die Flüchtlingsheime ausrückt, weil dort trotz Verbotes gekocht wird.

Wie kommt es eigentlich zu solchen Umfragen, die das gewünschte Ergebnis für die Regierung erbringen? Es gibt eine große Gruppe von befragungsbereiten Personen. Die rekrutieren sich in sogenannten *Online-Access-Panels* größtenteils selbst. Dabei wird gelogen, dass sich die Balken biegen. Diese Personen bekommen Geld für die Umfragen, also geben sich die Befragten ein passendes Profil.

Allein in unserer "Großstadt" werden 2016 bis zu 4.000 Flüchtlinge untergebracht. Noch sind sie erschöpft von den Strapazen. Wenn sie aber erst mal einige Zeit hier gelebt haben, werden sie bald ihre Zurückhaltung aufgeben und immer mehr fordern. Überfälle, Einbrüche und Diebstähle werden explodieren.

Was auch verschwiegen wird, die Flüchtlinge bringen auch Krankheiten mit (Aids, Ebola, Typhus, Ruhr).

Warum wollen alle zu uns? Dafür gibt es mehrere Gründe:

Deutschland ist das wirtschaftstärkste Land Europas. Deshalb glauben viele, dass sie hier Arbeit bekommen.

Deutschland liegt in der Mitte Europas. Von hier aus kann man in jedes andere Land kommen.

Flüchtlinge wollen natürlich dorthin, wo schon Landsleute oder Verwandte leben. Hier können sie einfacher Kontakte knüpfen. In Deutschland leben bereits 150.000 Syrer, 100.000 Iraker und 85.000 Afghanen.

In den Nachrichtensendungen der öffentlich-rechtlichen wird permanent behauptet: es ist das gute Recht aller Flüchtlinge, bei uns Asyl zu beantragen. Das ist eine Lüge. Das Asylrecht gilt nur für politisch Verfolgte. Es gilt nicht für Armutsflüchtlinge und auch nicht für Kriegsflüchtlinge.

Allein aus Syrien wollen 3,5 Millionen Menschen fliehen. Die meisten von ihnen nach Deutschland. Aber Syrien ist nicht der einzige Krisenherd. Dazu kommen noch die Afghanen und die Iraker. In weiteren islamischen Statten brodelt es ebenfalls.

Armutsflüchtlinge kommen oft in großen Familienverbänden mit 5 bis 10 Kindern. In Rumänien würden sie bei neun Kindern 115 Euro Kindergeld bekommen, in Deutschland währen das jedoch 1.800 Euro.

Und damit nicht genug. Da ist ja auch noch Afrika. Die Bevölkerung in Afrika hat sich in den letzten 100 Jahren verachtfacht. Die Menschen können nicht mehr ernährt werden. Außerdem gibt es überall Rebellenarmeen, die Greueltaten verüben. Wann machen sich die Afrikaner zu uns auf den Weg?

Die Bevölkerungsentwicklung der letzten 50 Jahre sieht so aus:

Deutschland von 69,0 Millionen auf 80,6 Millionen.

Syrien von 5,5, Millionen auf 22,8 Millionen.

Irak von 7,3 Millionen auf 33,4 Millionen.

Afghanistan von 14,5 Millionen auf 30,5 Millionen

Nigeria von 37,3 Millionen auf **173,0** Millionen.

Wenn man diese Zahlen betrachtet, dann fragt man sich, wie wird sich die Geburtenrate der Flüchtlinge in Deutschland in den nächsten Jahren entwickeln?

Immer wieder erzählen uns die Politiker das Märchen vom Fachkräftemangel. In Deutschland gibt es etwa 50 Millionen erwerbsfähige Personen, aber nur 30 Millionen versicherungspflichtige Arbeitsplätze.

Wo sollen denn die Fachkräfte unter den Flüchtlingen herkommen. Keiner spricht deutsch. Etwa die Hälfte hat keine Schulbildung, der Rest sind Analphabeten. Einige sind qualifizierte Elefantenjäger, andere Hirsestampfer, so tönt es an den Stammtischen.

Und nun verkünden die Politiker, wir müssen schneller abschieben. Das funktioniert aber nicht. Selbst wenn ein Asylantrag nach monatelanger Bearbeitung abgelehnt wird, wird nicht gleich abgeschoben.

Nur ein Bruchteil wird tatsächlich abgeschoben. Zumindest von den südliche Bundesländern. Bei den anderen gibt es einen zeitlich begrenzte Duldung, die eines Tages doch in ein Bleiberecht umgewandelt wird. Dies ist nicht nur für die Flüchtlinge frustrierend, sondern kostet unseren Staat auch Unsummen.

Die Schweiz hat es uns vorgemacht. Hier wird schon nach 48 Stunden in sichere Herkunftsländer abgeschoben.

Auch in Australien ist man aufrichtig und resolut. In Aufklärungsfilmen wird potentiellen Flüchtlingen die australische Haltung klargemacht. Man sagt ihnen deutlich, dass Flüchtlinge unwillkommen sind und konsequent in die Heimatländer zurückgeschickt werden.

Im Jahr 2015 sind bereits über eine Million Muslime zu uns gekommen. Es gibt zwar in Deutschland bereits über 200 Moscheen und einige tausend Gebetshäuser. Aber der Bedarf an Moscheen wird enorm steigen. Saudi-Arabien nimmt zwar keine Flüchtlinge auf, stellt aber Geld zum Bau von weiteren 200 Moscheen in Deutschland zur Verfügung.

Im deutschen Volk wird es unruhig und die Stammtischparolen häufen sich. Hier einige Beispiele:

Man wird ja wohl noch sagen dürfen.....
Ich hab nichts gegen Ausländer, aber.....
Ich bin kein Linker und kein Rechter, aber....
Die sollen doch einfach.....
Die da oben machen was sie wollen
Wer arbeiten will findet Arbeit
Ausländer nehmen uns die Arbeitsplätze weg

Flüchtlinge bekommen Wohnungen, Deutsche nicht
Die Ausländer plündern unsere Sozialkassen
Sie nehmen uns die Wohnungen weg
Asylanten sind Sozialschmarotzer
Die meisten sind Scheinasylanten

Sicher ist davon einiges übertrieben aber manche Argumente sind nicht von der Hand zu weisen.

Ein Grundstück auf dem Mond

Ich wollte immer mal ein Grundstück besitzen. Aber selbst eine kleine Wiese im Nirgendwo kostet einige Tausend Euro. Dann entdeckte ich im Internet Angebote für Mondgrundstücke.

Ich holte mir Rat bei einigen Grundbesitzern. Die hatten schließlich Erfahrung mit der Materie. Ihr einhelliges Urteil: Das ist reine Geldmacherei. Der Mond gehört niemandem, also kann er auch nicht verkauft werden. Man hat also keine Rechte an einem Grundstück auf dem Mond.

Die schlauen Grundbesitzer lagen alle falsch. In den siebzigern wurde festgelegt, dass der Mond und alle anderen Planeten, bis auf die Erde, kein Besitz eines Staates sein darf. Es wurde aber nie gesagt, dass eine einzelne Person keinen Anspruch auf den Mond oder die Planeten haben darf.

Dies hat ein Amerikaner ausgenutzt und ist nun rechtmäßiger Besitzer über Mond, Mars, Venus, Merkur und Io (einer der Jupitermonde). Über die UNO erhob er Anspruch auf die Himmelskörper, teilte sein außerirdisches Land auf und verkaufte Teile davon.

Wie war das möglich? In den USA gilt nach wie vor das Recht, einen Claim für sich zu beanspruchen. Dieses Recht nutzte Dennis Hope und sicherte sich gemäß amerikanischem Recht Landparzellen im Weltall. Allerding gilt weder auf dem Mond noch auf anderen Himmelkörpern amerikanisches Recht, daher bleibt abzuwarten, ob diese Ansprüche tatsächlich gültig sind, falls diese Himmelskörper eines Tages besiedelt werden.

Laut internationalem Recht gibt es dazu zwei Verträge: Den Weltraumvertrag von 1967 und den Mondvertrag aus dem Jahr 1979, der 1984 unterzeichnet wurde. Der erstere untersagt es Staaten, sich Grundstücke im Weltraum anzueignen, der andere sollte dies auch für Privatpersonen regeln. Der erste Vertrag wurde von fast allen UNO-Staaten unterschrieben. Die Begeisterung über den Mondvertrag hielt sich jedoch in Grenzen und er wurde von keinem zur damaligen Zeit weltraumfahrenden Staat unterschrieben.

Diese Lücke nutzte *Dennis Hope* und ließ sich beim Grundstücksamt von San Francisco eintragen. Allerdings hatte das Grundstücksamt kein Recht Eigentum an Mondgrundstücken auf eine Privatperson zu übertragen. Nach allgemein gültigem Völkerrecht haben dieses Recht weder die USA noch irgend ein anderer Staat. Die Rechtslage ist also weiterhin unklar.

Seit gut 10 Jahren vermarktet nun *Lunar Embassy* Grundstücke auf diversen Himmelskörpern. Neben dem Mond kann man Grundstücke auf dem Mars, der Venus, dem Merkur und diversen Monden des Sonnensystems erwerben. Die Grundstücke haben die Größe eines Fußballfeldes.

Vom US-amerikanischen Rechtsstand aus gesehen gab es eine Gesetzeslücke. Dennis Hope wusste von einem Gesetz in den USA, wonach jeder ein beliebiges Grundstück sein Eigen nennen darf, wenn es einige Zeit öffentlich bekannt gemacht wurde, durch Aushang oder durch Rundschreiben. Dieses Gesetz aus der Zeit des Wilden Westens tritt dann in Kraft, wenn dagegen kein Einspruch erhoben wurde. In diesem Fall wurde die Mitteilung beim Registrierungsamt in San Francisco bekanntgegeben. Danach sandte Dennis Hope Briefe an die UNO und die US-Regierung, um seine Ansprüche zu unterstreichen. Seitdem bietet er diese Grundstücke zum Verkauf an. Viele Firmen sind bereits auf diesen Zug aufgesprungen und haben von Dennis Hope große Flächen angekauft, um diese weiterzuverkaufen.

Ich habe mir drei Angebote ausgesucht, echte Schnäppchen:

Das Mondgrundstück BRONZE mit 50.000 Quadratmetern. Es kostet nur 29,90 Euro.

Das Mondgrundstück SILBER mit 75.000 Quadratmetern. Es kostet 49,90 Euro.

Das Mondgrundstück GOLD mit 100.000 Quadratmetern. Es kostet 69,90 Euro.

Weiter sind im Angebot:

1.000 Quadratmeter-Grundstücke, wahlweise auf Mond, Mars oder Venus, Preis 29,95

10.000 Quadratmeter-Grundstücke, wahlweise auf Mond, Mars oder Venus, Preis 99,0 Euro.

Ich habe mich nun entschieden und folgende Grundstücke gekauft:
100.000 Quadratmeter Mond für 69,90
10.000 Quadratmeter Mars für 99 Euro
10.000 Quadratmeter Venus für 99 Euro
Insgesamt habe ich noch nicht mal 300 Euro ausgegeben und besitze nun Grundstücke auf drei Himmelskörpern.

Der große Vorteil ist, man braucht sich um die Grundstücke nicht zu kümmern. Man muss keinen Rasen mähen, keinen Zaun aufstellen und hat keinen Ärger mit dem Nachbarn.

Natürlich werde ich die Grundstücke in den nächsten Jahren nicht nutzen können. In 10 bis 20 Jahren wird vielleicht der Mond besiedelt, dann haben meine Nachkommen den Nutzen dieser Grundstücke. Vielleicht verkaufe ich sie auch wieder, wenn ich ein gutes Angebot erhalte.

Der Ehrendoktor

Es war schon immer mein Wunsch einen Doktortitel zu haben. Aber wie komme ich zu einem Dr.h.c., also einem Doktor ehrenhalber. Ein Politiker hat es da leichter. Er braucht nur an einer Universität einen Vortrag zu halten und schon bekommt er den Dr.h.c. dieser Universität.

Als Privatmann hat man es da schon schwerer. Natürlich kann man eine entsprechende Spende an die Universität leisten, um den Ehrendoktor zu erhalten. Die Höhe der Spende bewegt sich aber in Dimensionen, die meine finanziellen Möglichkeiten weit überschreiten.

In Österreich ist das gang und gäbe. Dort ist man ein Niemand, ohne einen Titel. Das mindeste ist ein Doktor, besser noch ein Professor Doktor. Und wenn man dann noch den Komerzialrat hat, bewegt man sich in den besten Kreisen.

Inzwischen hat sich aber alles geändert. Im Internet bekommt man einen Dr.h.c. schon für 39 Euro und wenn man noch 10 Euro drauflegt hat man den Prof.

Das MLDC-Institut verlangt eigentlich für den Dr.h.c. 150 Euro. Inzwischen bekommt man ihn aber schon für 39 Euro. Den Professor h.c. bekommt man für 49 Euro und beide Titel für sagenhafte 59 Euro. Ein echtes Schnäppchen.

Allerdings darf man diese Titel nicht offiziell tragen. In den USA kann jede Kirche solche Titel verleihen. So wie die MLDC, die *Miamai Life Development Church.* Offiziell kaufen kann man die Titel nicht, man kann sie nur gegen eine Spende erwerben.

Allerdings muss man sich auf ein Fachgebiet festlegen. In meinem Fall würde das heißen:

Karl Gengenbach, Dr.h.c. of Metaphysical Sciences, MLDC Institute (USA). Es muss also erkennbar sein, dass es sich um einen kirchlichen Ehrentitel handelt. Unter Juristen ist allerdings umstritten, ob es legal ist, oder ob das schon Titelmissbrauch sein könnte. Man bewegt sich also auf dünnem Eis.

Hier eine Liste von verfügbaren Ehrendoktortiteln:

Doctor h.c. of Business Counseling 249 Euro
Doctor h.c. of Automotive Studies 249 Euro
Doctor h.c. of Drug and Alkohol Counseling 249 E.
Doctor h.c. of Art of Loving 249 Euro
Doctor h.c. of Counseling 249 Euro
Gesamtpaket für Ehrendoktor und Ehrenprofessor 500 Euro.

Professorentitel ehrenhalber sind etwas teurer:

Professor h.c. of Angel Studies 285 Euro
Professor h.c. of Apologetics 285 Euro
Professor h.c. of Aromatherapy 285 Euro
Professor h.c. of Art of Loving 285 Euro
Professor h.c. of Automotive Studies 285 Euro
Professor h.c. of Biblical Archeology 285 Euro
Professor h.c. of Biblical Studies 285 Euro
Professor h.c. of Business Counseling 285 Euro
Professor h.c. of Church Administration 285 Euro

Die Entscheidung ist schwer. Welchen Doktor h.c. und welchen Professor h.c. suche ich mir aus? Ich denke, ich warte noch etwas. Sicher werden die Titel noch billiger.

Herzog, Graf oder Lord

Neben den Ehrentiteln sind natürlich auch adelige Titel begehrt. Als Mann hat man es da aber schwer. Wo findet man schon eine 100jährige Gräfin, die man heiraten und ihren Titel erben kann. Junge Frauen haben es da leichter. Sie heiraten einen Grafen, lassen sich wieder scheiden und dürfen sich nun Gräfin nennen.

Es gibt jedoch einige Titel die man preisgünstig erwerben kann:

Atlantic Sealord 39,98 Euro
Pacific Sealord 39,98 Euro
Lord of Pacific Ocean 39,98 Euro
Lord of Sherwood 49,90 Euro
Lord of Kerry 69,90 Euro
Lord of Strandhill 49,90n Euro
Lord of Roscommon 49,90 Euro
Lord of Galway 44,95 Euro

Man erwirbt nicht nur den Titel, sondern auch symbolisch einStückchen Land, etwa ein Quadratfuß. Auch schottische und britische Titel sind im Angebot:

Laird of Pittenweem 44,95 Euro
Laird of Glencairn 59,90 Euro
Laird of John O Groats 59,90 Euro
Lord of Black Forest 44,95 Euro
Lord of Waterville 44,95 Euro

Auch in Deutschland gibt es inzwischen preiswerte Titel:

Graf von Mainau 44,95 Euro
Graf von Kronenberg 44,95 Euro
Graf von Wartburg 44,95 Euro

Graf von Lichtenburg 44,95 Euro
Graf Wolf von Wolfsthal 39,90 Euro
Kaiser Wolf von Wolfsthal 69,00 Euro
Herzog von Kempenich 39,90 Euro
Landgraf von Liechtenstein-Kastelkorn 39,90 Euro
Landgraf von Fechenbach 39,90 Euro
Baron von Gleichen 39,90 Euro
Fürst von Fechenbach 39,90
Ritter von Kempenich 39,90 Euro
Fürst von Dornberg 39,90 Euro
Herzog von Dornberg 39,90 Euro
Freiherr von Kempenich 39,90 Euro.

Die Wahl fällt mir schwer. Entscheide ich mich für einen Lord, oder einen Grafen. Nehme ich den Fürst oder den Herzog. Oder doch den Baron oder den Freiherr. Verflixt, ich kann mich einfach nicht entscheiden.
Inzwischen bin ich auch noch auf den *Minerva Orden* gestoßen. Hier stehen drei Titel zur Auswahl:
Ritter im Minerva Orden 49,90 Euro
Senator im Minerva Orden 99,90 Euro
Konsul des Minerva Ordens 149,90 Euro.
Jetzt weiß ich überhaupt nicht mehr, welchen Titel ich mir zulegen soll. Er muss ja auch zum Namen passen.

Das Geschenk

Mit Geschenken ist das so eine Sache. Zu Weihnachten oder zum Geburtstag bekommt man oft Dinge, die man nicht brauchen kann. Ich habe mir deshalb vorgenomen, mich selbst zu beschenken. Dann bekomme ich auf jeden Fall etwas, das mir gefällt, auch wenn es dann keine Überraschung mehr ist. Ich mag sowieso keine Überraschungen.

Aber was schenke ich mir nun? Ich habe eine große Liste mit Dingen, die ich im Leben machen möchte. Davon ist das meiste abgehakt. Nur noch 10 Dinge sind übrig.

1. Ich würde gerne mal eine Runde auf der Rennstrecke mit einem Ferrari fahren. Das kann ich in Hockenheim machen und es kostet nur etwa 1.000 Euro.

2. Ich würde gerne mal die Nordlichter sehen. Da müsste ich eine Nordmeer-Kreuzfahrt machen. Das wird aber nicht unter 3.000 Euro gehen.

3. Einmal möchte ich beim Pferderennen gewinnen. Auch wenn es nur ein paar Euro sind. Nach Iffezheim ist es nicht weit und ein Tag auf der Rennbahn kommt mich mit der Fahrt auf etwa 300 Euro.

4. Im Fernsehen habe ich es schon oft gesehen. Wale in freier Natur. Um das zu erleben wäre eine Schifffahrt nötig. Hier wären die Kosten sicher nicht unter 4.000 Euro.

5. Die Chinesische Mauer sollte jeder einmal besuchen. Nachdem China über Jahrhunderte abgeschottet war, ist es nun möglich. Aber so eine Reise kostet sicher 5.000 Euro.

6. Mein Leben lang war ich Arbeitnehmer. Nun möchte ich ein eigenes Geschäft gründen. Vielleicht handle ich mit Mondgrundstücken. Der Ankauf ist preiswert und in meinem Bekanntenkreis finde ich sicher einige, denen ich so ein Grundstück andrehen kann.

7. Ich wollte mich schon als Jugendlicher tätowieren lassen. Aber damals gab es noch keine Tätowiers-

tudios. Vielleicht lasse ich mir einen Drachen oder einen Totenschädel auf den Arm stechen. Mal sehen. So ein hochwertiges Tatoo kostet je nach Größe und Farbe bis zu 500 Euro.

8. Ich möchte mal in einer Talkshow als Experte auftreten. Das ist heute ganz einfach. Einmal in der Eisdiele am Zitroneneis genascht und schon bin ich Experte für Polarforschung. Das wäre sogar kostenlos.

9. Auf jeden Fall möchte ich mal Sushi essen. Ich habe mich immer noch nicht getraut. Es gibt bei uns noch keine Sushi-Bar. Ich müsste also nach Japan fliegen. Oder ich kaufe mir im Supermarkt so eine kleine Schale. Aber das wäre ein billiger Ersatz.

10. Mit meinem Namen war ich nie glücklich. Ich könnte ihn ändern lassen, aber das ist nicht so einfach. Dazu muss man gute Gründe vorweisen. Zum Beispiel, wenn der Name anstössig ist. Eine Möglichkeit gibt es aber, ich kaufe mir einen Titel. Das kostet nicht die Welt. Aber ich kann mich noch nicht zwischen Graf, Herzog oder Baron entscheiden.

Ich habe also genug Möglichkeiten, um mir ein passendes Geschenk zu machen. Aber Weihnachten ist vorbei und bis zum Geburtstag dauert es noch 8 Monate. Das ist Zeit genug zum überlegen. Vielleicht lasse ich mich doch überraschen.

Fettnäpfchen

In Deutschland gibt es Regeln, die man leicht einhalten kann. Sie sind allgemein bekannt und wenn man aufpasst, tritt man kaum mal ins Fettnäpfchen.

Im Ausland ist das schon gefährlicher. Wenn man die Sitten und Gebräuche des Landes nicht kennt, stolpert man von einem Fettnäpfchen ins andere. Deshalb sollte man sich vorher über das Reiseland informieren. Hier einige Beispiele, die man sich unbedingt merken sollte:

Ein fester Blick in die Augen gilt als Ausdruck von Stärke und aufmerksames Zuhören. In China jedoch wird es als unangenehm oder aufdringlich empfunden. Hier ist Zurückhaltung geboten. Manchmal sieht man im Fernsehen Menschen, die bei Interviews nicht in die Kamera schauen. Sie schauen permanent zur Seite. Besonders bei einigen Fußballern kann man das beobachten. Das hat wiederum nichts mit China zu tun, sondern ist einfach Unsicherheit.

Bei einer Reise nach Thailand sollte man auf eines achten. Thailänder begrüßen sich untereinander mit dem *Wai,* einer Verbeugung mit vor der Brust zusammengelegten Händen. Bitte imitieren sie diese Geste nicht. Das gilt nicht als gute Umgangsform. Ein einfaches Lächeln genügt, auch wenn es manchen schwerfällt.

Bei einer Türkeireise kann man nicht viel falsch machen. Aber eines sollte man auf jeden Fall unterlassen. Das Bekritzeln von Geldscheinen. Auf jedem Geldschein ist das Antlitz von Atatürk abgebildet. Wenn man das verunstaltet gibt es großen Ärger.

In Thailand ist auf sämtlichen Geldscheinen der König abgebildet. Wenn man auf einen Geldschein drauftritt ist das Majestätsbeleidigung und wird hart bestraft.

Wie bedanke ich mich? Auf keinen Fall übertreiben. In Arabien, Indien und Thailand ist Gastfreunschaft eine Selbstverständlichkeit. Wenn man sich hier überschwänglich bedankt, irritiert man nur den Gastgeber.

In Asien wird vorwiegend mit Essstäbchen gegessen. Europäer bekommen jedoch auf Wunsch auch ihr gewohntes Besteck. Sollte man es trotzdem mit den Stäbchen versuchen, legt man die Stäbchen nach dem Gebrauch neben die Reisschale. Manche stecken die Stäbchen senkrecht in die Reisschale, das ist in Asien ein Tabu. Das erinnert die Asiaten an Räucherstäbchen, die für Verstrobene angezündet werden.

Bei einer Reise in ein arabisches Land sollten Paare eines beachten. Zärtlichkeiten in der Öffentlichkeit werden dort nicht gerne gesehen. Selbst Händchenhalten gehört dazu. Unter Männern wird es jedoch geduldet. Es gilt nicht als Zeichen für Homosexualität, sondern als freundliche Geste. Am Besten lässt man es bleiben.

Wenn man in Polen bei einem Gastgeber oder im Restaurant ein Glas Wein trinkt sollte man aufpassen. Dort ist es üblich sofort nachzuschenken. Wenn man also glaubt, man hat schon genug, lieber das Glas nicht mehr austrinken.

Wenn man öfter mal niesen muss, sollte man Länder wie Südkorea, China oder Japan meiden. In der Öffentlichkeit niesen gilt dort als äußerst unfein. Auch die Nase mit einem Taschentuch putzen ist ein Tabu. Die Asiaten rotzen einfach auf die Straße.

Der Kopf gilt in Südostasien als Sitz der Seele und darf niemals berührt werden. Ein unbedachtes Kopf tätscheln gilt als Entweihung der Seele und ist streng verboten.

In Asien wird immer gelächelt aber niemals laut gelacht. Schallendes Gelächter wird hier persönlich genommen und man empfindet es als beschämend.

Wir Deutsche schreiben Pünktlichkeit groß. Zu einem Termin kommen wir in der Regel 15 Minuten früher. In Spanien und in Ländern Südamerikas ist genau andersherum. Hier rechnet der Gastgeber grundsätzlich mit einer Verspätung. Mit 30 Minuten liegt man genau richtig.

Die Quadratlatschen. In vielen asiatischen und arabischen Ländern gelten die Fußsohlen als das Niederste eines Menschen und damit als unrein. Wer hier seinem Gegenüber die Fußsohlen zeigt, beleidigt ihn auf das Gröbste.

In Thailand sind Reliquien heilig. Dort sollte man auf keinen Fall eine Buddhastatue anfassen oder gar besteigen. Damit würde man sie entweihen. Der Kauf von echten Reliquien ist verboten.

In Paris muss man ab und zu mit dem Taxi fahren. Dabei sollte man einiges beachten. Französische Taxifahrer mögen keine Beifahrer. Wer mit dem Taxi fährt steigt hinten ein, niemals vorn. Aber als Deutscher kommen sie wohl kaum in diese Verlegenheit. Französische Taxifahrer nehmen nur widerwillig Ausländer mit, aber niemals einen Deutschen.

In Finnland ist die Sauna weltbekannt. Ein gemeinsamer Saunabesuch wird dort als hohe Gunst angesehen. Wenn man die Sauna ablehnt ist das äußerst beleidigend. Da ich noch nie in einer Sauna war, kommt für mich Finnland auch nicht in Frage.

In großen Teilen Asiens (vor allem in Indien) gilt die linke Hand als unrein, denn sie wird nur auf der Toilette benutzt. Alles andere wie essen, Händeschütteln usw. wird mit rechts ausgeführt. In arabischen Ländern ist es umgekehrt. Hier wird nur mit links gegessen.

In Griechenland sollte man mit Handzeichen sparsam umgehen. Jede Bewegung mit der offenen Handfläche, die gegen eine Person gerichtet wird, versteht der Grieche als Beleidigung. Je näher die Handfläche dem Gegenüber kommt, um so größer ist die Beleidigung.

Manche Gesten haben in anderen Ländern eine andere Bedeutung. Wenn ein Inder den Kopf schüttelt bedeutet das ja. Wenn er mit dem Kopf nickt bedeutet das nein.

Wenn man mit Daumen und Zeigefinger einen Kreis bildet und die anderen Finger ausstreckt bedeutet das in Deutschland: *alles Okay*. Frau Merkel machte dieses Zeichen einmal zu Berlusconi. In Italien hat dieses Zeichen jedoch eine andere bedeutung. Dort bedeutet es einfach: *Arschloch*. Vielleicht hatte Frau Merkel damit doch nicht so ganz unrecht.

Eines noch zum Schluß. Niemals in einem Land so herumlaufen wie die Einheimischen. Zum Beispiel in Indien keinen Sarong tragen. Inzwischen trägt auch der Inder Jeans und T-Shirt. Würde ein Inder bei uns Lederhose und Janker tragen, würde er doch auch auffallen.

Der sicherste Weg, alle diese Fettnäpfchen zu vermeiden ist immer noch, zu Hause bleiben.

Einbrecher

In letzter Zeit häufen sich wieder die Einbrüche in Häuser und Wohnungen. Obwohl Mehrfamilienhäuser seltener betroffen sind, ganz sicher ist man auch da nicht.

Warum gibt es plötzlich mehr Einbrüche? Ein Hauptgrund sind die Banken. Weil es auf Sparkonten bald keine Zinsen mehr gibt, lassen die Leute ihr Geld zu Hause. Das ist sicher einer der größten Anreize. Außerdem hat sich in den Jahren einiges an Schmuck, Uhren und anderen Wertsachen angesammelt. Dazu kommen die elektronischen Geräte, Fernseher, PC, Laptop, Tablet-PC, Smartphone, Playstation und und und.

Vor über 50 Jahren gab es die Gaunerzinken. Diese wurden von Bettlern und Hausierern an den Türen oder Garagen angebracht. Irgendwann kamen keine Bettler mehr und die Hausierer schulten um zu Vermögensberatern. Die Gaunerzinken verschwanden.

Jetzt tauchen sie wieder auf. Sie werden von Banden aus dem osteuropäischen Raum angebracht und geben so Hinweise für die Einbrecher.

Achten sie mal darauf, ob an ihrer Haustür oder der Garagentür solche Zeichen eingeritzt sind. Manchmal sind auch nur Kreidestriche auf dem Gehweg. Das waren bestimmt keine Kinder.

Die neuste Masche sind kleine Plastikstreifen, die zwischen Haustüren und Rahmen gesteckt werden. Manchmal auch an Garagentoren und Gartentüren. Dies geschieht besonders in der Urlaubszeit. Sind die Streifen nach Tagen immer noch da, wissen die Einbrecher, niemand ist zu Hause. Jetzt können sie anrücken.

Wichtig ist es die Wohnungstür immer abzuschließen. Angeblich kann man die Tür sonst ganz einfach mit einer Scheckkarte öffnen. In Filmen funktioniert das immer. Auch Sicherheitsfirmen führen das gerne an einer speziellen Tür vor. Das ist aber Bauernfängerei. Ich habe es an meiner Tür ausprobiert. Es funktioniert nicht. Man braucht da schon ein Brecheisen oder einen großen Schaubenzieher.

Gerade im Winter haben viele Menschen Angst vor Einbrechern. Die Eigentümer von Mehrfamilienhäusern fordern deshalb ihre Mieter auf, nachts die Haustür zu verschließen. Genau das hat jetzt ein Frankfurter Gericht verboten. Bricht ein Feuer aus, müssen die Bewohner auch ohne Schlüssel aus dem Haus können. Allerdings haben auch andere Gerichte schon gegenteilige Urteile gefällt.

Auf jeden Fall sollte man die Wohnungstür immer abschließen, möglichst mit zwei Umdrehungen.

Ein besserer Schließzylinder hilft gegen die Einbruchswerkzeuge. Man sollte also keinen Zylinder für 5 Euro nehmen sondern lieber 30 Euro ausgeben.

Es gibt auch Anzeichen dafür, dass das Haus ausgespäht wurde. Wenn ein fremdes Auto längere Zeit auf der Straße parkt und verdächtige Gestalten darin sitzen. Die können aber auch vom Verfassungsschutz sein.

Bei mir wurde an einigen Tagen immer wieder geklingelt, aber niemand meldete sich. Auch am Telefon gibt es sogenannte Kontrollanrufe. Das Telefon läutet, ich melde mich, niemand antwortet. Das pasiert zu verschiedenen Tageszeiten. Damit wollen die Ganoven herausfinden, ob jemand zu Hause ist.

Aber was mache ich, wenn dann doch mal eingebrochen wurde? Ich komme vom Einkauf nach Hause und die Wohnungstür ist aufgebrochen. Erst kommt der Schock. Dann heißt es kühlen Kopf bewahren. Frauen fangen sofort damit an aufzuräumen und sauberzumachen. Das ist der größte Fehler.

Hier die wichtigsten Dinge, die man in solch einem Fall tun muss:

1. Zuerst die Polizei rufen. Aber nicht die vom Polizeiposten, sondern die Kripo. Die kann dann Spuren sichern.

2. Fotos von der ganzen Wohnung machen, auch von der aufgebrochenen Tür. Das ist wichtig für die Versicherung.

3. Eine Liste mit allen gestohlenen Dingen anfertigen. Das ist natürlich schwierig, denn oft weiß man selbst nicht mehr, was man alles hat. Wichtig ist Anschaffungsort, Anschaffungspreis und Alter.

3. Diese Liste muss man der Polizei vorlegen und Strafanzeige stellen. Das Aktenzeichen braucht man für die Hausratsversicherung.

4. Den Schaden unverzüglich der Versicherung melden. Fragen ob ein Regulierer vorbei kommt und was die Versicherung braucht (Kaufbelege, Schadensliste)

5. Den Schaden so gering wie möglich halten. Scheckkarten und Kreditkarten sperren lassen. Ebenfalls Sparbücher.

6. Weil man nicht alle Klamotten aufführen kann, bieten die Versicherungen Pauschalleistungen an. Im Schnitt werden 650 Euro pro Quadratmeter veranschlagt. Bei meiner Wohnung von 32 Quadratmetern wären das 20.000 Euro. In diesem Fall verzichtet die Versicherung darauf zu prüfen, ob die Summe tatsächlich dem Wert entspricht.

7. Wertgegenstände sind Bargeld bis 1000 Euro, Sparbücher, Urkunden, Wertpapiere, Briefmarken und Schmuck.

Dieser Punkt ist sehr wichtig. Wurde eingebrochen, aber es gibt keine Einbruchsspuren, zahlt die Hausratsversicherung nicht. Die Versicherung zahlt nur bei Einbruchdiebstahl, nicht bei gewöhnlichem Diebstahl. Hat der Einbrecher also einen Zweitschlüssel verwendet, oder hat er sich geschickt angestellt, ist es schwierig einen Einbruch nachzuweisen.

Auch bei grober Fahrlässigkeit zahlt die Versicherung nicht. Wenn man zum Beispiel die Wohnungstür offengelassen hat.

Oft tragen Einbruchsopfer neben der materiellen auch eine seelische Belastung davon. Man fühlt sich in der Wohnung nicht mehr sicher und kann nicht mehr ruhig schlafen. Das kann auch erst Wochen nach dem Einbruch geschehen. Immerhin wurde der intimste Bereich verletzt. Das ist für die meisten Menschen viel schlimmer als der materielle Schaden.

Natürlich ist es einfach, diese Liste aufzustellen. Aber wie reagiere ich im Ernstfall? Stehe ich dann unter Schock? Kann ich da noch klar denken? Ich hoffe, dass ich nie in eine solche Situation gerate. Aber eines ist sicher, heute Nacht schlafe ich bestimmt nicht.

Was essen unsere Gäste

Im Jahr 2015 sind schon über eine Million Einwanderer gekommen. Wie man sie auch nennt, Asylanten, Migranten, Kriegsflüchtlinge, Einwanderer,

Wirtschaftsflüchtlinge oder Ausländer, eines haben sie gemeinsam, sie sind unsere Gäste.

Wir Deutschen waren schon immer gastfreundlich und als Gastgeber macht man sich natürlich Gedanken, was der Gast gerne essen möchte. Die meisten sind Muslime und das schränkt unser deutsches Essen gewaltig ein.

Fangen wir an mit der größten Gruppe, den Syrern. Der Syrer ist es gewohnt, dass nicht jeder einzeln sein Essen bekommt sondern für alle auf dem Tisch die Vorspeisen und Hauptgerichte aufgebaut werden. Es ist durchaus üblich, dass man mehr hinstellt, als man überhaupt essen kann.

Zu den Vorspeisen gehören:
Hummus - pürierte Kichererbsen
Falafel - Bällchen aus Kichererbsenbrei
Ful - große braune Bohnen
Taboule - Salat aus Tomaten und Bulgur
Mutabbal - Pasta aus Auberginen und Sesam
Fatousch - Salat mit gebackenem Brot
Kibbe - frittierte Hackfleischbällchen
Waraq Ainab - Weinblätter mit Reis und Fleisch

Zu den Hauptspeisen gehören:
Schisch Kebab - Lammfleisch am Spieß
Schisch Tavuk - gewürfeltes Hühnerfleisch
Mansaf - Reis mit Nüssen, Trockenfrüchten und Hammelfleisch. Dazu gibt es Laban, ein Joghurt aus der Milch von Kühen, Schafen, Ziegen oder Kamelen.
Mansaf wird auf einem riesigen Teller (1 Meter Durchmesser) serviert.

Dazu kommen noch die Getränke.:
Tee - das geläufigste Getränk
Kaffee - gelegentlich
Fruchtsäfte aller Art
Arak - ein Destillat aus Wein und Anis

Bei unseren afghanischen Gästen ist es etwas einfacher. Sie leben viel bescheidener.
Das Grundnahrungsmittel ist Brot aus Weizenmehl, als Nan oder Chapati. Zusammen mit Tee bildet es oft eine komplette Mahlzeit.
Natürlich essen die Afghanen auch Reis. Das Nationalgericht ist qabuli pulau. Auch Nudelgerichte stehen auf dem Speiseplan.
Das bevorzugte Fleisch ist Lammfleisch, aber auch Ziege, Rindfleisch, Kamelfleisch und Geflügel.
Süßspeisen und Kuchen sind in Afghanistan ein seltener Luxus. Am häufigsten gibt es Pudding und süße Reisspeisen.
Den Abschluss einer Mahlzeit bildet Obst, Trauben und Melonen. Das wichtigste Getränk ist Tee. Eine besondere Spezialität ist Doogh Badrang, Joghurt mit Gurke und frischen Kräutern.

Die wichtigsten Grillgerichte sind:
Kababe Goschte Gosfannd - Lamm
Kababe Sine Murgh - Hähnchenbrustfilet

Weitere Spezialitäten sind:
Mantu - Teigtaschen mit Rindfleischhack
Narenj Pallau - Reis mit Hähnchenbrust
Qabeli Pallau - Reis mit Lammfleisch

Nun kommen wir zu unseren Gästen aus dem Irak. Die irakische Küche entspricht weitgehend der des Nachbarlandes Syrien. Wärend Bulgur als Essen der einfachen Küche gilt, hat Reis im Irak einen wesentlich höheren Status. Nach einer Volkssage gibt es im Paradies Aprikosen mit Reis zu essen, in der Hölle dagegen Bulgur mit Tomaten.

<u>Zu den irakischen Spezialitäten gehören:</u>
Kibbeh - Bulgur mit Hackfleisch
Dolma - Weinblätter mit Reis und Fleisch
Tikka - gegrilltes Lammfleisch
Quozi - ganzes Lamm
Masgouf - Fisch aus dem Tigris

Wir wollen auch unsere Gäste aus Kenia nicht vergessen. Ihre Küche wird durch Araber, Inder und Europäer geprägt.

In Kenia ist der Boden fruchtbar. Dadurch gibt es eine Vielzahl an Gemüse und Früchten. Viel verwendet werden Süßkartoffeln und Yam. Weiter gibt es Hirse, Kartoffeln, Bohnen und Bananen. Fleisch wird verwendet von Rindern, Ziegen, Straußen, Krokodilen und Geflügel.

Die Süßkartoffel gehört in Kenia zum festen Bestandteil der Küche. Man nennt sie auch Batate.

Die Yamwurzel wird für Speisen und als Heilmittel verwendet. Roh ist die Wurzel giftig. Nur gekocht ist sie genießbar.

Aus Bananen werden die beliebten Bananenpfannkuchen hergestellt.

Eine typische Speise ist Pilau - ein Fleischtopf. Als Beilage nimmt man Irio, einen Gemüsebrei.

Die kenianische Küche ist einfacher als die Syrische und es dürfte kein Problem sein, die kenianischen Gäste zu bewirten.

Zum Schluß widmen wir uns den Albaneren. Die albanische Küche verwendet eine Vielzahl von Zutaten. Neben Auberginen, Paprika, Tomaten, Gurken, Kohl und Spinat auch Weizen, Mais, Gerste und Roggen. Auch Reis, Kartoffeln und Bohnen sind Zutaten. Als Fleisch verwendet man Lamm, Ziege, Rind und Kalb, Huhn und andere Geflügel, manchmal auch Schwein.

<u>Zum Frühstück gibt es:</u>
Qiqra - Brot aus Kichererbsenmehl
Turshia - eingelegtes Gemüse
Sarma/Japrak/Dollma - gefüllte Weinblätter

<u>Die Hauptgerichte sind:</u>
Oshmare Korce
Tarator - sommerliche Vorspeise
Patellxhane - gefüllte Auberginen
Fergese Tirane - mit Fleisch und Leber
Albanischer Byrek
Pete - eine Art Pizza
Trahana - Teig aus Weizen und Sauermilch
Tave kosi
Biftek - Hackfleisch mit Schafskäse
Musaka - Kartoffel - Hackfleischauflauf
Kukurec - gefüllte Schafsdärme

Suppen und Eintöpfe:
Kartoffelsuppe mit Kalbfleisch
Fasule - Bohnensuppe
Turli - Gemüseeintopf
Kürbissuppe
Brühe mit Fleisch
Fischsuppe
Dazu gibt es Tarador - ein Fladenbrot.

Und nun die Nachspeisen:
Hasude mit Milch
Hallva
Revani me sherbet
Bakllava
Tiramisu
Llokume
Kadaif
Muhalebi
Sultjash
Qumeshtor
Eklera
Sheqerpare
Ballka

Ich habe hier auf die Erklärungen verzichtet. Jeder sollte selbst herausfinden, was die einzelnen Speisen sind.

Bleiben noch die Getränke:
Raki - Traubenschnaps
Konjak Skenderbeu
Kaffee
Caj mali

Wein

Ich habe Kopien dieser Geschichte an die Erstaufnahmelager geschickt, damit sie dort ihre Küche entsprechend informieren können. Sind sie nicht in der Lage, die Wünsche unserer Gäste zu erfüllen, bleibt immer noch der Catering-Service.

Wir wollen doch, dass sich unserer Gäste bei uns wohlfühlen und nicht einfach wieder abreisen.

Ärgernisse

Es gibt Dinge die mich nerven und ärgern. Alles hier aufzuzählen würde den Rahmen dieser Geschichte sprengen. Deshalb nenne ich nur einige Dinge, die nicht nur mich nerven.

Nachbarn, die ihren Hund direkt vor unser Haus scheißen lassen. Ich habe bisher noch keinen erwischt, wahrscheinlich führen sie ihre Hunde nachts aus. Wenn ich aber mal einen beobachte, dann schmeiße ich ihm den Hundehaufen in den Briefkasten. Ohne Verpackung, es ist ja kein Geschenk.

Wenn der Paketbote, obwohl ich zu Hause bin, eine gelben Zettel in den Briefkasten wirft, ohne zu klingeln. Wenn ich dann am nächsten Tag zur Poststelle gehe, um das Paket abzuholen, finden sie es nicht. Ich muss dann noch ein- oder zweimal hingehen, bis ich mein Paket erhalte.

Mich nervt, wenn ich mit jemand rede und er antwortet nur mit aha, hm, so so. Bis ich merke, dass er gar nicht zuhört.

Micht nervt, wenn ich pünktlich zur Bushaltestelle komme und der Bus ist schon durchgefahren.

Mich nervt, wenn ich am Freitag um 9.00 Uhr den ersten Arzttermin habe und im Wartezimmer sitzen schon 5 Leute, die vor mir drankommen (alles Notfälle). Mich nervt auch, wenn dann der Arzt erst um 9.30 Uhr in die Praxis kommt.

Mich nervt die dicke Samstagszeitung, die so in den Briefkasten hineingequetscht ist, dass ich sie beim herausziehen zerreisse.

Mich nervt, wenn am Montagmorgen der Briefkasten mit Prospekten vollgestopft ist.

Mich nervt, wenn ich Flaschen zum Pfandautomaten bringe und vor mir steht eine junge Frau mit einem riesigen Sack voller Pfandflaschen. Als ich nach einer halben Stunde endlich an der Reihe bin, nimmt der Automat nur noch die Hälfte meiner Flaschen an, dann leuchtet ein rotes Licht und auf dem Display steht: Container voll. Bis ein Angestellter kommt und den Container leert dauert es nochmal 15 Minuten.

Mich nervt, wenn es einen Stromausfall gibt und ich anschließend den Fernseher und den Video neu programmieren muss, da alle gespeicherten Programme gelöscht wurden.

Mich nervt es, wenn auf dem Gehweg ständig Radler entgegenkommen.

Das sind jedoch Kleinigkeiten. Was aber macht der Deutsche Michel, wie wehrt er sich?

Nachbarn führen Prozesse vor Gericht, wenn es um die Hecke zwischen den Grundstücken geht. Das ist ihnen wichtig. Was tut der Deutsche Michel, wenn seine Bürgerrechte eingeschränkt, beschnitten oder abgeschafft werden? Er tut nichts.

Was tut der Deutsche Michel, wenn zwischen der EU und der USA geheime Verhandlungen über Handelsabkommen geführt werden (TTIP) und Verbraucherschutzgesetze ausgehebelt werden? Er tut nichts.

Wenn die gewählten Volksvertreter sich bei der Abstimmung über Einfuhr und Anbau genmanipulierter Pflanzen der Stimme enthalten, obwohl 88% der Bürger dagegen sind? Was tut der Deutsche Michel? Er tut nichts.

Wenn Schulen und Turnhallen marode sind und Bäder geschlossen werden, gleichzeitig aber Israel ein U-Boot für 450 Millionen Euro von der Bundesrepublik quasi geschenkt bekommt. Was tut der Deutsche Michel? Er tut nichts.

Wenn die Bürger ausspioniert, überwacht und manipuliert werden, was macht der Deutsche Michel? Er macht nichts.

Empört sich der Deutsche Michel über die Verschwendung unserer Steuergelder? Über die Selbstbedienungsmentalität unserer Politiker? Gegen die scheinheiligen Auftritte unseres Staatsoberhauptes? Über die langsame Enteignung der Sparer? Über die Vernichtung unserer Altersvorsorge? Nein, der Deutsche Michel tut nichts. Es wird Zeit, dass er aufwacht.

Sprechende Automaten

Vor fast 20 Jahren schrieb ich eine Satire über sprechende Automaten. Inzwischen hat die Wirklichkeit meine Satire eingeholt.

Das Navigationsgerät im Auto ist inzwischen eine Selbstverständlichkeit. Eine sanfte Frauenstimme sagt mir: *nach 300 Metern rechts abbiegen*. Nach 300 Metern ist rechts eine Mauer. Fahre ich nun dagegen, oder fahre ich weiter geradeaus? Das sind schwierige Entscheidungen. Manchmal schickt einen diese liebliche Stimme über einen Fähranleger direkt in die Ostsee. Es soll Leute geben, die ohne Navi noch nicht einmal aus ihrer Garage kommen. Auch Einparkhilfen können ganz schön nerven.

Ich habe auf dem PC ein Textprogramm, in dem eine Büroklammer Ratschläge erteilt. Die geht mir auch ganz schön auf die Nerven. Ich habe noch nicht herausgefunden, wie man sie abstellt.

In einem Ärztehaus in der Innenstadt wurde der Fahrstuhl modernisiert. Jetzt spricht er mit mir. Er begrüßt mich wenn ich eintrete und sagt jedes Stockwerk an. Wenn ich mein Fahrziel erreicht habe sagt der Fahstuhl: *nun öffnet die Tür*. Das ist gut so, sonst hätte ich das gar nicht bemerkt.

Auch in anderen Gebäuden gibt es nun sprechende Türen. Wenn man hineingeht, kein Problem. Doch wehe, man lässt die Tür offen, dann bekommt man zu hören: *close the door please, fermez la porte, machen sie die Tür zu*. Die sind also schon dreisprachig.

In manchen Städten gibt es bereits sprechende Mülltonnen. Sie bedanken sich, wenn man Müll hineinwirft.

Auch mit Geldautomaten kann man sich inzwischen unterhalten. Am Stuttgarter Schloßplatz steht seit neuestem ein sprechender Bankomat.

Die Firma Unilever hat nun einen Eisautomaten aufgestellt, der kostenlos Eis herausgibt. Wenn man an den Automaten herantritt wird man zum Lächeln aufgefordert. Das Lächeln wird von einem Smile-o-Meter gemessen und wenn es ausreichend ist, bekommt man ein Eis.

Eine Schweizer Firma hat nun einen Kaffee-Vollautomaten entwickelt, der auf deutschen oder englischen Zuruf zwischen normalem Kaffee, Espresso, Cappuccino, Latte Macchiato, Ristretto, Heißwasser und Milch unterscheidet. Wenn die Kaffeebohnen zu Ende gehen meckert er: *füllen sie den Bohnenbehälter auf.*

Es gibt bereits einen sprechenden Alkotestautomaten. Wenn man einen Euro einwirft sagt er einem, ob man noch fahren darf.

Die Japaner sind ganz versessen auf sprechende Automaten. Dort gibt es inzwischen Badezimmerspiegel, die einem morgens sagen, wie gut man aussieht. Auch gibt es Heizöfen, die einem sagen, wenn das Petroleum ausgeht: *werter Besitzer, ich habe kein Petroleum mehr.*

Mittlerweile kann man von Glück sagen, wenn die heimische Kaffeemaschine den Kaffee tonlos zubereitet.

Auch der Kühlschrank lernte bereits 1974 das Sprechen, dank General Motors. Mir reicht es bis heute, wenn er meine Sachen kalt hält und mich nicht nervt.

Ich sehe mal in die Zukunft. Wie sieht es in fünf Jahren aus?

Ich hole eine Dose Limo aus dem Getränkeautomaten und der sagt: *wenn sie ausgetrunken haben werfen sie die Dose in den Müll und nicht auf die Straße. Es liegt schon genug Dreck rum in dieser Saustadt.*

Ich will eine Schachtel Zigaretten aus dem Automaten ziehen und der sagt: *warum bringen sie sich langsam durch Zigaretten um? Springen sie doch gleich vom Hochhaus, das geht schneller.*

Ich stelle mich in der Apotheke auf die Waage und die meckert: *nur eine Person auf die Waage stellen.*

Ich will ein Foto mit meiner neuen Kamera machen und die meint: *haben sie Erbarmen, das Motiv ist doch unmöglich.*

Ich hole mir eine Tasse Kaffee von dem Kaffeeautomaten und der sagt: *das ist schon die fünfte Tasse, müssen sie nicht auch mal aufs Klo?*

Zuhause drücke ich den Wiedergabeknopf auf dem Anrufbeantworter und der sagt: *kein Schwein hat angerufen.*

Bald sagt auch die Mikrowelle: *Essen ist fertig.* Und die Waschmaschine ruft mich über das Handy an und teilt mir mit: *Wäsche ist fertig.*

Fehlt nur noch der Aschenbecher der mir sagt: *das ist nun schon die zehnte Kippe. Jetzt ist aber genug.*

Vielleicht habe ich etwas übertrieben, aber das dachte ich vor 20 Jahren auch. Inzwischen ist vieles eingetroffen. Schauen wir mal, wie es in 5 Jahren aussieht.

Wenn ich Kanzler wäre

Alle meckern über die Kanzlerin. Was sie auch entscheidet, entweder sind die Roten dagegen, oder die Linken, oder die CSU. Die Grünen sind sowieso gegen alles. Was würde ich tun, wenn ich Kanzler wäre?

Ich würde Waffen nur noch in Krisengebiete liefern. Hubschrauber, die nicht landen, Flugzeuge die nicht fliegen, Gewehre die nicht schießen. Das wäre doch ein Beitrag zum Weltfrieden. Und die Rüstungsindustrie würde davon profitiern.

Ich würde alle Asylanten, die kein Recht auf Asyl haben, umgehend zurückschicken. Zuerst die Syrer. Sie werden nicht verfolgt, sondern flüchten vor dem Bürgerkrieg. All diese jungen Männer werden dringend gebraucht, um ihr Land wieder aufzubauen. Bei uns finden sie keinen Arbeit, aber in ihrem Heimatland gibt es genug. Natürlich würde ich Syrien für den Wiederaufbau kräftig unterstützen.

Ich würde die Albaner zurückschicken, denn sie kommen aus einem sicheren Herkunftsland und sind nur Armutsflüchtlinge.

Ich würde die Iraker zurückschicken, denn seit ihrer Befreiung werden sie nicht mehr verfolgt. Dasselbe gilt für die Libanesen.

Mit der Rückführung würde ich Air Berlin beauftragen. Damit würde die marode Fluggesellschaft saniert und wieder auf die Beine kommen.

Ich würde dafür sorgen, dass in den Städten wieder neue Schwimmbäder gebaut werden. Dabei würde ich die Städte mit Bundesmitteln großzügig unterstützen.

Ich würde dafür sorgen, dass mehr Sozialwohnungen gebaut werden. Wir brauchen keinen Paläste sondern bezahlbaren Wohnraum.

Ich würde dafür sorgen, dass kein Obdachloser mehr auf der Straße leben muss.

Ich würde Autos bauen lassen, die unter 5000 Euro kosten, maximal 120 km/Stunde fahren und nur 3 Liter Sprit verbrauchen. Möglich ist das. Wir brauchen keinen Geländewagen für die Stadt. Keinen Hummer und vor allem keinen SUV.

Ich würde sofort die Laufzeitverlängerung der Atomkraftwerke stoppen und die Betreiber verpflichten, selbst für die Entsorgung der radioaktiven Abfälle zu sorgen. Aber unter staatlicher Kontrolle, sonst verschwindet das Zeug in Russland.

Ich würde zuerst einige Minister feuern. Verteidigungsminister - weg. Innenminister - weg. Kanzleramtsminister - weg. Finanzminister - weg. Verkehrsminister - weg.

Ich würde den Posten des Bundespräsidenten abschaffen. Wozu brauchen wir einen Grüßaugust.

Ich würde das Gesundheitswesen reformieren und die Pharmakonzerne dazu zwingen, ihre Produkte billiger anzubieten.

Ich würde keine Soldaten mehr nach Afghanistan, Somalia, Kosovo und andere Krisengebiete schicken. Dafür haben wir genug Arbeitslose, die entsprechend ausgebildet, in diesen Ländern für Abschreckung sorgen können. Allein ihre Präsenz würde schon genügen.

Ich würde die freiwilligen Helfer der Polizei (Hilfspolizisten) wieder einführen.

Ich würde den aufgeblähten Bundestag reduzieren auf 100 Abgeordnete. Meistens sitzen sowieso weniger im Plenarsaal. Auch bei wichtigen Debatten.

Das wären mal die wichtigsten Entscheidungen, die ich treffen würde. Wahrscheinlich fallen mir nach dem Ende dieser Geschichte noch mehr Dinge ein. Aber für den Anfang reicht es.

Interview mit mir selbst

In der Fußgängerzone stand ein Team vom SWR und befragte die Leute. Solch ein Team besteht in der Regel aus einem Kameramann (Praktikant) und einer jungen Dame (Praktikantin). Nun kamen sie auch zu mir.

Nachdem ich unzählige Fragen beantwortet hatte, schaltete ich abends die Abendschau im SWR ein, um meinen Beitrag zu sehen. Leider wurde der Beitrag nicht gesendet. Das passierte mir auch schon im Freibad oder auf dem Marktplatz. Dabei habe ich so viel zu sagen.

Deshalb mache ich hier nun ein Interview mit mir selbst, mit Fragen aus allen Lebensbereichen.

Reporterin: schlafen sie mit offener oder Geschlossener Tür? *Ich:* immer mit geschlossener Tür, sonst werde ich von Miezekatzen gefressen.

Reporterin: sind ihre Jalousien in der Nacht oben oder unten? *Ich:* die Jalousien sind halb geöffnet, trotzdem ist es dunkel.

Reporterin: nehmen sie Shampoos und Seifen aus dem Hotel mit? *Ich:* nein, ich mag den Geruch nicht.

Reporterin: haben sie jemals ein Straßenschild geklaut? *Ich:* noch nicht, aber ich habe es vor.

Reporterin: würden sie lieber von einem Bären oder einem Schwarm Bienen attackiert werden? *Ich:* lieber von einer flotten Biene.

Reporterin: was können sie nicht leiden? *Ich:* dumme Fragen.

Reporterin: zählen sie manchmal ihre Schritte beim Gehen? *Ich:* nein, nur die Stufen beim Treppensteigen.

Reporterin: haben sie jemals in den Wald gepinkelt?
Ich: selbstverständlich.
Reporterin: haben sie jemals in den Wald geschißen?
Ich: äh, na ja, nein.
Reporterin: kauen sie auf ihren Stiften? *Ich:* nur auf dem Bleistift.
Reporterin: was ist ihr Lieblingsessen? *Ich:* Eigmachde Kellerschdäffala ond saure Amoisagnui.
Reporterin: was trinken sie zum Abendessen? *Ich:* Wasser.
Reporterin: sind sie faul? *Ich:* ab und zu.
Reporterin: was ist ihr chinesisches Sternzeichen? *Ich:* ich glaube Walfisch.
Reporterin: wieviele Sprachen sprechen sie? *Ich:* über die Leut, deutsch, schwäbisch und etwas englisch.
Reporterin: singen sie unter der Dusche? *Ich:* ja, meistens den Badewannentango.
Reporterin: was halten sie von Weihnachten: *Ich:* ich hasse Weihnachten.
Reporterin: glauben sie an Geister? *Ich:* selbstverständlich.
Reporterin: hatten sie schon mal ein Deja-vu? *Ich:* nein, aber die Grippe hatte ich schon mal.
Reporterin: tragen sie Hausschuhe? *Ich:* niemals.
Reporterin: tragen sie einen Bademantel? *Ich:* ab und zu.
Reporterin: was tragen sie zum Schlafen? *Ich:* meine Armbanduhr.
Reporterin: kaufen sie bei Lidl, Aldi oder Kaufland? *Ich:* ja, aber auch bei Penny, Norma, Netto, Rewe, Nah und Gut......*Reporterin:* schon gut, das reicht mir.

Reporterin: tragen sie Nike oder Adidas. *Ich:* Bugatti und Walker-Flex.

Reporterin: essen sie Chips oder Flips? *Ich:* nur Pommes.

Reporterin: Erdnüsse oder Sonennblumenkerne? *Ich:* Leinsamen.

Reporterin: rauchen sie? *Ich:* nicht mehr.

Reporterin: trinken sie? *Ich:* nicht mehr.

Reporterin: Tee oder Kaffee? *Ich:* nur Kaffee.

Reporterin: Gummibärchen oder Schokolade? *Ich:* weder noch:

Reporterin: können sie schwimmen? *Ich:* wie ein Amboß.

Reporterin: können sie die Luft anhalten? *Ich:* ja, wenn ich auf eine fremde Toilette gehe.

Reporterin: was halten sie von den Einwanderern? *Ich:* sind mir willkommen, wenn sie deutsch sprechen.

Reporterin: sind sie ein Rassist? *Ich:* nein, aber ich kann Ausländer trotzdem nicht leiden.

Reporterin: waren sie mit diesem Interview zufrieden? *Ich:* na ja, geht so.

Terroristenjagd

Aus sicherer Quelle erfuhr die Polizeidirektion in Karlsruhe, dass Terroristen in der Pforzheimer Fußgängerzone Anschläge planen.

Da die Karlsruher den Pforzheimer Polizisten nicht viel zutrauten, rückten sie am Samstag mit einer Hundertschaft in Pforzheim an. Mit ihren Einsatzfahrzeugen umstellten sie die Fußgängerzone. Keiner durfte mehr heraus und keiner hinein.

Die Polizei hatte ein klares Feindbild und ging rigoros vor. Jeder, der einen Rucksack dabei hatte, wurde festgenommen und intensiv untersucht. Dabei kam es auch zu kleinen Übergriffen.

Jeder der einen Vollbart trug war sowieso verdächtig und Muslime, die den Koran an die Bürger verteilten, wurden komplett festgenommen und gleich weggebracht.

Rentner die mit ihrem Rollator unterwegs waren galten auch verdächtig und wurden genau durchsucht. Selbst Leute mit dicker Winterkleidung (im Dezember) passten in das Feindbild und wurden ebenfalls festgenommen. Das traf auch die Obdachlosen, die immer dick angezogen sind.

Eine Musikgruppe aus dem Kasachstan wollte gerade ihre Instrumente auspacken, da waren sie bereits umstellt. Sie mussten ihre Instrumentenkoffer öffnen und darin waren nicht die vermuteten Maschinenpistolen, sondern nur Blechblasinstrumente.

Wer zufällig einen Trolly dabei hatte wurde gleich weggesperrt. Auch die Flaschensammler mit ihren Greifzangen waren verdächtig.

Unter Aufsicht der Feuerwehr wurden sicherheitshalber einige größere Taschen, die von der Polizei sichergestellt wurden, in die Luft gesprengt.

Nach Beendigung dieser großartigen Polizeiaktion war die Fußgängerzone fast menschenleer. Die Verantwortlichen, Polizei, Bürgermeister, Stadträte, Feuerwehr und Rettungsdienste klopften sich gegenseitig auf die Schulter. Die Gerechtigkeit hatte mal wieder gesiegt.

Ach, übrigens, Terroristen fanden sie keine. Vielleicht hatten sie auch den Tag verwechselt?

Diese Geschichte ist frei erfunden. Sie ist nie passiert. Aber so in etwa hätte es sein können. Deshalb rate ich den Bürgern für die Zukunft, nehmen sie keine großen Taschen, Rucksäcke oder Trollys mit in die Stadt. Rentner mit Rollatoren sollten besser zu Hause bleiben. Und die Bärtigen? Einfach den Bart abrasieren. Feindbilder ändern sich. Vielleicht sind bald die verdächtig, die keinen Bart tragen.

Schwäbische Entdecker und Erfinder

Zugegeben, unser Dialekt ist manchmal schwer zu verstehen. Sagen wir *ha no* bedeutet das ja. Sagen wir *ha noi* bedeutet das nein. Woher kommt eigentlich dieser Dialekt? Dafür gibt es eine einfache Erklärung:

Als Gott am siebten Tag die Dialekte an die Menschen verteilte und zu den Schwaben kam, hatte er schon alle vergeben. Da wurden die Schwaben sehr traurig. Gott erbarmte sich und sagte zu den Schwaben: *wissed der was, no schwätzet halt so wie i.*

Ja wir Schwaben waren schon immer das Volk der Dichter und Denker. Schiller, Mörike, Hegel, Silcher, Uhland und Hauf, Kepler, Messerschmidt, Heinkel, Klemm, Hirth und Dornier, Zeppelin, Daimler, Bosch und Einstein.

<u>Im Schwabenland wurde entdeckt:</u>
Das Gesetz zur Erhaltung der Energie
Die Gesetze der Planetenbewegung
Die Relativitätstheorie

<u>Im Schwabenland wurde erfunden:</u>

Das astronomische Fernrohr
Die Zeitung
Die Neigungswaage
Der Zeppelin
Die Rechenmaschine
Die Magnetzündung
Die Mundharmonika
Die Zündkerze
Der Benzinmotor
Die Setzmaschine-Linotype
Das erste brauchbare Kraftfahrzeug
Der Dieselmotor
Das erste Motorrad
Der Volkswagen
Das Motorboot
Der Düsenjäger
Der BH
Das erste unbrennbare Papier

Zu den bekanntesten Erfindern und Entdeckern gehören:

Gottlob Bauknecht - Elektrische Nähmaschine
Carl Benz - Auto
Albrecht Ludwig Berblinger - Schneider von Ulm
Alfred Bizer - Waagen
Robert Bosch - Zündkerze
Gottlieb Daimler - Auto
Claude Dornier - Flugzeug
Karl Freiherr von Drais - Laufmaschine
Albert Einstein - Relativitätsthorie
Wilhelm Emil Fein - Elektrische Handbohrmaschine
Emil Fein - Elektrische Tischbohrmaschine

August Fischer - Kunstharzkleber UHU
Artur Fischer - Dübel
Edmund Heckler - Waffenschmied
Ernst Heinkel - Flugzeug
Matthias Hohner - Mundharmonika
Friedrich Kammerer - Sicherheitszündhölzer
Johannes Kepler - Astronomisches Teleskop
Hans Klenk - Toilettenpapier (Hakle)
Theodor Friedrich Koch - Waffenschmied
Carl Laemmle - Universal Studios
Sigmund Lindauer - BH in Serienfertigung
Conrad Dietrich Magirus - Fahrbare Feuerwehrleiter
Theodor Friedrich Märklin - Modelleisenbahn
Wilhelm Mauser - Waffenschmied
Wilhelm Maybach - Auto
Ottmar Mergenthaler - Zeilensetzmaschine Linotype
Karl Ludwig Nessler - Dauerwelle
Ferdinand Porsche - VW-Käfer
Wilhelm Emil Schickard - Erste Rechenmaschine
Paul Schlack - Kunstfaser Perlon
Alex Seidel - Waffenschmied
Margarete Steiff - Teddy-Bär
Andreas Stihl - Motorsäge
Felix Wankel - Drehkolbenmotor
Ferdinand Graf von Zeppelin - Erstes lenkbares Luftschiff

Vielleicht liegt es am Dialekt, vielleicht auch an der schwäbischen Lebensart, dass aus dem Ländle die meisten Erfinder kommen.

Herzlich willkommen

Viele Einwanderer verstehen unser System noch nicht. Sie wissen, dass man Handyverträge nicht umsonst bekommt. Sie wissen wie man im Internet bestellt und die Ware nicht bezahlt. Sie wissen, wie man einkaufen geht, ohne zu bezahlen.

Herzlich willkommen in Deutschland. Hier gibt es einige Regeln zu beachten:

1. Lernen sie so schnell wie möglich die deutsche Sprache, damit wir ihre Wünsche erfüllen können.
2. In Deutschland ist Religionsfreiheit für alle.
3. Frauen haben dieselben Rechte wie Männer und werden mit Respekt behandelt.
4. In Deutschland respektiert man das Eigentum der anderen. Man betritt kein Privatgrundstück, keine Gärten oder andere Gebäude.
5. Man erntet kein Obst und Gemüse, das einem anderen gehört.
6. Deutschland ist ein sauberes Land und soll es auch bleiben.
7. Müll oder Abfall entsorgt man in dafür vorgesehenen Mülltonnen oder Abfalleimern. Wenn man unterwegs ist, nimmt man den Müll bis zum nächsten Mülleimer mit und wirft ihn nicht einfach weg.
8. In Deutschland benutzen wir Wasser zum Kochen, Waschen und Putzen. Es wird auch für die Toilettenspülung verwendet.
9. Es gibt öffentliche Toiletten, die für jeden zugänglich sind. Wenn man diese benutzt ist es üblich, diese sauber zu verlassen.

10. Unsere Notdurft verrichten wir ausschließlich auf Toiletten, nicht in Gärten oder Parks, auch nicht hinter Hecken und Büschen.
11. In Deutschland bezahlt man erst die Ware im Supermarkt, bevor man sie öffnet.
12. In Deutschland gilt ab 22.00 Uhr die Nachtruhe.
13. In Deutschland fahren Radfahrer nicht auf dem Gehweg.
14. Fußgänger nutzen die Fußwege oder gehen, wenn keiner vorhanden ist, hintereinander am Straßenrand. Nicht auf der Straße.
15. Der Deutsche geht niemals bei rot über die Ampel.
16. Sonntag ist Ruhetag. Kein Heimwerken, kein Staubsaugen und keine leeren Glasflaschen zum Container bringen.
17. Junge Mädchen fühlen sich durch ansprechen und erbitten von Handy-Nummern belästigt und wollen auch niemand heiraten.
18. Deutschland ist das Land der Gesetze, Regeln und Vorschriften. Für alles gibt es Vorgaben, wie es richtig zu machen ist. Ordnung muss sein. Im Zweifel einfach fragen.

Das verlorene Paradies

Hier möchte ich eines klarstellen. Ich bin nicht gegen Flüchtlinge. Wo kämen wir denn hin, wenn wir denen nicht helfen, die vor dem Krieg in ein anderes Land flüchten.

Im Libanon, in Jordanien und in der Türkei hat es große Lager, in denen Millionen von Flüchtlingen Platz haben. Deutschland unterstützt diese Länder finanziell, damit sie die Flüchtlinge auch behalten. Da beteilige ich mich auch gerne mit zehn oder zwanzig Euro.

Aber nun kommen sie alle zu uns. Über dieses Problem musste ich nachdenken, als ich im Bus saß. Dabei schlief ich wohl ein. Ich träumte davon, wie die Asylanten sich bei uns breit machen. Wie sie sich gegenseitig aus den kleinsten Anlässen verprügeln. Zum Beispiel, wenn einer etwas mehr zu essen bekommt als der andere. Oder wenn der andere vorher an der Reihe ist.

Ich träumte davon, wie kleinen Ortschaften Flüchtlinge zugeteilt wurden und dort plötzlich die Eigentumsdelikte, Körperverletzungen und sexuelle Übergriffe zunahmen.

Ich träumte davon, wie plötzlich überall Moscheen aus dem Boden wachsen.

Dann träumte davon, dass es fast unmöglich ist, abgelehnte Asylbewerber wieder abzuschieben. Aber das Problem wurde schnell gelöst. Wissenschaftler hatten ein neues Mittel entwickelt das unter anderem zwei wichtige Hormone enthielt, Prolaktin und Oxytocin. Diese Mittel bewirken, dass man plötzlich starkes Heimweh bekommt. Sehr starkes Heimweh. In den Aufnahmelagern bekommen die Asylanten eine Pille mit den beiden Wirkstoffen. Außerdem bekommt jeder eine Flasche mit Mineralwasser, die ebenfalls die Wirkstoffe enthält, nur für den Fall, dass er die Pille nicht schluckt.

Und nun pasiert etwas seltsames. Alle wollen plötzlich wieder nach Hause, Nach Syrien, in den Libanon, in den Irak, nach Afghanistan.

Ich sah eine riesige Anzahl von Booten im Mittelmeer schwimmen. Daneben schwammen sogar Männer im Wasser, die keinen Platz mehr bekommen hatten. Sogar Nichtschwimmer waren dabei. Alle hatten nur ein Ziel, nach Hause.

Dann wachte ich auf, stieg aus dem Bus und sah mich um. Alle Einwanderer waren noch da und ich hatte den Eindruck, dass es inzwischen noch mehr geworden sind. Manchmal träumt man einen ganz schönen Mist zusammen.

Ein Unglück kommt selten allein

Ich kam gerade vom Einkaufen, da rannte mir die Nachbarskatze von links über den Weg. Es war eine schwarze Katze. Vor dem Haus waren Handwerker an der Arbeit. Sie hatten eine Leiter an das Haus angelehnt und ich musste unten durch gehen. Als ich in die Wohnung kam, fuhr mir die Tür aus der Hand und krachte zu. Der Wandspiegel fiel herunter. Natürlich zerbrach er. Jetzt war ich geschockt. Alle diese Vorfälle bedeuteten Unglück. Das neue Jahr würde wohl furchtbar werden.

Schwarze Katzen galten im Mittelalter als Gefährten von Hexen und Auslöser von Krankheiten und Unfällen. Um Unglück zu verhindern sollte man auf einen Stein spucken. Das tat ich sofort. In Italien trifft es die Katzen viel härter. Dort ist der Aberglaube so groß, dass schwarze Katzen gleich nach der Geburt getötet werden.

Aber auch mit anderen Katzen gibt es Probleme. Frisst die Katze Gras, regnet es bald. Kratzt sie am Tischbein, wird es windig. Geht sie nicht mehr aus dem Haus, wird es kalt. Sie ist also der ideale Wetterfrosch.

Mit dem Spiegel war es schon komplizierter. Der Spiegel beherbergt die Seele des Hineinschauenden. Zerbricht dieser den Spiegel, zerbricht auch seine Seele. Die Seele braucht sieben Jahre um zu heilen. Man hat also sieben Jahre Pech.

Dann war da auch noch die Leiter. Die Leiter, die Hauswand und der Boden bilden ein Dreieck. Das war vor Jahrhunderten bei den Christen eine heilige Form. Geht man hindurch, verletzt man den heiligen Raum.

Nun musste ich mich unbedingt darüber informieren, was noch Unglück bringt. Sicher gibt es da Dinge, die weniger bekannt sind. Im Internet wurde ich fündig. Jetzt wunderte ich mich nicht mehr, warum ich dauernd Pech hatte.

Spinne am Morgen bringt Kummer und Sorgen. Gottseidank hatte ich mit meinem Mückennetz die Spinnen aus meiner Wohnung ausgesperrt.

Mit dem linken Fuß zuerst aufstehen bringt Pech oder schlechte Laune. Da muss ich in Zukunft besser aufpassen.

Wer den linken Socken vor dem rechten anzieht, hat den ganzen Tag Pech. Unbedingt daran denken.

Neujahr und Karfreitag sollte man zu Hause bleiben. An diesen Tagen verreisen bringt Unglück. Ich verreise sowieso nicht mehr.

Wer am Freitag viel lacht, hat am Sonntag Grund zum Weinen. Wer am Sonntag krank wird, wird lange nicht gesund. Trotzdem gilt der Sonntag als ein Glückstag. Aber nicht bei Muslimen, denn an einem Sonntag starb der Prophet Mohammed. Deshalb ist bei den Muslimen der Freitag der Gebetstag (Freitagsgebet).

Auch stolpern gilt als schlechtes Zeichen. Wer gestolpert ist, sollte zurückgehen und die Stelle nocheinmal überschreiten. Daran muss ich unbedingt denken. Wahrscheinlich stolpere ich nochmal.

Sieht man einen Kamm auf dem Boden liegen, unbedingt liegenlassen. Aufheben bringt Unglück. Deshalb auch keine spitzen Gegenstände vom Boden aufheben. Mir fällt zu Hause ständig etwas runter. Muss ich nun alles liegenlassen?

Wer mit den Zinken seiner Gabel das Essen umrührt, darf sich nicht wundern, wenn er von Insekten gestochen wird. Und wer mit den Fingern auf den Tisch klopft ruft damit Unglück herbei.

Wer sich die Hände am Tischtuch abtrocknet, dem wachsen Warzen. Aha, jetzt weiß ich endlich, woher meine Warzen kommen.

Wer nachts etwas auf dem Tisch liegen lässt, verbringt eine schlaflose Nacht. Deshalb kann ich nachts nicht schlafen.

Lässt sich ein Rabe auf dem Hausdach nieder wird einer der Bewohner krank. Nur durch dreimaliges ausspucken kann man den bösen Zauber abwenden. Spucken deshalb so viele Jugendliche auf den Gehweg?

Setzt sich ein Kauz auf das Dach und schreit, wird bald jemand im Haus sterben.

Bleibt eine Uhr stehen, ist das ein Hinweis auf einen bevorstehenden Todesfall. Erst gestern blieb meine Wohnzimmeruhr stehen, die Batterie war leer.

Auch über das Geld gibt es Hinweise. Wenn man eine Geldbörse verschenkt, so muss man einen

Glückscent hinein legen, sonst bringt das Geschenk Unglück und das Geld vermehrt sich nicht.

Juckt einem die Linke Hand, wird man unerwartet Geld bekommen. Fällt eine Münze auf den Boden (passiert mir oft), heißt es: Liegt Geld auf dem Boden, geht es zur Tür hinaus.

Auch zum Tod gibt es einiges zu sagen. Sieht man eine Sternschnuppe, darf man sich etwas wünschen. Sieht man aber drei Sternschnuppen, wird man bald sterben. Es sei denn, man sieht noch eine vierte.

Fällt jemandem ein Gegenstand ins Grab, wird er auch bald sterben. Ich gehe auf keinen Beerdigung.

Beim Leichenschmaus sollte man einen Platz für den Verstorbenen frei lassen. Sind 13 Gäste auf der Feier, stirbt einer davon bald oder erfährt ein Unglück.

Was am Freitag wird begonnen, hat nie ein gutes End' genommen. Dieser Spruch ist schon sehr alt aber immer noch gültig.

Beginnt das Jahr an einem Freitag, wird es ein Unglücksjahr. Dasselbe gilt auch für den Monat.

An Silvester soll man Erbsenbrei essen, dann wird Reichtum und Wohlstand im nächsten Jahr im Haus einkehren. An Neujahr soll man Schweinefleisch essen, denn das Schwein bringt Glück. Isst man Geflügel, so fliegt das Glück davon. So was dummes, ich habe diesmal weder Erbsenbrei noch Schweinefleisch gegessen.

Am Karsamstag soll man ein Hufeisen an die Tür nageln. Natürlich mit der Öffnung nach oben, sonst fällt das Glück wieder heraus.

Junge Mädchen schenken ihrem Liebsten an Ostern ein oder mehrere Eier. Dabei ist die Farbe und die Anzahl wichtig. Mit einem grünen Ei signalisiert sie Hoffnung. Mit einem gelben die Eifersucht. Mit einem blauen die Treue. Mit einem roten die Liebe. Schenkt sie dem Freund sechs Eier, bedeutet das, sie möchte ihn heiraten. Deshalb passen in die kleinen Eierkartons auch immer sechs Eier.

Zum Schluß noch etwas ganz spezielles. Den zukünftigen Beruf eines Kindes erfährt man, wenn man an seinem ersten Geburtstag verschiedene Gegenstände vor das Kind legt. Der Gegenstand, den es zuerst greift, gibt einen Hinweis auf seinen Beruf. Bei der Auswahl der Gegenstände muss man schon gründlich überlegen. Zum Beispiel man legt ein Gebetbuch, ein Geldstück und ein Schnapsglas auf den Tisch. Greift das Kind zum Gebetbuch, wird es mal Priester. Greift es zur Münze, wird es reich. Greift es zum Schnapsglas, wird es ein Säufer. Greift es aber zu allen drei Gegenständen wird es mal ein Banker.

So das wars mit den Unglücksbotschaften. Ach übrigens, hören sie in der Nacht einen Hund aus der Nachbarschaft arg heulen, wird es bald brennen. Besonders in dem Haus, in dem der Hund heult. Am besten gleich mal die Feuerwehr rufen.

Plötzlich Rentner

Vor 20 Jahren, damals war ich 50 Jahre alt, ging ich regelmäßig zum Stammtisch. Dort traf man immer dieselben Rentner.

Sie kamen zum Frühschoppen um 10 Uhr und gingen um 12 Uhr zum Mittagessen nach Hause. Nachmittags um 16 Uhr kamen sie wieder und blieben bis 18 Uhr. Nach dem Abendessen, gegen 20 Uhr kamen sie erneut und blieben bis 23 Uhr. Das passierte jeden Tag.

Meistens saßen sie nur still auf ihrem Platz und tranken ihr Viertele. Was sollten sie auch reden. Es passierte in unserem Ort ja nichts.

Damals dachte ich, so möchte ich als Rentner nicht den Tag verbringen. Natürlich freut man sich auf den Ruhestand, aber kaum einer ist darauf vorbereitet. Also was tu ich, wenn ich plötzlich vom aktiven Arbeitsleben in den Ruhestand trete?

Ich könnte anfangen Sport zu treiben. Nordic Walking oder Radfahren. Ich könnte auch verreisen, all die Orte besuchen, an denen ich noch nicht war. Oder einmal in jedem Ozean der Welt schwimmen.

Vielleicht mache ich auch einen Kochkurs oder einen Malkurs. Ein Hund wäre auch ganz nett, mit ihm müsste ich dreimal am Tag Gassi gehen, das wäre auch für mich gesund.

Oder ich kaufe mir einen Garten. Da habe ich immerhin das halbe Jahr eine Beschäftigung.

Es gibt schon Möglichkeiten den Tag zu verbringen, ohne dass man den ganzen Tag in der Kneipe sitzt.

Doch all diese Vorstellungen wurden eine Tages über den Haufen geworfen. Es kam alles anderst. Mit 52 Jahren wurde ich arbeitslos und fand wegen meinem Alter auch keine Arbeit mehr. Nun hatte ich soviel Zeit wie ein Rentner, aber das Arbeitslosengeld schränkte meine Möglichkeiten ein.

Ab und zu ging ich noch abends zum Stammtisch. Da fiel mir auf, dass immer weniger Leute kamen. Natürlich sind einige inzwischen gestorben, aber wo blieben die Nachrücker?

Mit 55 Jahren erkrankte ich und war nicht mehr erwerbsfähig. Nach einem jahrelangen Prozess gegen die Rentenversicherung bekam ich nun Frührente.

Inzwischen war ich 60 Jahre alt. Die Rentner von Früher lebten natürlich nicht mehr und auch meine Kameraden vom Kegelclub und vom Kartenspielen waren fast alle schon gestorben.

Auch die Wirtschaften hatten sich verändert. Die alten Gaststätten, in denen wir uns am Stammtisch trafen, gab es nicht mehr. Nur noch Bumslokale und Speiserestaurants.

Einmal versuchte ich es noch. Ich ging am Samstagmorgen in meinem alten Stammlokal um 11 Uhr zum Stammtisch. Der war eigentlich immer gut besucht. Ich saß dort bis 13 Uhr nicht nur allein am Tisch, sondern auch allein im Lokal. Das konnte ich also vergessen.

Aber nach meiner Erkrankung hatte ich auch mein Leben verändert. Ich rauchte nicht mehr und trank nur noch Mineralwasser.

Inzwischen gab es auch das Internet und das eröffnete neue Möglichkeiten. Verreisen konnte ich nicht mehr und einen Hund wollte ich auch nicht. Ein Garten kam auch nicht in Frage. Ich tat das, was ich am Besten konnte, ich fing an Geschichten zu schreiben.

Im Sommer, von Mai bis September fahre ich täglich mit dem Fahrrad ins Freibad und schwimme dort 1000 Meter. Wenn das Wetter schön ist, bleibe ich auch einige Stunden im Bad. Hier treffe ich lauter Bekannte. In den kälteren Monaten, von Oktober bis April schreibe ich am PC Geschichten. Seit 1997 veröffentliche ich jedes Jahr ein Buch.

Zur Zeit schreibe ich an meinem 15. Buch. Geld verdiene ich damit nicht, aber es ist immer wieder eine Freude, wenn ein neues Buch fertig gedruckt vor mir liegt. Mir wird nicht langweilig, ich habe jeden Tag etwas zu tun.

Wenn ich daran denke, wie früher die Rentner ihre Zeit in der Wirtschaft abgesessen haben und nur darauf warteten, dass der Tag vorbei ging, dann graust mir immer noch.

Diese Geschichte zeigt uns, egal was man sich für die Rente vornimmt, es kommt alles anderst.

Zum Schluß das Allerletzte

Seit vielen Jahren kaufe ich selbst ein. Mir sind die Preise der wichtigsten Lebensmittel, Waschmittel und Hilfsmittel bekannt. Deshalb fällt es mir sofort auf, wenn ein Produkt teuer wird.

Das war aber in den letzten Monaten und Jahren nicht der Fall. Woran das liegt habe ich schnell herausgefunden. Die Hersteller haben ihre Produkte abgespeckt. Das heißt, in der Packung ist weniger drin, aber der Preis ändert sich nicht.

Was uns Menschen so schwer fällt, abzunehmen, geht bei den Produkten ganz leicht.

Die Statistiken richten sich nach den Verkaufspreisen und nicht nach dem Inhalt. Deshalb kann unsere Regierung auch verkünden: *die Preise sind stabil, keine Preiserhöhungen.* Die versteckten Preiserhöhungen werden dabei nicht berücksichtigt.

So kann es passieren, dass ein Christstollen abspeckt, von 500 Gramm auf 400 Gramm pro Packung. Auch das Weihnachtsgebäck wurde reduziert von 500 Gramm auf 300 Gramm. Natürlich zum selben Preis.

Beim Ketchup ist die Flasche kleiner geworden. Sie hat jetzt nur noch 400 ml, anstatt 500 ml.

Auch Zahncremetuben wurden kleiner. Statt 100 ml nur noch 75 ml. Auch bei Pralinen wird gemogelt. Statt 125 Gramm sind nur noch 110 Gramm in der Packung.

Auch Fertigkuchen ist kleiner geworden. Bisher waren 400 Gramm in der Packung, jetzt sind es nur noch 350 Gramm. Jemand hat sich da ein Stück abgeschnitten.

Aber auch Pampers bleiben nicht verschont. Waren 2006 noch 47 Windeln in der Packung, sind es heute nur noch 34. Innerhalb 10 Jahren verringerte der Hersteller nach und nach die Füllmenge. Wenn der Hersteller so weitermacht, ist die Packung in 20 Jahren leer.

Aber warum soll es den Katzenfreunden besser ergehen? In dem Schälchen Katzenfutter waren bisher 100 Gramm, jetzt sind es nur noch 85 Gramm, bei gleichem Preis.

Bei Tiefkühlkost fährt man gleich zwei Schienen. Ein Nudelgericht wog bisher 500 Gramm. Nun wurde die Verpackung neu gestaltet und es sind nur noch 350 Gramm. Dafür kostet das neue Produkt fast 50 % mehr als das alte.

Bei dem Color-Rado-Mix wurde einfach die Füllmenge von 100 Gramm auf 85 Gramm reduziert, bei dem gleichen Preis. Nun, die Werbung mit Gottschalk muss ja auch bezahlt werden.

Ich begrüße schon das Angebot von Kleinpackungen für Singles oder Senioren als Ergänzung zur Normalpackung. Aber nicht, wenn dadurch versteckte Preiserhöhungen durchgeführt werden.

Zwei Jahre nach Freigabe der Füllmengen durch die EU geht die Schummelei nach dem Motto: *weniger drin, Preis gleich* weiter. Inzwischen sind es nicht mehr einzelne Hersteller sondern fast alle, die auf diese Masche eingestiegen sind.

Bei manchen Produkten wurde dieser Trick schon mehrmals angewendet. Bei Chips wurde die Füllmenge von 200 Gramm mehrmals reduziert bis auf aktuell 165 Gramm. In der gleichen Zeit stieg der Preis um 40 Cent von 1,59 auf 1,99.

Es geht auch in die andere Richtung. Das Spülmittel Palmolive hatte bisher 500 ml und kostete 0,85 Euro. Nun kommt die Packung mit 600 ml und auf dem Etikett steht Neu+20% mehr Inhalt. Das stimmt, aber die neue Packung kostet 1,65, also doppelt so viel. So wird der Verbraucher getäuscht.

Einen gewissen Schutz vor den Machenschaften der Hersteller bot bis 2009 noch die Tatsache, dass für einige Produkte feste Verpackungsgrößen vorgeschrieben waren. Doch seit April 2009 sind fast alle verbindlichen Mengenvorgaben für Lebensmittel entfallen. Es gelten nicht mehr die Richtlinien der EU, sondern nationales Recht.

Wir hatten uns doch an bestimmte Füllmengen gewöhnt. Milch 0,5 Liter, 0,75 Liter und 1 Liter. Waschmittel 1000 ml. Waschpulver 1000g. Schokolade 100 Gramm. Tempo-Taschentücher 10 Stück in der Packung (inzwischen nur noch 9). Diese festen Größeneinheiten sind wegen des EU-Gesetzes weggefallen und wir Verbraucher haben nun den Salat.

Das schöne Beispiel sehen wir beim Eis. Das gab es einst in Packungen von 1000ml. Seit der Reform gibt es kaum noch 1-Liter Packungen. Viele Hersteller bieten nun Packungen mit 900ml oder nur noch 850ml an.

Hier eine Liste mit Lebensmittel-Produkten - alte Füllmenge und neue Füllmenge. Bei fast allen Produkten ist der Preis gleich geblieben:

Mohnstollen alt 500 Gramm neu 400 Gramm
Weihnachtsdose alt 500 Gramm neu 350 Gramm
Studentenfutter alt 200 Gramm neu 159 Gramm
Säuglingsnahrung alt 600 Gramm neu 550 Gramm
Müsli alt 600 Gramm neu 500 Gramm
Ketchup alt 500 ml neu 400 ml.
Mürbekeks alt 250 Gramm neu 200 Gramm
Spargelcremesuppe alt 1 Liter neu 0,75 Liter
Mineralwasser alt 1 Liter neu 0,75 Liter
Limettensaft alt 345 ml neu 200 ml
Kaffeestick alt 17% neu 11% Instantkaffee
Schinken alt 150 Gramm neu 100 Gramm
Tortelloni alt 500 Gramm neu 350 Gramm
Aprikosen alt 200 Gramm neu 150 Gramm
Schoko-Müsli alt 600 Gramm neu 500 Gramm
Schoko-Riegel alt 65 Gramm neu 60 Gramm
Bio-Cornflakes alt 375 Gramm neu 300 Gramm
Lakritzschnecken alt 360 Gramm neu 200 Gramm
Spearmint-Pastillen Alt 25 Gramm neu 20 Gramm
Schnittkäse alt 150 Gramm neu 125 Gramm
Smarties alt 170 Gramm neu 150 Gramm
KitKat alt 233 Gramm neu 184 Gramm
Lion alt 216 Gramm neu 198 Gramm
Choco Crossies alt 180 Gramm neu 160 Gramm

Schokolade alt 50 Gramm neu 37 Gramm
Corn-Flakes alt 550 Gramm neu 450 Gramm
Bergbauernmilch alt 500ml neu 400ml
Wienerle alt 800 Gramm neu 700 Gramm
Grünländer alt 175 Gramm neu 150 Gramm
Mars Mini alt 221 Gramm neu 200 Gramm
Bio-Traubensaft alt 1 Liter neu 0,75 Liter
Käsewürfel alt 150 Gramm neu 130 Gramm
Marmorkuchen alt 400 Gramm neu 350 Gramm
Schokoriegel alt 58 Gramm neu 50 Gramm
Color Rado alt 100 Gramm neu 85 Gramm
Coffee Pads alt 100 Gramm neu 92 Gramm
Waldfrucht Bonbon alt 125 neu 100 Gramm
Farmer's Snack alt 200 Gramm neu 150 Gramm
Kaffe-Pads alt 7,0 Gramm neu 6,5 Gramm
Bouillon-Würfel alt 8 Stück neu 6 Stück
Kartoffelsalat alt 1000 Gramm neu 750 Gramm
Fischstäbchen alt 10 Stück neu 8 Stück
Buchstabensuppe alt 4 Teller neu 3 Teller
Hanuta alt 250 Gramm neu 220 Gramm
Barbecue Sauce alt 250 ml neu 220 ml
Yogi Tee alt 100 Gramm neu 90 Gramm
Mars alt 6 Stück neu 5 Stück
Schoko-Würfel alt 240 Gramm neu 176 Gramm
Caffee Crema alt 18 Stück neu 16 Stück
Kaffeepulver alt 400 Gramm neu 350 Gramm
Hustenbonbon alt 75 Gramm neu 72 Gramm
Airwaves alt 55 Stück neu 40 Stück
Bio-Müsli alt 750 Gramm neu 500 Gramm
Reisstärke alt 250 Gramm neu 200 Gramm
Prinzenrolle alt 400 Gramm neu 352 Gramm
Kindertee alt 3,0 Gramm neu 1,5 Gramm
Landbrot alt 1000 Gramm neu 750 Gramm

Pizza alt 400 Gramm neu 340 Gramm
Milchshake alt 500 ml neu 400 ml
Kuchenglasur alt 200 Gramm neu 150 Gramm
Smoothie alt 250 ml neu 200 ml
Kaffee-Kapseln alt 7,5 Gramm neu 7,0 Gramm
Apfelsaft alt 1,5 Liter neu 1,0 Liter
Krustenbrot alt 1000 Gramm neu 750 Gramm
Paranuss-Kerne alt 200 Gramm neu 125 Gramm
Knorr-Fix alt 100 Gramm neu 78 Gramm
Zander-Filet alt 400 Gramm neu 320 Gramm
Blockmalz alt 100 Gramm neu 90 Gramm
Kaffeepulver alt 20 Tassen neu 14 Tassen
Salatdressing alt 250 ml neu 200 ml
Butter alt 250 Gramm neu 200 Gramm
Tee alt 500 Gramm neu 400 Gramm
Eistee alt 1,5 Liter neu 1,25 Liter
Pudding alt 135 Gramm neu 125 Gramm
Buttermilch alt 500 ml neu 400 ml
Sauerkraut alt 500 Gramm neu 400 Gramm
Wellness-Flakes alt 750 Gramm neu 500 Gramm
Fruchtaufstrich alt 430 Gramm neu 310 Gramm
Fertigsalat alt 300 Gramm neu 150 Gramm
Schlemmerfilet alt 70% Fisch neu 52% Fisch
Schokolinsen alt 250 Gramm neu 150 Gramm
Hühnersuppe alt 4 Teller neu 3 Teller
Frischkäse alt 200 Gramm neu 175 Gramm
Knäckebrot alt 275 Gramm neu 205 Gramm
Zahnkaugummi alt 20 Stück neu 12 Stück
Milchmischgetränk alt 475 ml neu 400 ml
Frucht-Buttermilch alt 500 ml neu 400 ml
Bier alt 30 Flaschen neu 27 Flaschen
Muskatnuss alt 3 Stück neu 2 Stück
Soßenpulver alt 50 Gramm neu 30 Gramm

Fenchel-Tee alt 50 Beutel neu 40 Beutel
Fleischsalat alt 250 Gramm neu 200 Gramm
Sahnetoffees alt 255 Gramm neu 225 Gramm
Eis alt 1000 ml neu 900 ml
Malz-Kaffee alt 250 Gramm neu 200 Gramm.

Aber nicht nur Lebensmittel sind betroffen sondern auch Wasch- und Putzmittel:

Reisewaschmittel alt 125 Gramm neu 100 Gramm
WC-Einhänger alt 60 ml neu 50 ml
Duschgel alt 300 ml neu 250 ml
Zahncreme alt 100 ml neu 75 ml
Dentalbürsten alt 8 Stück neu 6 Stück
Duschdas alt 300 ml neu 250 ml
Mundwasser alt 125 ml neu 100 ml
Shampoo alt 400 ml neu 300 ml
Geschirrtabs alt 40 Stück neu 36 Stück
Spülmittel alt 333 Spülungen neu 200 Spülungen
Weichspüler alt 1200 ml neu 950 ml
Waschmittel alt 1260 ml neu 1120 ml
Cremebad alt 750 ml neu 650 ml
Pril-Kraft-Gel alt 600 ml neu 500 ml
Pril-Seidenprot. alt 900 ml neu 750 ml
Megaperls alt 1080 Gramm neu 1012 Gramm
Frosch alt 2,0 Liter neu 1,8 Liter
Tagescreme alt 75 ml neu 50 ml
Sunil Color alt 3600 Gramm neu 2720 Gramm
Spülmittel alt 900 ml neu 750 ml
Sonnenschutz alt 75 ml neu 50 ml
Geschirr-Reiniger alt 100x neu 70x
Teppichreiniger alt 750 Gramm neu 650 Gramm
Protein-Drink alt 500 ml neu 330 ml

Mundwasser alt 150 ml neu 125 ml
Pflegetücher alt 256 Stück neu 224 Stück
Flüssigseife alt 300 ml neu 250 ml
Rasierschaum alt 300 ml neu 200 ml
Staubmagnet-Kit alt 4 Tücher neu 3 Tücher
Spülmittel alt 300x neu 200x
Seife alt 100 Gramm neu 90 Gramm
Always alt 14 Stück neu 12 Stück
Vitamincreme alt 50 ml neu 40 ml
Cremeseife alt 125 Gramm neu 100 Gramm
Geschirrtabs alt 88 Stück neu 80 Stück
Feuchte Tücher alt 49 Stück neu 42 Stück
Puder alt 35 Gramm neu 25 Gramm
Pickel-Creme alt 30 ml neu 15 ml
Toilettenpapier alt 9 Rollen neu 8 Rollen
Seife alt 125 Gramm neu 100 Gramm
Slipeinlagen alt 54 Stück neu 50 Stück
Weichspüler alt 1,5 Liter neu 1,0 Liter

Natürlich ist auch der Baby-Markt ein lukratives Geschäft. Auch hier haben die Hersteller kräftig zugelangt:

Bebe-Creme alt 75 ml neu 50 ml
Pampers alt 36 Stück neu 34 Stück
Baby-Pflegetücher alt 90 Stück neu 80 Stück
Anfangsmilch alt 600 ml neu 500 ml
Windeln alt 40 Stück neu 37 Stück
Pampers Jumbo alt 104 Stück neu 96 Stück

<u>Hier noch diverse andere Artikel:</u>
HB-Tabak alt 140 Gramm neu 130 Gramm
Tabak alt 115 Gramm neu 105 Gramm

Geranienerde alt 80 Liter neu 70 Liter
Butterbrotpapier alt 80 Stück neu 70 Stück
Zündhölzer alt 45 Stück neu 38 Stück
Rauhfaser-Tapete alt 33,5 Meter neu 25 Meter
Teelichter alt 40 Stück neu 32 Stück
Gefrierbeutel alt 40 Stück neu 35 Stück
Tempo-Box alt 100 Stück neu 80 Stück
Filtertüten alt 100 Stück neu 80 Stück

Wie man aus den Listen ersehen kann, macht jeder diesen Schwindel mit. Wenn das so weitergeht steht in 10 Jahren manche leere Packung im Regal. In Zukunft werde ich ganz genau schauen, was in einer Packung tatsächlich drin ist. Aber ich werde mich wohl an die Mogelpackungen gewöhnen müssen. Es bleibt mir ja nichts anderes übrig.

Hier noch einige Besonderheiten. Die Packung mit Kaffeekapseln ist so groß wie ein normales Päckchen Kaffee mit 500 Gramm, enthält aber nur 52 Gramm Kaffee. Viel Luft, viel Müll und wenig Kaffee.

In Kekspackungen sind von Jahr zu Jahr weniger Kekse, dafür ist immer mehr Luft in der Packung. Dies gilt auch für Getränkepulver, Frühstücksmüsli, Instant-Brühe und Desserts. In großen Verpackungen verbirgt sich oft nur wenig Inhalt. Am Schlimmsten sind Pralinenschachteln. Je größer die Verpackung, um so weniger Pralinen sind drin. Ist ihnen schon aufgefallen, dass sie immer mehr gelbe Säcke brauchen um den ganzen Verpackungsmüll loszuwerden?

Wenn sie diese Geschichte gelesen haben, wissen sie, warum Rentner mit ihrer Rente nicht mehr auskommen.

Und die Behauptung vom Euro und Teuro kann man nicht nachvollziehen. Natürlich ist in 10 Jahren alles teurer geworden. Aber das kommt nicht von der Währungsumstellung, sondern von Steuererhöhungen und den Tricks der Hersteller, die hier beschrieben wurden. Deshalb lassen sich die Produktpreise auch nicht einfach vergleichen.

Vor der Umstellung habe ich für eine Schachtel Zigaretten 5 DM bezahlt und es waren mehr drin. Heute kostet sie 6 Euro. Das ist aber ein Einzelfall.

ENDE